奔腾年代

SEABISCUIT
An American Legend

[美] 劳拉·希伦布兰德 著　　张慧云 译
Laura Hillenbrand

Seabiscuit: An American Legend by Laura Hillenbrand
Copyright © 2001 by Laura Hillenbrand
Simplified Chinese edition Copyright © 2021 by Grand China Publishing House

All rights reserved including the rights of reproduction in whole or in part in any form.
No part of this book may be used or reproduced in any manner whatever without written permission except in the case of brief quotations embodied in critical articles or reviews.

本书中文简体字版通过 Grand China Publishing House（中资出版社）授权新世界出版社在中国大陆地区出版并独家发行。未经出版者书面许可，不得以任何方式抄袭、节录或翻印本书的任何部分。

图书在版编目（CIP）数据

奔腾年代 /（美）劳拉·希伦布兰德著；张慧云译
.— 北京：新世界出版社，2021.8
书名原文：Seabiscuit: An American Legend
ISBN 978-7-5104-7303-6

Ⅰ.①奔… Ⅱ.①劳…②张… Ⅲ.①长篇小说－美国－现代 Ⅳ.①I712.45

中国版本图书馆 CIP 数据核字 (2021) 第 121130 号

奔腾年代

作　　者：	[美] 劳拉·希伦布兰德（Laura Hillenbrand）
译　　者：	张慧云
策　　划：	中资海派
执行策划：	黄　河　桂　林
责任编辑：	贾瑞娜
特约编辑：	羊桓汶辛
责任校对：	宣　慧
责任印制：	王宝根
出版发行：	新世界出版社
社　　址：	北京西城区百万庄大街 24 号（100037）
发 行 部：	(010) 6899 5968　(010) 6899 8705（传真）
总 编 室：	(010) 6899 5424　(010) 6832 6679（传真）
http :	//www.nwp.cn　http : //www.newworld-press.com
版 权 部：	+8610 6899 6306
版权部电子信箱：	frank@nwp.com.cn
印　　刷：	深圳市精彩印联合印务有限公司
经　　销：	新华书店
开　　本：	787mm×1092mm　1/16
字　　数：	350 千字　印　张：18
版　　次：	2021 年 8 月第 1 次印刷
书　　号：	ISBN 978-7-5104-7303-6
定　　价：	55.00 元

版权所有，侵权必究
凡购本社图书，如有缺页、倒页、脱页等印装错误，可随时退换。
客服电话：(010) 6899 8638

荣耀榜

感动全球的《奔腾年代》
不分国别的励志经典

《奔腾年代》(*Seabiscuit*，又名《海洋饼干》)于2001年由兰登书屋出版，在全美刮起一股励志旋风。该书所获荣誉如下：

★ 连续120周雄踞《纽约时报》畅销书榜，其中42周位居畅销书榜榜首
★ 美国书商协会年度畅销书奖非虚构类最佳图书
★ 亚马逊网络书店年度编辑推荐图书及读者票选最佳图书
★ 《华盛顿邮报》年度最佳图书
★ 《今日美国》年度体育类及非虚构类最佳图书
★ 巴诺书店历史类、传记类、体育类年度最佳图书
★ 《时代周刊》年度非虚构类图书榜第四名
★ 威廉·希尔年度体育类图书奖得主（该奖项针对为体育事业做出杰出贡献的作家而设立）
★ 《人物》杂志年度最佳图书
★ 美国国家公共广播电台《新鲜空气》栏目年度非虚构类最佳图书

2003 年，由原书改编的同名电影由环球影业拍摄完成并全球上映，当年即创下 1.2 亿美元的票房神话，并在 2003 年的奥斯卡颁奖礼上连获七项提名，其中包括最佳影片奖提名。它还同时获得了金球奖两项提名，美国演员工会奖两项提名，在美国电影学会评选的"百年百大电影系列"中，名列励志电影第 50 名。在中国影迷心中，《奔腾年代》也是不可多得的励志经典。在豆瓣上，共有 3 万多人给出了 8.4 分的评价。

《奔腾年代》被众多知名媒体报道：

《纽约时报》《华盛顿邮报》《洛杉矶时报》《时代周刊》《今日美国》《人物》杂志《经济学人》《商业周刊》《出版商周刊》《学校图书馆期刊》《纽约客》《纽约》《纽瓦克明星纪事报》《纽约消费导刊》《体育画报》《奥斯汀美国政治家》《巴尔的摩太阳报》《迈阿密先驱报》《新闻日报》《纽约每日新闻》《新闻周刊》《W 杂志》《书目》《娱乐周刊》《芝加哥论坛报》《圣迭戈联合论坛报》《纽约邮报》《沙龙》《每日赛马快报》《匹兹堡邮报》《美国赛马月刊》《芝加哥太阳报》《亚利桑那共和报》、美国全国公共广播电台《新鲜空气》栏目、微软全国广播公司官网

本书热搜关键词：奔腾年代、壮志奔腾、"海洋饼干"、坚不可摧、劳拉·希伦布兰德、励志赛马、美国传奇、史上最伟大赛马、大萧条、至暗时代、奥斯卡、精神偶像

▲ 三位郁郁不得志的男人（从左至右）：中年丧子的马主查尔斯·霍华德；少年遭弃的骑师雷德·波拉德；无以为家的驯马师汤姆·史密斯。

(KEENELAND-COOK 提供)

飞驰如风的赛马"海洋饼干"和它的骑师波拉德

"海洋饼干"大事记

传奇赛马奔腾的一生

"海洋饼干"（1933–1947）这匹马又矮又小，毛色像泥巴，前腿总是打不直，在最低层级的赛马场上跌跌撞撞了近两年，被误解而且被错待。但它有惊人的速度、灵活的技巧，又有不屈不挠的意志。

在6年的职业生涯中，"海洋饼干"共赢了33场比赛，并且在8座赛马场、6种不同距离创下13次纪录，它曾在最短的距离（半英里，约0.8千米。——译者注）内刷新一项世界纪录，也曾充满斗志地以创纪录的速度跑完超长的一又八分之五英里。

历史上有许多伟大的马都在128磅（1磅约等于0.45千克。——译者注）或更高的负重下腿软，"海洋饼干"却曾在133磅的负重下（根据每匹参赛马的条件及最近成绩指定不同的负重，来拉平马匹间的差距，这样的比赛称为负重赛。——译者注）刷新两项纪录，并在与对手有极大负重差距的情况下，以130磅负重创下4次记录。在"海洋饼干"的整个职业生涯中，所获奖金共计43.77万美元，创下世界新高；到了职业生涯后期，它的身价堪比黄金，相当于它最初身价的60倍。

1933年

5月底，"海洋饼干"出生，其先祖为剽悍的"战人"，父亲是以敏捷骏伟和桀骜不驯著称的"海粮"。"海洋饼干"与其父之名同义。

1934年

12月，"海洋饼干"抵达纽约的阿圭达赛马场，接受著名驯马师菲茨西蒙斯的照料。

1935年

1月，以22.4秒跑完四分之一英里，缔造了有史以来周岁马的最佳纪录。

1月19日，在佛罗里达的希亚雷赛马场首次出道，跑得第四名。3天后以区区2500美元低价标售，但无人问津。之后在东岸13个赛马场密集出赛，16战16败。

1936年

5月，"海洋饼干"满3岁，已跑过43场比赛，比大部分赛马的整个职业生涯都多得多，但败多胜少。

8月，被汤姆·史密斯一眼相中，以8000美元买走。

8月底，在底特律一场奖金赛中小试身手，获得第四名，斗志被激发和提升。

9月7日，参加底特律州长杯负重赛这一地区性重要赛事，生平第一次回应骑师的指令，一举夺魁。

10月，参加中级奖金赛——纽约史卡斯戴负重赛，轻易夺冠。

11月28日，参加重要赛事旧金山湾桥负重赛，在116磅的较高负重下，以五个马身的领先优势夺冠，追平自己练习时创造的一英里纪录（1分36秒），并打破马场纪录，离世界纪录只差0.6秒。

12月12日，参加顶级赛事湾原马场一又十六分之三英里负重赛，在有两匹重要奖金赛优胜者参赛的情况下领先八个马身夺冠，刷新了该马场纪录。

1937 年

2月9日，参加亨亭顿滩负重赛，以1分36秒赢得冠军，比那一年圣阿尼塔所有马匹的纪录快一秒多。

2月27日，参加圣阿尼塔赛马场"十万大赛"，"海洋饼干"和强劲对手"罗斯蒙"一起飞过了终点线，终点影像显示，"海洋饼干"以一个马鼻的差距惜败于"罗斯蒙"蹄下。

3月6日，参加圣璜卡皮斯拉诺负重赛，以七个马身的领先优势飞越终点线，刷新马场纪录。

4月，参加马奇班负重赛，分别刷新四分之一英里、八分之六英里和一英里纪录，以三个马身之距赢得冠军荣衔。

5月，参加湾原负重赛，迎着暴风小胜和它同一个马厩的"展示品"。

7月，参加纽约一又十六分之三英里的巴特勒负重赛夺魁。

7月，以沉甸甸的129磅负重，在洋客负重赛中击败对手，打破了一又十六分之一英里负重赛已经保持了23年的速度纪录。

8月，前往萨福克参加极具声望的马萨诸塞负重赛，将马场纪录缩短0.4秒。

11月5日，参加雷格斯负重赛，载着130磅的沉重负荷秒杀全场，并打破马场纪录。

1938 年

3月5日，参加圣阿尼塔负重赛，以2秒优势打破了半英里的世界纪录，后以毫厘之差落败。

4月16日，参加湾原马场举办的慈善赛，负重133磅创下加州纪录。

5月，纽约，贝尔蒙特对抗赛，因腿伤临时退赛。

6月，马萨诸塞负重赛，因腿伤临时退赛。

7月16日，参加首届好莱坞金杯赛，打破了马场纪录。

8月12日，参加加州戴玛对抗赛，也是其主查尔斯·霍华德父子相搏的激烈比赛，在对手百般作弊的情况下赢得胜利。因双方骑师都有作弊情况，加州赛马委员会判双方本赛季都不得再参赛，直到1939年1月1日为止。后因现场录像曝光，禁赛解除。

11月1日，参加使"整个美国狂热沸腾"的皮姆利可特别赛。以四个马身的领先优势战胜炙手可热的"海上战将"，取得了历史性的胜利。

1939年

2月，参加洛杉矶负重赛，以略多于两个马身之距获得亚军。赛后发现韧带断裂，兽医称其职业生涯已终结。

5月，"海洋饼干"将满7岁，年纪是大多数未来对手的2倍以上，且已出赛超过85场。

1940年

2月9日，参加拉荷拉负重赛，这是自1937年其御用骑师波拉德受伤以来首度携手出征，却因响应不畅只取得季军。

3月2日，参加"十万大赛"，刷新美国赛马总奖金纪录，并创下10年未被超越的速度纪录。

4月，退役回到马主霍华德的"瑞奇屋"牧场颐养天年。其访客络绎不绝，一年超过5万人，最多一次达1500人。

1947年

5月17日早晨，因心脏病发作去世，终年14岁。

"海洋饼干"去世后，它的主人查尔斯·霍华德在它获得过巨大荣耀的圣阿尼塔马场树立了1:1的铜像，铜像的目光落在它一生眷恋的赛马跑道上。

权威推荐

《纽约时报》

生动！迷人！一流的讲故事好手！不仅让读者看到栩栩如生的传奇赛马，也看到了一段戏剧化的美国历史。

《华盛顿邮报》

《奔腾年代》这本书非同凡响，令人难忘。宛若一首优美的诗歌，带领读者重回 1938 年的现场。

《体育画报》

《奔腾年代》这本书引人入胜，节奏明快。迷人的不只是马的故事，围绕在它周围的人物也个个不凡。一路读来，感觉自己仿佛就是置身赛马场的骑师。

亚马逊网络书店

《坚不可摧》的作者劳拉·希伦布兰德又创造了一部令人惊喜的作品，书如其马，《奔腾年代》果然是货真价实的优胜者！强力推荐！

《圣迭戈联合论坛报》

写得太棒了！"海洋饼干"的真实故事比小说还引人入胜！

《芝加哥论坛报》

一个不像冠军的冠军传奇，一匹具有人性和毅力的赛马。可读性十足！

《出版商周刊》

《奔腾年代》是一部魅力十足的大家之作，无怪乎销量也如策马奔腾般激增。

《经济学人》

令人难以忘怀的故事，即使是不熟悉赛马的读者，也会深深为之着迷。

《书目》

4年的资料搜集加上讲故事的天赋，劳拉·希伦布兰德巨细无遗、栩栩如生地写出了"海洋饼干"的传奇故事，即使不是赛马迷的读者也会看得津津有味。

《图书馆期刊》

劳拉·希伦布兰德带领读者驰骋马背，飞奔夺冠，走进一个有关信赖、乐观、坚定与毅力的马中灰姑娘的鲜活故事。本书绝对值得一读！

斯蒂芬·安布罗斯　《举世无双》作者

劳拉·希伦布兰德了解赛马、骑师和驯马师，也了解我们的历史，更了解如何将二者相互结合。"海洋饼干"是一匹伟大的马，或许也是史上最优秀的马，奔腾于环境极为恶劣的十年经济大萧条中，为几百万美国人带来了刺激和欢乐，而这些感受正是他们迫切需要的。这已不只是一部有关赛马运动的好书了，它还写出了我们的历史，我希望所有的体育记者都能写出像这样的佳作。

威廉·奈克　《运动画刊》资深作者

劳拉·希伦布兰德写出了体育类传记的佳作。报道详尽，精雕细琢，通篇流淌着优雅的文采。《奔腾年代》有着绝佳的叙述，读之有如读小说，从闸门到终点，令人过目难忘！

安德鲁·贝尔　《华盛顿邮报》专栏作家，《选择赢家》作者

今天大多数的赛马迷不知道"海洋饼干"曾如何风光，劳拉·希伦布兰德以引人入胜并带有诗意的方式叙述了它的故事，《奔腾年代》足以跻身有关纯种赛马的最佳书籍之列。

罗恩·罗森鲍姆　《财富的秘密》《解读希特勒》作者

这是一则令人神驰的美国故事，一部成功地兼顾戏剧性历史及杰出运动写作的书！

读者五星评论

一个正能量爆棚的传奇故事　当当小雨猪

哪怕生活让人苟且，胸中也要憋着一口策马扬鞭的倔气。如果说《奔腾年代》给人以正能量，那上述就是我从这本书里所感受到的最大鼓舞。无论现实让你多么不堪，也要活得尊严，哪怕屈膝于遭遇，哪怕苟且于生活。坚持！坚持！一种内在的、不愠不火、不卑不亢的坚韧。最终，总有一次命运的咽喉会被你狠狠扼住！

值得一提的是，作者对骑师的那些潜规则都进行了详尽阐述，并且以真实事例佐证。这让人看到了光环背后的辛酸，同时也惊叹作者资料收集的认真。

你自己才是真正的冠军　豆瓣 Chester

《奔腾年代》是一本好书，它生动形象地描绘了"海洋饼干"从默默无闻到功成名就的一生，故事引人入胜。书中最后传递给人们的信息非常明确：不放弃自己，才是真正的冠军。你所需要的，其实只是另一次机会，即使全世界都看轻你。本书作者劳拉·希伦布兰德本身就是一个不屈服于命运的榜样。她身患慢性疲劳综合征，但仍然坚持写作，并且出版了多本畅销书。劳拉在写这本书的时候采访了许多事件亲历者的后代，参考了大量史料，进行了大量研究才完成了这本著作。

可谓是人才与团队合作的经典案例　京东某网友评论

　　首先这是一部发现人才的经典案例。"海洋饼干"在成为一流赛马之前只知道睡觉、犯懒,它桀骜不驯、暴躁易怒,没人看好它,于是被贱价处理;驯马师史密斯是个特立独行"住在树林中的怪人";波拉德是个不守规矩狂放不羁的人,梦想成为一流骑师,但总是失败。企业家霍华德赏识并聘用了驯马师,驯马师发现了马和骑师。于是这些默默无闻不得志的马和人各自发挥潜能,从而到达到成功的巅峰。

　　其次这也是一部团队合作的经典案例。马、骑师、骑师的朋友们、训马师、企业家、企业家夫人在组织中各自发挥特长,通力合作从而成功。少了任何一个人,这个团队都不可能成功。正如结尾的独白,团队成员互相扶持是成功关键!

一个时代的记忆激励着各个时代的人　farry_eagle

　　有时候英雄人物和传奇是在特定年代的特定产物,但是在故事结束多年后还会有人追忆并记录成册,那么就说明这种传奇会真正地影响人心。"海洋饼干"的故事就是这样的故事。它是在特定年代的产物,但故事中的人物、人物间的信任和支持等真情是无论在哪个年代都会被人们追崇的。不论对于哪个时代,身残志坚的励志传奇故事都是人们需要的精神食粮。这是一个真实的故事,而不只是一本励志有寓意的小说,因此对读者的影响也是极大的。

不是冠军的冠军传奇　爱因坦没有斯

　　这是个不朽的冠军传奇。一匹又矮又有缺陷的马克服体态上的缺陷,凭借坚定的意志力与默契的伙伴成为了赛马界的巨星。1939 年"海洋饼干"左前腿韧带撕裂,它很可能再也不能参加比赛了。骑师波拉德的腿也三次被摔断重接。而同年秋天,7 岁的"海洋饼干"将最后一次挑战它一直未能征服的赛事——圣安妮塔 10 万奖金赛。此时,红毛波拉德的腿如果再断一次就会落下终身残疾,但波拉德坚持自己可以出赛。他说:"我和'海洋饼干'加起来有四条好腿,这样就够了。"比赛的结果震惊了整个美国,"海洋饼干"跑出了圣安妮塔大赛历史上的最好成绩、美国赛马史上的第二好成绩,并打破了世界纪录。

《奔腾年代》不止于一个年代　　Mike S

劳拉·希伦布兰德讲故事的能力给我留下了深刻印象，我知道我必须要读这本书。此外，这个故事的基本主题在今天与20世纪三四十年代一样具有现实意义。当时和现在一样，我们的国家需要一些可以为之欢呼的东西或人，一个积极的故事或者一个榜样，来团结和提高人民的地位。故事里人物的人性和马的品质，如不畏艰险、坚持不懈的意志是永恒的，并在书中被细致地呈现出来。

"海洋饼干"并非一匹典型意义上的纯种马，它缺乏纯种马通常拥有的体格。尽管它在生理上存在不足，却拥有精神、勇气和无限的奔跑能力。我强烈推荐这本书。你会惊叹不已，部分章节甚至会使你热泪盈眶。

关于天赋和努力的佳作　　Matthew

《奔腾年代》其实讲的是这样一则故事：任何人或动物的天赋只要得到认可、支持和拓展，都能取得成功。从"海洋饼干"的早期经历来看，它很可能以三流赛马的身份郁郁而终，然而它的主人、骑师和驯马师给它的关爱和照料却使它一直跑下去、赢下去，全心全意，不死不休！它俘获了那三个男人的心，也同样会俘获你的心。

真是太精彩了　　C

这部引人入胜的非虚构类作品，是我长久以来读过的最棒的书！与其他纪实文学不同，这本书读起来一点儿也不枯燥，我的注意力完全无法从那些细节上移开，那些细节太有趣了，怎么能略过呢！

除了让人印象深刻的三人一马这四"位"主人公外，作者的精神也让我深受感动。各位读者切莫错过正文后面的作者访谈，它对了解这本书的成书过程和作者经历有很大帮助。作者以强大的精神力量战胜了疾病对身体的限制，写完了这本精彩绝伦的作品。

5年以来我读过的最引人入胜的作品　R. George

我本人对赛马并无任何兴趣,因此把这本书单纯地界定为"一本关于赛马的书"的读者,请三思吧。这是一本描述精妙的作品,它写的是不得志者和失败者,写的是经历逆境之后的胜利,以及以往鲜少提及的美国历史生活侧影。

希伦布兰德女士以体育专栏作家的敏锐视角和更加宽广的历史文化背景,生动地刻画了一匹令人吃惊的马及它身边的男人们,这部作品虽基于史实,却不失小说般的悬念感,简直让人手不释卷。谢谢你,希伦布兰德女士,谢谢你给我们非同一般的阅读感受。

给五星评论,值了　Bruce

很难评出《奔腾年代》这本书中真正的英雄是谁。三个人和一匹马都是强劲的候选者,但在该书作者希伦布兰德面前,他们都黯然失色。她从病榻上爬起,强撑身体花费4年时间在全国各地辗转收集相关历史资料,完成了这项对她来说原本不可能完成的任务。作为一名赛马界从业者,我对她关于细节的真实描述和心理的细腻刻画佩服得五体投地,真希望能有她这样的文笔、天赋和毅力,写出这样一部非同凡响的作品。阅读这本书,让我感觉仿佛亲自骑着"海洋饼干",与"海上战将"拼死对抗,并赢得了比赛。

颁给"海洋饼干"的优胜奖杯　Alden

每个人一生中都会有幸读到几部记忆永存的作品,《奔腾年代》绝对可以位列其中。你没有必要是赛马迷或体育迷,一样会狂热地爱上它。如果你相信"真实可以比小说更精彩",你就能理解这本书的价值绝不是什么寓言可以比拟的。

能与海明威的作品媲美　Donald

我记不起其他任何一部体育类作品能像这本书一样包罗万象,同时又让人读来兴味盎然。它让我想起了海明威的《午后之死》,但又略胜一筹。读完本书,请将目光投向自己:你身上那些尚未发掘的潜能藏在何处?你有可能像"海洋饼干"一样获得一鸣惊人的机会吗？在这个过程中你可能会吃惊地发现，这本书能教给你的东西远超过一本书自身。

第一部让我泪流满面的非虚构作品　Mitchell

刚开始注意这本书，是好奇于其他读者众口一词给它的五星评论，当我阅读第一章时，对能不能给它五星还有点犹豫，但读到第二章时我已经停不下来了。如果可能，我想给它超过五星的打分！这是我记忆中第一次在阅读到结尾时泪流满面，这绝对是我所读过的最棒的书。奉劝诸君，读一下这本书吧，相信你们会发现物超所值。

目录

荣耀榜

"海洋饼干"大事记 传奇赛马奔腾的一生

权威推荐

读者五星评论

1 **引言** 崛起于寂寂无名,却唤醒了整个时代

第一章 | 动荡
命运交汇

- 7 在废墟中重生的赛马业
- 18 沉默的马语者
- 27 真命天马?
- 38 宿敌——"虫小子"对上天生好手
- 49 "骑师的生活和炼狱没两样"
- 61 生死赌局

第二章 战斗
以胜利之名

- 71　激活它的天性
- 80　离胜利只差一个马鼻
- 91　低迷时代的激情狂欢
- 100　"海洋饼干"决战"海上战将"
- 111　没有骑师波拉德,就没有"海洋饼干"
- 123　"我只需要再多一点运气"
- 128　硬仗在即
- 139　"海洋饼干"的状态出问题了
- 150　被命运捉弄的傻瓜
- 157　"我的马我自己知道"
- 164　恶战一触即发
- 172　对抗越艰难,斗志越高昂
- 182　再战一次!

第三章 重生
坚不可摧

- 194　跛脚的骑师,受了伤的马
- 201　漫长而痛苦的重生
- 207　让一个男人心碎,不如让他断腿!
- 217　奔腾年代

227	**结语**	再见,再见!
235	**后记**	无可比拟,永难忘怀
239	**劳拉·希伦布兰德访谈录**	
252	**《奔腾年代》同名电影介绍**	

引言

崛起于寂寂无名,却唤醒了整个时代

1938 年,永志青史的十年动荡已近尾声,但那年新闻风头最劲的,不是富兰克林·D.罗斯福、希特勒或墨索里尼,不是教宗庇护十一世,也不是卢·格里克、霍华德·休斯或克拉克·盖博。在 1938 年,大多数报纸连篇累牍争相着墨的对象甚至不是人,而是一匹矮小、弯腿、名为"海洋饼干"的赛马。

在经济大萧条的后半期,"海洋饼干"俨然成了美国的一个文化偶像,它所获得的称颂既深入又广泛,已经超越了运动的层次。当它出赛时,赛马迷们如潮水般从横越全国的"'海洋饼干'专列"车厢涌出,把当地道路塞得寸步难行,挤满所有旅馆,吃光大小餐厅。他们把印着罗斯福肖像的钞票塞进"海洋饼干"钱包,在第五街买"海洋饼干"帽子,回家还要玩至少 9 种以它为形象的室内益智游戏。收听它的赛事广播成了全国各地的周末仪式,足足吸引了 4000 万名听众。它的出场,几乎每次都为重要赛程创下观众人数新高,并在全美观众数最多的前三场赛马中包办了两场。

在一个美国人口只有不到现今一半的时代,有 7.8 万人目睹了它的最后一次出赛,相当于今天观看超级杯的观众。多达 4 万名赛马迷层层包围跑道,仅为看它练习,而数以千计的赛马迷则无畏于冰雪风暴或致命酷热,只求一瞥它专用的 24 米车厢。它策蹄狂奔的巨幅广告牌高悬曼哈顿街头,并且周复一周、年复一年地成为

《时代周刊》《生活周刊》《新闻周刊》《眺望》《电影》《纽约客》等杂志的报道主题。它的驯马师、骑师和马主,都成了地地道道的英雄人物,一举一动无不涂敷着镁光灯的耀目炫光。

这些人和马全都崛起于默默无闻中。那匹马又矮又小,毛色像泥巴,前腿总是打不直,在最低层级的赛马场上跌跌撞撞了近两年,被误解而且被错待。

"海洋饼干"的骑师雷德·波拉德(Red Pollard)是个一脸悲苦的年轻人,少年时被遗弃在蒙大拿麦田的一个临时赛马场上。在和"海洋饼干"搭档以前,他当了几年的业余拳手和失败骑师,曾经拖着马鞍走过无数地方,在牧场小镇的拳赛圈内惨遭痛殴,窝在马厩的地板上将就而眠。

"海洋饼干"的驯马师是一位神秘而沉默、说是哑巴也不为过的驯马师,叫作汤姆·史密斯(Tom Smith)。他是一个自荒野流浪出来的难民,怀揣着一代代有关马匹奥秘的失落智慧。

"海洋饼干"的主人则是位开朗的大个子,以前当过骑兵,名字叫作查尔斯·霍华德(Charles Howard),他的职业生涯始于脚踏车技工,继而以21美分下注,赢得了一个汽车帝国。

1936年8月一个闷热的周日,波拉德、史密斯和霍华德在底特律组成了一个前景不甚乐观的联盟。他们察觉到蛰伏在那匹马和彼此体内的才华,于是开始重新训练"海洋饼干"。这将把他们从寂寂无名中一举拉出。

无论对于"海洋饼干"团队还是美国,那都是在痛苦与欢腾中激荡癫狂的5年。自1936年至1940年,"海洋饼干"遭遇了一连串罕见的厄运、阴谋和创伤,然后才让自己成为史上最独特的运动员。它蒙天之宠,既有惊人的速度、灵活的技巧,又有不屈不挠的意志。它经历过5万英里令人精疲力竭的火车旅程,承载着足以将任何马匹压垮的重负,与各地最优秀的骏马对抗取得胜利,还刷新了十几项赛马纪录。它和"三冠王""海上战将"(War Admiral)高潮迭起的缠斗,最终在一场惊心动魄的赛程中达到最高潮,许多人至今犹认为那是有史以来最伟大的一场赛马。

历经波澜起伏、厄运不断的5年,它最终征服了世界最高奖金的赛马会,这段历程已成运动界最为著名、众皆效法的奋斗事迹。1940年,经过一次外界均认为将结束他们赛事生涯的严重伤害后，这匹上了年纪的马和它的骑师又一起重返跑道，力图赢取一个曾经擦身而过的奖项。

在奋战过程中，那匹矮小的马和重塑它的人，虏获了美国人的想象力。吸引人们的，不只是其中的伟大，更是他们的故事。

故事开始于火车上的一个年轻人，正向西前行。

第一章

SEABISCUIT
An American Legend

动荡　命运交汇

▲ 年轻的查尔斯·霍华德（左一）坐在改装的别克赛车上，意气风发地期待着这种新的交通工具给他带来巨大回报。1906年摄于旧金山。

(LT. COL. MICHAEL C. HOWARD 提供)

在废墟中重生的赛马业

查尔斯·霍华德给人的感觉宛如一具奔腾而来的巨大机器,而大家就如海鱼般尾随着他,他们实在身不由己。1935年,58岁的霍华德是个高大而热力四射的人,但影响他的并不是他的外表或财富,也不是他的洪亮语调或夸夸其谈,而是某种难以捉摸的特质。他浑身上下散发着睥睨一切的紧迫感,人们因此相信,世界总是会向他的意愿低头。

1903年的一个下午,霍华德带着满腔使命感和口袋里的21美分,步入了他的成年期。他坐在一辆跨州火车里摇摇晃晃,自纽约一路迤逦向西。彼时的他26岁,外貌英俊,文质彬彬,有着日后认识他的人想象不到的一头浓密金发,还有自由跃动的想象力。军校马鞍上的多年岁月,使他6.1英尺(1英尺约合0.3048米,下同。——译者注)的身躯挺得笔直。

他生长于美国东部,却有着西部人的躁动不安。他曾加入美西战争的骑兵旅而习得娴熟骑术,退伍后在纽约找了份脚踏车技师的工作,经常参加竞争激烈的脚踏车比赛,结了婚,生了两个儿子。人生若此,似乎一切圆满,但东部让霍华德透不过气,他的野心锁定在落基山脉另一头的广大新美国。1903年的那一天,他再也抗拒不了那股冲动,于是抛下身边的一切,向妻子范妮·梅保证会尽快捎信回家,就上路了。

到旧金山下车后,他设法在市区的范尼斯街开了一间小小的脚踏车修理店,每日对着脚踏车修修弄弄,等待有趣的事情降临。结果上门的,是一个接一个愁眉苦脸的男子。这些怪胎口袋里闲钱太多,闲工夫更多,为了一种叫作汽车的荒谬机器撒下大把钞票,现在已经有些后悔莫及了。

这种不用马拉的交通工具最近才在旧金山出现,初试啼声就引起了一场极具声光效果的灾难,为除了历史学家之外的每个人带来麻烦。不错,印在广告上的汽车一派光鲜便利,实际上却是城市的威胁。它们嗝出废气,翻起尘暴,束手无策地陷在看来最无害的小水坑里,挡住马车,还发出刺耳噪声,吓得马儿拔腿而逃。这汽车气得立法诸公七窍生烟,以破纪录的立法创意通过了多项限制规范。

这些还不是唯一的障碍。即使是最便宜的汽车,随便问个价,也是市民平均年薪500美元的2～3倍,而且只买得到四只轮子、一具车身和一个引擎,其他配件都得另外花钱。光是把这玩意儿手摇发动起来,就能让人欲哭无泪。由于没有加油站,车主得扛着一堆油桶到药局,以每加仑60美分的价格加满,同时暗祷老板没拿苯来充当汽油。医生担心有害气体会造成缺氧,警告女士们要和汽车保持距离,但仍有部分敢于冒险的女性戴上可笑的"挡风帽",那是个大如西瓜的布质气球,上面还配有一块小小的玻璃窗。

其次就是行车路线的问题。为了招徕更多顾客,一家保险企业的承销商在旧金山树起一块路标,为汽车司机指明了通往乡村的方向,以使他们到远离当地愤怒市民的地方举行野餐聚会。此外,开车本身也是一场危险的活动。最早引进旧金山的汽车马力小得几乎爬不上山,汽车娇弱的结构和特质,很快成了被抨击的目标。旧金山人看到的是城市里的万人嫌,但查尔斯·霍华德看到的却是机会。当时汽车修理店尚未出现,车子故障时,脚踏车技师是最接近汽车修理员的角色了,而霍华德的店铺刚巧在有钱车主的住处附近。于是,霍华德开店没多久,车主就上门了。

对于这项看起来不可能完成的任务,霍华德欣然接受。他在车子里东钻西探,最后摸索出修理的方法。很快,他开始出现在城里各处新建的赛车场,没过多久就自己下场驾驶了。8年前,美国的第一场赛车才在伊利诺伊州埃文斯顿举行,拔得头筹的车子时速为"令人眩晕的"7.5英里;但到了1903年,汽车的马力已大为提高,那一季的泛欧大赛车,平均车速已达时速65.3英里。比赛变得更有看头,但也造成了天文数字般的伤亡率。

霍华德开始把这些机械看成实现他野心的乐器。他大胆前往底特律,见到了别克汽车的总裁及后来通用汽车的创始人威廉·杜兰特。霍华德告诉杜兰特,他希望能加入这个行业。杜兰特喜欢眼前这个人,于是雇用他建立经销站并招募销售员。于是,霍华德拖着三辆别克车回到旧金山,建立了"先锋汽车公司",后来又拿到整个旧金山的别克车代理权,当时是1905年,他只有28岁。

没多久,霍华德把范妮·梅接来同住。只可惜,两年的时间并没有缓和旧金山人对汽车的敌意,霍华德一辆车也没卖出去。

1906年4月18日上午5时12分,旧金山之下的大地以震天骇地的7.8级强度猛烈抽搐,60秒内,整座城市土崩瓦解。火苗从废墟中蹿出、集结,每小时吞噬4条街。供水中断,下水道的水也流光了,火势无法控制。拉车的马在街上惊慌奔逃,被残垣乱瓦绊得折断了腿,最后力竭而倒。这个城市现在迫切需要交通工具,但一匹马也买不到,大家甚至拿婴儿车或钉上滑板的木箱应付,此时只剩下一种交通工具可供选择了。

于是,查尔斯·霍华德那三辆原本卖不出去的汽车突然成了宝贝,他也一跃成为全城最富有的人。他把车子当成救护车,亲自奔波从废墟中救出受困民众。他的车子还负责载送大量的军方爆炸物,那是用来制造防火道的。

除了汽车,霍华德失去了一切,幸好他有保险。霍华德坚信他可以将新城市诱进汽车年代,地震已经替他做了一半的工作——证明汽车比马匹优越,霍华德只消再证明他的汽车方便耐用就够了。

对于个人形象的重要性，很少有人比霍华德了解得更多，这点也许可以归功于他父亲罗伯特·斯图尔特。当年斯图尔特在故乡加拿大发了财，却因爆发商业丑闻而离开祖国，他把姓改成霍华德，后半辈子全泡在美国东岸的豪华旅馆和俱乐部，不曾拥有一个永久的家，也从不在任何地方久留。他一再地结婚、离婚，还因殴打妻子及在公共场合和妻子互骂，在八卦专栏作家笔下恶名昭彰。

查尔斯·霍华德和父亲一向不亲近。成长于"名声就是社交资产"的维多利亚式美国上流阶层，他深刻地感受到家门蒙羞的刺痛，也努力让自己成为一个和父亲完全相反的人。他拒绝在父亲的庇佑下开展自己的人生，反而一文不名地踏上西向的旅程。他父亲缺乏挽救自己及家族名声的兴趣或自觉，查尔斯却以自己在他人眼中的形象来评估自己。那是一种近乎执迷的专注，为他的决定提供信息，也替他的能量指引方向。或因直觉，或因研究，他对人类的想象力及如何触动这种力量，有着超强的掌控力。他私底下非常迷人、体贴、慷慨，而在众人面前，他则展现出了惊人的推销与经营天赋。

霍华德知道，要让大众看见他的汽车，就必须让自己的名字被报道出来。他也知道，汽车推销员吸引不了记者，但玩命的赛车手却可以。于是霍华德钻进驾驶座，驾着他的别克车，以足以断颈的速度参加了坦弗兰等车赛，也莽撞地爬上迪亚夫洛山和格尼兹利峰的陡峭险坡。据报道，他是第一个驾车进入死亡谷的人，也是第一个挺进内华达积雪山脉的人，而且年年如此。这些可是有风险的，经常有人在探险过程中死亡，汽车也结局悲惨，但霍华德却毫不畏惧。

他"喂"的这些，都是记者爱"吃"的。这简直就是梦幻题材：大胆、炫目、画面好看又浅显易懂，在旧金山的废墟之中熠熠生辉。霍华德给了新闻界一则头条，新闻界则给了他大众关注，他和他的别克车都成了当地的传奇。新闻界力所不能及的部分，则由霍华德及别克车的经理部门补上，他们向全市漫天撒出夸耀着每场胜利的全版广告及小册子。

此外，霍华德更进一步发现，以特别组装的赛车参加比赛，反而不利于促销，因为消费者知道自己买的不是赛车；于是他开着未改装过的车款参加比赛，并免费教顾客开车，最重要的是，他开始接受人家拿马匹来抵价。在此期间，他累积了评断马匹的经验，这在日后对他的帮助无可估量，尽管当时他对这种想法恐怕会嗤之以鼻。"马的时代已经过去了，旧金山的民众要的是汽车，"他在1908年如此写道，"即使是全国最好的马，我也不会为它花5块钱。"

促销很快见效了，1908年，霍华德以每辆1000美元的价格卖了85辆车。1909年，杜兰特索性把别克及通用新收购的奥斯摩比的美国西部独家代理权都给了霍华德。在这个历史上成长最快的工业领域中，他很快就成了最大的代理商。长年以来绕着马匹运转的整个西部地区，如今星罗棋布着霍华德光鲜时髦的经销店。接着，霍华德以19万美元的私人借贷帮破产的杜兰特解套，杜兰特则以通用汽车的股票和营业额的慷慨分红比率作为回报，而且保证终生给付。几年前还是一个穷脚踏车技师的霍华德，当初带来加州的每一分钱，很快转化成了千万巨款。

20世纪20年代中期起，霍华德开始过得像个富豪了。1924年，他捐出15万美元成立查尔斯·S.霍华德基金会，为罹患肺结核与风湿热的孩子盖了收容之家，这是他日后一连串慈善计划的先声。此外，他也开始尝试享受生活了。他发现黎恩和小查尔斯这两个大些的儿子喜欢用耙柄和软木球玩马球，就把长岛最好的马球用小型马搜罗来，后来他们都成了名扬国际的马球选手；他也曾募集一群科学家，一起航向加拉帕戈斯进行研究式探险。

霍华德过着儿时就憧憬的梦幻生活。他在旧金山北边150英里处买下了一个占地1.7万亩的辽阔牧场，时常在那里的红木林间游荡。虽然做生意时他都住在旧金山郊区伯灵格姆的大房子里，但霍华德认为牧场才是他真正的家。他努力让名唤"瑞奇屋"的牧场自给自足，为那里添置了大群牛羊、几百匹马、一座制乳厂、一个宰杀场和大片果园，然后穿着镶刺绣的西部衬衫策马巡视。在"瑞奇屋"的山丘上，远离商务的他望着儿子们逐渐成长。

1926年5月初的一个周末，查尔斯·霍华德携范妮·梅赴加州德尔蒙特参加一间新旅馆的开幕仪式。周日清晨,他们15岁的小儿子弗兰克借用老爸的一辆旧货车,和两个朋友一起去钓鳟鱼。上午9点左右,在回"瑞奇屋"的路上,弗兰克为了闪避一块大石头,致使车子前轮冲出路面,车子因而失控,头朝下直栽进运河。

弗兰克的朋友都被甩到了河床上。当他们清醒后,看到货车仰面朝天躺在附近。两个男孩挣扎着来到车边,发现弗兰克被压在下面,连忙跑到牧场通知工头。可是这一带根本没有医院,只有镇上巴布科克医师的家里有些医疗设备,等巴布科克十万火急地奔赴现场时已经晚了。当霍华德乘坐包下的火车从德尔蒙特赶回来时,人们告诉他,他的小儿子已经不幸逝世了。

回到"瑞奇屋"的霍华德伤痛欲绝,他在那里过了几个月与世隔绝的生活,决定盖一所医院纪念爱子。1928年,在巴布科克医师的操持下,设备齐全而现代化的弗兰克·R.霍华德纪念医院正式建立。霍华德一生都在此担任董事,但他始终无法完全从弗兰克的死亡中恢复。他在旧金山的办公室里挂了一幅很大的画像,上面是弗兰克蹲跪在一只狗旁。许多年后,一位叫比尔·尼可尔斯的十几岁的求职者不经意地问霍华德,上面那个男孩是不是他?

"你觉得像我吗?"霍华德问。

尼可尔斯说是的。当他抬起视线时,他看到眼泪滚下了霍华德的脸。

20世纪20年代,加州可不是心有邪念之徒能待的地方。卫道者已在美国颁布了禁酒令,并在心力所及之处禁赌。周日所有营业场所都要关门,唯一能去的地方就是教堂,民众可以在里面聆听对饮酒、赌博、舞蹈及忘形狂欢的告诫。南加州的牧师还会反复谈及"通往地狱的道路",那是圣迭戈南方的一条支路,尽头伫立着"罪之城"蒂华纳,一个所有可鄙恶行甚至更不堪的行为皆能公然为之的地方。这种广告真是买都买不到,于是乎,每天有成千上万的美国人争先恐后地朝边界奔去。

那里可真是犯罪的渊薮!不久前蒂华纳还只是个小村庄,现在却摇身一变成了加州的罪恶乐土，北方执行的所有禁令都可在此得到加倍补偿。除了醇酒美人之外，蒂华纳最吸引观光客的是赛马，而且深受美国赛马业不景气之惠。纯种马（Thoroughbred，最高级的比赛马，17世纪中叶从中东引进。这种马不跟其他马种杂交，其血统均经严格控管及认证。——译者注）在美国有悠久显赫的历史，但在20世纪头10年的禁欲及反赌改革运动高峰期，发生了一连串职业签赌人操控比赛的丑闻，导致了一波禁止赌马的立法行动，对赛马造成了灾难性的影响。世纪交替之际，全国各地有300多个赛马场，到1908年就只剩下25个了。加州的顶级赛马中心是旧金山的坦弗兰赛马场，它也是在禁令下仅存的马场，差一点就无法幸免。很多骑师不得不放弃这项运动，其余大部分人则转入地下的赛马会。

然而，对蒂华纳而言，赛马禁令是天赐的恩典。1916年加州禁止赌马之后不久，蒂华纳赛马场即鸣锣开张，立即成为美国马界人士及赛马迷们的避风港。在潮水般涌至边界的美国人里，也包括查尔斯·霍华德。据一些人回忆，霍华德的婚姻在弗兰克去世前就已经恶化，当时正风雨飘摇，他可能需要离开一阵去喘口气。或者他认为一切努力都不那么重要了，汽车曾带给他巨额财富，却偷走了比其重要千万倍的东西。不止一位认识他的人表示，他对汽车的兴趣已经消减了，现在吸引他注意力的是马。他买了几匹品种不详的墨西哥马，并且特地长途跋涉去看它们出赛。

1929年夏季的某一天，霍华德的长子黎恩邀请父亲同赴萨利纳斯马术会，黎恩的妻子艾妮塔邀请当演员的姐姐玛赛拉·札芭拉同行。玛赛拉的父亲是律师，在萨利纳斯执业，她小时念教会学校，在近郊一座朴实的牧马农庄长大，还曾在萨利纳斯莴苣节中荣获莴苣女王之衔。

在看台上，查尔斯·霍华德第一眼看到玛赛拉如波的黑发、纤细的双眉和温婉的笑容，顿时就失了魂。没过多久，艾妮塔的第一个孩子出生，玛赛拉住进她家帮忙，因此每天都能见到霍华德。虽然这场忘年恋势必引人侧目，霍华德还是爱上了玛赛拉，而她也爱他。当时玛赛拉年方25，是霍华德儿媳妇的姐姐；霍华德已52岁，并且使君有妇。霍华德因弗兰克之死而受创严重的婚姻终告崩解,1932年秋天,霍华德和玛赛拉在黎恩家举行了结婚仪式。霍华德找到了最完美的搭档,和他一样,她也充满了悲悯情怀。一夕飞上枝头进入金粉世界的她,自在而迷人且进退合宜,有一股罕见的优雅沉稳,使得她那些脱离常轨的行为显得有趣而不失态,而且让写社交新闻的记者眼花缭乱。

1935年,霍华德规划了一趟长达5个月的非洲狩猎之旅,玛赛拉也迫不及待地参与探险。在当年那个女性角色极为传统的世界里,玛赛拉的这趟旅程成了全市话题,《旧金山检查报》每天报道她在丛林里的拓荒功绩,而她也提供了许多让他们目瞪口呆的素材。例如有头狮子冲向他们的餐会时,冷静地举枪射击的是玛赛拉;她发现了一只很小的蓝猿孤儿,还把它藏在帽盒里偷偷带回纽约。

1934年时,查尔斯·霍华德从办公室向外望,可以看到一座按他的心意雕塑成型的城市。此时他身价数百万,拥有朋友的忠实友情及大众的赞赏,可是他并不满足,他已经准备好要再往前走了。

霍华德的朋友乔治·詹尼尼拥有很多匹优良赛马,他看到霍华德又燃起对马匹的热爱,认为霍华德应该全心投入纯种马的竞赛。但霍华德对此仍持保留态度,他说,除非可以进入最高层级,并且有顶尖的驯马师,否则他不愿大举进入这个领域。

让霍华德改变心意的是旧金山的一位牙医,也是前职业棒球选手及投资者,名叫"医生"查尔斯·施特鲁布。5年前,正值1929年秋季的一个周一下午,坐在理发店里,满脸刮胡膏的施特鲁布从电话中获悉股市刚刚崩盘了,他失去了一切,还负债超过100万美元。施特鲁布放下电话,噩耗惊得他半晌不能动弹,一个点子却在此时自他脑海中浮现:他失去了所有的钱,但没有失去人脉,也没有失去找机会的眼光。他要盖一座赛马场,世界最棒的一座,然后把赛马带回加州。随后3年间,经济大萧条扼制了经济,各州政府都求钱若渴。1933年，加州同意开放赌马，但有两个条件：

★ 赛马场必须使用赌金投注机，不准再由签赌人运作，因为就是他们的腐化导致赌马遭到禁止；
★ 奖金将被课以重税。

赛马从此重生。

施特鲁布早已拟妥一个300万美元的赛马会计划案，地点选在洛杉矶近郊圣加夫列尔山侧宽广的圣阿尼塔牧场，现在需要的只是现款。他找不到肯支持他的银行，便逐门逐户地寻找金主。他一路吃了很多闭门羹，但来到查尔斯·霍华德的门前时，却被请了进去。霍华德与他的密友、当时炙手可热的明星平·克劳斯贝和另外几位富有的加州商人给了施特鲁布一笔巨款，让他去盖圣阿尼塔马场。

施特鲁布将这笔款项善加利用，兴建了一座举世无双的赛马场。这个依山而建的赛马场于1934年圣诞节开幕，立即大获成功。有别于只有3岁马才能参加的肯塔基赛马会，圣阿尼塔负重赛接受任何成年马参赛，包括3岁及3岁以上的成年马，但真正让人目瞪口呆的是丰厚的奖金。

在当年的美国室内赛马会中，胜利者的奖金净额在6000美元到5万美元之间，后者极为罕见。而施特鲁布给赢家的奖金竟是压得死人的10万美元，外加几千美元的门票盈余。那是全世界最大的一笔奖金，何况是在平均国民收入432美元的年头，因此立刻在全国造成轰动。这笔钱如此抢眼，以至于在赛马圈里，圣阿尼塔负重赛被称为"十万大赛"或"十万赛"，几乎没人使用它的正式名称。

施特鲁布挑了最完美的时刻创造这项赛事，全国各州都开始用投注机系统让赛马合法化，结果赛马场出现了70%的收入增长，这项运动迅速引来大批观众。从1934年起，数百万刚迷上赛马的民众都把目光转向圣阿尼塔，看究竟是谁夺得施特鲁布的奖金。"十万大赛"一夜之间成为最重要的竞赛，每个人都想夺冠，包括霍华德和玛赛拉，尤其是玛赛拉，他们把心思全放在赢得大赛上。

1935 年，旧金山的海湾牧场开幕不久，霍华德便搜罗了一群稍具天分的赛马，雇了位技术一流，名叫巴斯特·米勒瑞克的周岁马驯马师调教它们。马厩登记在玛赛拉名下，而她设计出了后来成为传奇的骑师服：深红配白色的帽子，白袖子，以及绣有"瑞奇屋"牛头烙印徽记的深红色背心。这些马都是上选，但霍华德还想找更好的。米勒瑞克是位非常好的驯马师，但霍华德手头刚买入的都是周岁马，他的目标是尽快训练出具有赢得 10 万美元实力的神驹，因此他现在要的是最顶尖的良驹。

于是，1935 年，霍华德动身去找他的真命天马了。

▲ 孤僻而沉默的驯马师汤姆·史密斯,他拍照时不看镜头,只看着他的马。

(AP / WIDE WORLD PHOTOS 提供)

沉默的马语者

在查尔斯·霍华德的牧场南边几百英里处，有位名叫汤姆·史密斯的老骑师，1935年整年都泡在墨西哥的一座赛马场里，以马厩里的简易折叠床为家。他是个典型的硬汉，有棱角分明的身躯和严肃的下巴。通常说来，史密斯是不说话的，他习惯在别人问他问题时走开，而且也回避社交聚会，因为在那种地方，人家会期望他说点话。有个人指天发誓说曾见过史密斯不小心用斧头斩断了自己的脚趾，而他的反应只是抖抖靴子，让被切断的脚趾头掉出来，然后说："我的脚趾。"

马场圈的人认为，话少到这种程度的人，八成有什么事情想隐瞒，不是什么见不得人的勾当，就是特别英勇的事迹。各种传闻光怪陆离，没一样是真的，它们渐渐渲染成风味十足的传说，让史密斯的可怕居然变得颇富魅力。史密斯的真相其实更为有趣，但他从不让任何人知道他的秘密。

他当时56岁，但看起来更老，下颌以特别的角度突出，好像和什么东西猛烈冲撞过似的。他给人一种半隐身的感觉，好像处于消失过程的初期阶段。当他难得摘掉那顶灰扑扑的帽子时，你得费尽眼力盯着他久经磨耗的头颅，才能分辨出哪些是灰色的头发，哪些是灰色的皮肤。如果不戴帽子拍照，他便似乎要消融在空气中，眼睛像是凭空悬在那里似的，望之森然。有些摄影师干脆放弃，自己半猜半描地在照片上为他画出大概的头形。如果有人幸运地捕捉到他戴着帽子的画面，他的影像不过是被帽檐遮住的一副大下巴，出现在嘴巴之上的只有眼镜，镜片则反照出摄影者的身影。反正史密斯几乎从来不看镜头，他总是看着他的马。

19世纪末，印第安人曾看过年轻的汤姆·史密斯绕着野马群外围驰骋原野，但即使是当时，他也总是孤零零一个人。他几乎完全不说话，除了借由细微的动作与声音来与他的马沟通。印第安人叫他"孤独的平原人"，白人则叫他"沉默的汤姆"。人类都对他视而不见，似乎只有马才了解他。

这些马是他默默钻研一生的课题。他成长于一个驯马如呼吸一样必要的世界，天生便具有洞悉马匹的非凡直觉，他为它们奉献了全部心力，若没有它们，他便不是个完整的人。或许是因先天本能，或许是因后天接触，他已经变成了马，有它们谦逊低调的内敛，也有它们耿直刚硬的意志。他来自草原，为投入布尔战争的英国骑兵队驯服过无数野马，在此之前，他的牧马事业可以远溯到少年时期，其中间杂着猎鹿、养羊及猎山狮。小时候他曾骑马参与最后一波西部大赶牛，13岁的他就已经是一个技巧娴熟的驯马师了。他应该有过妻子，因为曾有个叫吉米的儿子来公司找他，才让人发现必然有这么一个人存在。

世纪交替之后，二十出头的史密斯策马离开原野。英国骑兵队已经不需要他了，他就到科罗拉多章克申牧牛区的一家牧场当工头，一待就是20年。万事皆通的他什么状况都能对付，包括驯服蛮悍的小牧牛马、治疗它们的创伤与疾病、修整马蹄及在铁砧前弯腰替它们打蹄铁。他日日夜夜和马一起生活，漫步牧场时倚着它们的毛皮取暖，在科罗拉多山麓下，就在它们的脚边席地而眠。

然而巨变来了，塑造他的西部开始漫长而痛苦的撤退，在汽车的率领下，现代化的世纪逐渐侵蚀边疆。马匹，以及所有相关的生活，都慢慢被挤到一边。也许在极少几次旅居文明世界的旅程中，史密斯曾与霍华德如雨后春笋般冒出的汽车公司擦身而过，但不必等看到它们，他早已知道自己的技能越来越没用处了。身边所有人都替自己在新世界里重新定了位，一大部分知识与传统正迅速消逝。他周围的人纷纷往前走，但史密斯留在原地又待了一会儿，无言地伫立成一个遗迹。他不知道，恐怕也无法想象还有别的生活方式。

1921年时，章克申的牧牛场卖掉了，史密斯也因此失去工作。他飘荡到怀俄明，在一家不知名的公司找到工作。那家公司专门供应马术大赛中接力赛用的老朽马匹，史密斯负责训练6匹赛马，并为它们调整蹄铁。他的成果十分惊人，虽然只是三流比赛，史密斯的马却屡屡进入三甲，这引起了一个叫欧文的超重量级人士的注意。

绰号"牛仔查理"的欧文经营两项事业：夏季时，经营一个乱七八糟的狂野西部秀；冬季时，经营一个更乱七八糟的赛马会。欧文是个庞然巨物，归功于腺体异常及50磅的肿瘤，他的体重在相对还算"轻盈"的400磅到540磅之间，因此又博得了"十吨"欧文的别号。

关于欧文的新闻热闹得无以复加，他的朋友汤姆·霍恩因杀人而被绞死时，他走上绞刑台宣称"人生就是一列驶往天堂的火车"，因而上了全国报纸头条。恶名昭彰的逃犯比尔·卡莱尔抢劫火车，欧文也忙不迭地跟着民防队一起去追捕，然后舌灿莲花地在《丹佛邮报》上大谈他如何"擒获西部最剽悍的火车劫匪"。他身边总见有头有脸的大人物，有一次欧文的演出因付不起钱而陷在羊头湾进退不得，就是总统西奥多·罗斯福帮忙纾困的。遇到新认识的人，欧文欢迎的手可以捏碎指骨、拍掉牙齿。他胆子大、点子多，托天之荫拥有往上爬的直觉，油嘴滑舌又厚颜无耻，而且深具吸引力，是新西部人的原型。

欧文看出史密斯对马有一套，便雇他来担任工头、蹄铁匠和驯马助理。自此，孤独的平原人开始了一段动荡的人生。夏季时随火车"哐啷啷"行遍全国，反复巡回于一个又一个城镇，在马戏帐篷下完成演出。剧目奇异地糅合了历史故事与神秘传奇，从牛仔大战印第安人、骑兵队驰援、抢劫马车到罗马战车赛等应有尽有，担任配角的几乎都是被剥削的印第安人、墨西哥人和牛仔，个个身怀从边疆磨炼出来的驯马术和生存绝技。

到了冬季，则轮到欧文的赛马会登场。由于禁止赌马，能去的地方只有破烂的马场、小得被称为"牛圈"的河湾地和泥巴路，但这正是欧文式的比赛，在这里，"十吨"欧文就是国王。

欧文的马戏团宛如一个搭火车来去的小城市，某地举行大型赛马会时，欧文的车厢便奔赴当地拉开阵仗。他的马戏团可能是当时全美最大的团，甚至是至今最大的，但光为了跟上欧文的步调，想必就已让大部分马儿累得东倒西歪。

除了堪萨斯等大城市外，印第安保留区也在欧文的行程之中。欧文会特别选在政府救济金支票寄达的次日进城，因为这时每个人都有钱下注。他鼓起如簧之舌，说动当地人拿马来和他赌一赌，押注是 10 美元。谁来参赛他都接受，不用先看马，但在约好赌局与开赛之前的时间里，他会偷偷去侦查当地马匹的训练情形。如果觉得它们会痛宰他的赛手，他便忍痛放弃押注金而离去，同时还常"忘了"付旅馆钱；如果当地的马匹明显比他的差，他会尽量说服它们的主人把所有现款都押下去，连马背毯都不放过。欧文的马几乎都会赢，他快把当地人榨得一干二净了。这种日子很辛苦，无论对人还是动物。按大约 60 美元的月薪，史密斯得吃在马厩、睡在马厩，并努力满足 54 匹马的各种需要，何况欧文还不是个好应付的老板。但马儿的待遇更差，欧文曾经将 30 匹马塞进一辆四门火车车厢里，在下车以后又让马儿马上出赛，既不给水喝，也不让它们暖身。

而他的赛马行程可谓野蛮至极。在一个一周跑一次算是满档的年代，他有回让一匹叫"琪媛小姐"的母马在 21 天里跑了 16 次，还曾派另一匹倒霉的马连跑 8 天。这种铁腕作风确有收获，欧文成了全国战绩最佳的驯马师，但马儿们却付出了惨痛代价。史密斯替它们疗伤止痛，重新缀补它们残破的身心，并从中汲取了教训。

对史密斯来说，那必然是很屈辱的。照顾奔至力竭的马匹，看着曾经以畅快奔跑为生命的马儿，现在只用它们的奔腾跳跃来表演，而观众早已忘却了那个已逐渐消失的世界。但史密斯适应下来了，在看了几千场赛程后，他也总结出，一开始就蹿前的马匹，最后大部分都会赢，于是他发明了新的训练方法，教马儿尽可能迅速抢先。在当时，这一点能满足欧文的需要；而就长久而言，这将有更重大的意义。

经济大萧条砸翻了欧文的生意，看演出的人少了，发薪水也成了问题。但马仍然需要照料，因此史密斯继续留下来工作，此时有一匹马吸引了他的目光，一匹凄惨到无可救药的马，名唤"侠风"（Knighthood）。

此马大有来头。20世纪20年代期间，侠风是由一个叫鲍勃·罗的高明驯马师调教的，当时只有三五位黑人驯马师，他即为其中之一。在罗手下，侠风令人闻风丧胆，赢得了30场比赛及2.2万美元。那匹马成为蒂华纳黑人族群的图腾，出赛日便是他们欢欣鼓舞的庆典日。但随着年龄渐长，侠风的速度也逐渐退步。1930年，它被摆进一场标售赛（Claiming Race，参加这种比赛的马都可依其预先标示的价格出售，登记购买者须有特定执照，闸门一开即取得马匹的所有权，但奖金由前马主领取。——译者注）。罗当然不愿和它分开，但他以为没人会买一匹跑过近150场的老马。

罗错了。雪上加霜的是，出价买侠风的那个驯马师是个白人。罗为此伤心欲绝，赛马迷们更是群情激愤。侠风易主之后，传出了一则谣言，说那匹马原属的族群有人对它下了诅咒。马场圈向来迷信，取得它所有权的驯马师大为不安，连一次也没赛过就把它转卖了，而新马主也立刻把侠风摆进另一场标售赛。

欧文不是迷信的人，他在开赛前登记要买侠风。如果侠风真的遭到了诅咒，那么诅咒确实生效了，它在那场比赛中严重受伤，跛着脚走进欧文的马厩时，似乎已经完全报废。虽然欧文很喜欢这匹马，不肯让它安乐死，但锋芒尽失的侠风在马厩里颓丧抑郁，甚至拒绝进食。

史密斯想要这匹马，已经两个月没领到薪水的他，向欧文提出了一个交换条件：把马给他，之前的欠薪一笔勾销，之后史密斯就带着侠风消失了。10个月之后，史密斯牵着侠风在蒂华纳再次现身，并且让它参赛。

在赛马界，7岁以上的马获胜是极罕见的，即使是标售赛也是如此，而侠风已经10岁了。可是老赛马迷们再看到它都欣喜若狂，争先恐后奔向投注窗，到了侠风上场步向起跑点时，它的赔率已经大幅降低。后来侠风赢了，它的东山再起成了一则传奇。

从草原、牧场、后街再到牛圈，汤姆·史密斯和马匹培养出了一种近乎神秘的心灵默契。他知道它们的心思，懂得如何操纵它们，了解它们如何表达情绪与感受，他的手可以抚慰它们的痛楚。在当时，赛马是由传统和仿效、迷信和无稽之谈共同塑造的严肃事业，连正统的驯马师也会把阴茎浸入母马的水桶以使它停止发情。但史密斯却和传统的驯马师有天差地别，他不遵循任何模式、喂饲秘诀或迷信的仪式，他的诸多心法都经过边疆的试验。他会把马视为独特的个体，以自己的灵感和经验来照料它，而马儿在他的关照下，也如花朵一般逐渐绽放。

史密斯之所以话这么少，或许也是因为他听得太用心。马儿会用最细微的动作来说话，而史密斯听到了，也把一切都看在眼里。降热夫（Hotwalker，马匹练习之后需要步行一段时间以降低体温，负责带马行走的人称为降热夫。——译者注）常看到他蹲在地上一直盯着马看，在脑子里把马翻来覆去地琢磨；等降热夫绕了马厩一圈回来，他还在原地纹丝不动。有时候，他会全神贯注盯着马几个小时，有时他甚至几个礼拜不肯离开马的身边，连去观众席看看赛马也不愿意。他用手边现成的材料组装出独具巧思的训练设备，自己调配敷药膏，并且用其他人不赞同的方式为马匹做参赛准备。他随身带着马表，但都摆在口袋里，因为他有一种不可思议的能力，能凭目视判定一匹马的速度，而且讨厌任何会让他错失一丁点儿动作变化的干扰。

对史密斯来说，训练马匹是一段漫长而沉默的对话。若其他人无法理解他在做什么，他会觉得非常困惑。"如果你懂马的语言，和马说话就很简单了，"他有次这么说,"马从出生一直到死去的那天,始终都是一个样的。只有人的对待,会使它们有所不同。"他坚信,没有任何动物是无可救药的,每匹马都可以进步,他的座右铭是:"每一匹马都是独一无二的,一旦你进入了它的思想和心灵,便能在一个原本可能桀骜不驯的动物身上引发神奇反应。"

牧牛马、野马、演出马和疲惫的比赛马,这一切将史密斯打造成一个完美的驯马师,现在他只等那匹真命天马了。

1934年3月21日,一轮早春的太阳高挂在墨西哥的天空。在夏延区14英里外一条荒凉的道路上,有辆车因爆胎而失控,一头栽进了沟里。救险队在撞毁的车子里找到欧文,他的胸部和头部都受了重伤,两天之后便溘然长逝。

欧文的马队树倒猢狲散,史密斯只能另谋生计,在西雅图的长亩赛马场找到一份差事。他负责训练几匹原来属于欧文的马,但没多久就改当哈里·沃尔特斯的工头。第二份工作也很短暂,因为沃尔特斯不久即从赛马界退休,他知道这么一来会让史密斯失业,便给了他一匹马作为礼物。这匹曾经辗转各地,以1500美元在标售赛中购得的马名叫"奥瑞雷",但这个礼物的价值颇为可疑:它的脚跛了。一如对侠风,史密斯静下心来好好照料那匹马。经过一段时间的复原后,健朗无恙的奥瑞雷在他的牵领下重回赛马场,并且开始克敌夺冠。

1934年下半年,汤姆·史密斯以只有一匹马的马队阵容,前往阿瓜卡连特。奥瑞雷表现得差强人意,史密斯也只能勉强糊口。这位驯马师就住在马厩里,而且还是和一位也在为生活挣扎的骑师共享。他找不到经纪人,离完全破产只差几块钱,而在经济大萧条的谷底,他只能找到零星的工作。

一个值得大书特书的巧合救了史密斯。和史密斯共享马厩的年轻骑师诺布尔·雪威,当时正巧在替查尔斯·霍华德的密友乔治·詹尼尼训马。詹尼尼去马厩视察自己的马匹时,注意到奥瑞雷如何在史密斯的照顾下重新绽放风采,他发现这是一位埋没在墨西哥马场圈的杰出驯马师,便和查尔斯·霍华德联络。

"现在,"他告诉这位朋友,"你可以有全国最好的驯马师了。"

汤姆·史密斯和查尔斯·霍华德,这两位简直站在世纪两头的人见了面。史密斯是真正边疆族群的最后遗迹,霍华德则以他飞快的车轮滚遍了史密斯所在的西部。霍华德受想象力驱动,史密斯却始终是"孤独的平原人",孤僻而难以亲近。但霍华德蒙天之佑,拥有不可思议的能力,可以从看似毫无希望的外表下看出一个人的潜力,而且他有骑兵的眼睛,能洞察驯马师的高下。他看了史密斯一眼,脑子里顿时铃声大作。于是他开车载史密斯去他的马厩,将马儿们引荐给它们的新驯马师。

▲ 汤姆·史密斯和"海洋饼干"

(AP / WIDE WORLD PHOTOS 提供)

真命天马？

仰仗霍华德支付的丰厚的薪水，史密斯的财务状况总算翻身了。他的衣着大有改观，但花钱时还是精打细算。霍华德的周岁马养育状况都不好，汤姆·史密斯独自培训了它们一年，再悄悄把它们牵进圣阿尼塔马场，开始正式上工。从一开始，史密斯就引来了好奇的目光。有人看到他用毛巾包住闹钟，塞到一匹小母马的马厩草堆里，让它习惯那个滴答声；然后，当马场上的每个人都在猜他到底想做什么时，史密斯掏出闹钟，把小母马牵到跑道上，在它进入闸门后拨响闹钟，然后随它去跑。接着，他再把它牵回来，一次又一次重复同样的过程，直到它一听到铃声就会没命地在跑道上狂奔。

很快，就有人专程来看史密斯了。以前没人见过这样的驯马师，但赛程开始后，史密斯的马却纷纷得胜。不只是小胜，史密斯根本就是吃下了整个赛马场。霍华德和史密斯之间建立了某种默契，霍华德几乎每天都来马厩待很久，但不干涉史密斯的工作，史密斯则容忍霍华德不断带来的朋友和记者。霍华德渴望更多的胜利，便派史密斯去东部找些成年马，以补强他的马队阵容。他有足够财力买下战绩辉煌的马，但他不想走这种方便之路，反而想从东部赛马圈的金主手上低价挖掘出被埋没的健马,他知道他的驯马师可以找到那匹马。1936年6月,史密斯来到马萨诸塞州,走过一个又一个马场,看遍几百匹廉价马,却始终找不到他要的那一匹;直到6月29日的闷热午后,在波士顿的萨福克马场,那匹马找到了他。

那小公马根本是在藐视他。当时一群三流马正鱼贯步向起跑线,史密斯站在跑道栏杆边打量它们,一匹瘦小的栗色3岁马突然在他面前停下来,高高仰着头,丢给他一个完全不是此种智商级别的动物该有的戏谑眼神。"它从马鼻子上看着我,"史密斯后来回忆道,"好像在说:'你他×是谁啊?'"一人一马隔着栏杆站了好一段时间,静静打量着对方。接着,那匹动物臀部一摆迈步离去。史密斯望着它,很瘦,没错,但它身上装了"引擎"。

史密斯翻开赛程表找这匹马的资料。原来小公马系出剽悍的"战人"血脉,父亲是敏捷如风、骏伟英朗的"海粮",可是它发育不良的体格却没有一丝祖先的俊美与雄健。它矮小的身形与地面颇为亲近,拥有煤渣的全部特质——粗糙、鲁钝、棱角分明外加杵着不动。它有一条可怜兮兮的小尾巴,长度仅勉强拂到后脚踝,粗短的腿更是研究不稳固结构的最佳素材,方而不对称的"棒球手套"形膝盖并不笔直,让它永远处于半蹲状态。它用一种两腿叉开的怪异动作走路,因此常被误认成跛脚;要它跑的话,它就会在跑道上压低身子爆笑演出,迈出马场圈所谓的"打蛋步",左前腿往前跨时,会痉挛似的不断向侧方重重跌下,仿佛忙着踩苍蝇。它的步伐更是毫无章法,后蹄老是眼看着要踢到前脚踝,让人看得抓狂,曾有人把它的动作比喻成鸭子的摇摆步。先天缺陷已经一大堆了,它的赛场表现更是一团糟,它的职业生涯只有其严酷至极值得一书。虽然才3岁,它已经跑过43场比赛,比大部分赛马的整个职业生涯都跑得多得多。

但那匹小公马还是赢了当天的比赛。卸下马鞍时,它又一次将开阔而聪慧的双眼投向史密斯。史密斯喜欢那个眼神,并且向那匹马点点头。"要是那个小坏蛋没有点头响应，我可以把脑袋揪下来给你，"史密斯后来说，"它好像是在向我致意一样。"仰慕者会写道，这匹马的特质"大多深藏于心，而汤姆·史密斯是第一个认出它的人"。

离开时，他对那匹马说："我会再见到你的。"

这匹马的名字叫"海洋饼干"。它和汤姆·史密斯短暂的四目相投，代表着一段漫长的煎熬即将步入尾声。1877 年，詹姆斯·菲茨西蒙斯 3 岁时，家住布鲁克林，科尼岛马会买下了他家附近地段，几乎围着他的家盖了跑道。他懂事以来就和赛马结下了不解之缘，10 岁即在马场厨房洗碟子，接着展开晨操马童的艰苦生涯，之后成为骑师，再转而尝试驯马，这才找到了最后的归宿。

菲茨西蒙斯很快就成为全国最成功的纯种马驯马师，到了那年 6 月，他已 61 岁，禁锢在一具为关节炎所苦的躯壳里，脊椎上端逐渐向前倾颓，让他的头越垂越低，将来怕是只能从马脚来辨识他的马了。但他仍拱着僵硬的身体完成大量的工作，培育出无数的冠军马，包括"勇狐"和"奥玛哈"，它们是最早三匹囊括肯塔基州赛马会、普雷尼斯赛马会、贝尔蒙特赛马会"三冠王"的其中两匹。他的名声响遍全美，驯马师无不对他崇敬有加，汤姆·史密斯也不例外，菲茨西蒙斯显然是史密斯唯一敬畏的人。

这两位驯马师相遇之因缘，源自 1928 年菲茨西蒙斯受托照料两岁的"海粮"，也就是史密斯在萨福克看到的那匹小公马的父亲。"海粮"是一个均衡、优雅、迅捷炫目的古铜色典范，在每个方面都超凡卓绝，甚至包括它唯一的缺点：完全不受控制。它的曾祖父是"哈斯丁"，它的后代或多或少都展现了这项特质。"哈斯丁"在场内有蓄意攻击对手马的记录，在场外，数不清的马夫被它攻击得遍体鳞伤。它的儿子"公平比赛"的速度与凶恶皆获其父之真传，后又传给无可匹敌的"战人"。高大赤红的"战人"功绩彪炳，繁衍甚众，为赛马圈制造了许多美丽的"食人兽"。

"战迹"正是一个典型的例子。还是幼马时，它就曾把一名马夫活活踩死，这彪悍的性格替它打响了名号。它的驯马师是卡彤·伍兹，伍兹找来顶尖的骑师汤米·卢瑟帮忙。"那匹马，"卢瑟回忆道，"会做错每件事。"卢瑟和伍兹花了无数钟点耐心地调教"战迹"，直到觉得它已经可以在出赛时不宰掉任何人，才放手让它参与罗得岛纳拉干塞园马场的一场比赛。闸门一开，"战迹"就一路领先到最后，轻而易举赢得了比赛。卢瑟告诉妻子海伦："它下次跑的时候，你就放心地赌一百块下去吧，稳赢的，像抢小娃娃的糖果一样简单。"

海伦照她丈夫说的做了。结果，"战迹"火箭般地冲到最前头，在弯道上继续保持领先，把其他马远远甩到后边，独自向终点飞奔。正当看台上的观众群起为它加油时，它突然冲向跑道内侧栏杆边，然后紧急刹车，甩得卢瑟腾空飞起，直直地向场内尖锐的跑道耙翻滚而下。电光石火间，卢瑟伸手抓住栏杆，像体操选手一样旋个身，干净利落地站到跑道上。斯图亚特·汤姆·索普越过跑道走来，不可置信地瞪着毫发未伤的卢瑟。

"汤米，"他说，"一定有人在替你祈祷。"

面对"战人"的儿子，你所能做的通常只有祈祷。同为"战人"之子的"海粮"，更将"哈斯丁"的暴戾淬炼至精纯之境，它着魔似的在跑道上愤怒地乱跳了3年，和倒霉的起跑助理（负责在无门的起跑闸口拉住马头）结下不共戴天之仇，成了恶名昭彰的大流氓，菲茨西蒙斯拿它一点办法都没有。偶尔奇迹也会出现，有3次他竟能哄劝那匹马参与赛马游戏。"海粮"的步伐很特殊，一只前腿跨步时会往外戳，它把野蛮转化成速度，在最高层级的奖金赛里把其他顶尖好马打得落花流水，更打破了多项速度纪录。但这些只能算是小战斗而已，大多数时候"海粮"总是能随心所欲。1931年，它在起跑闸门发表了"独立宣言"。开赛评审敲了铃，"海粮"却把蹄子牢牢扎在地上，站在那里一动也不动。菲茨西蒙斯只好替它收拾行李，把它运回给马主格拉迪斯·菲浦。

1932年，"海粮"进入了成年期，但没人蠢到肯花配种费请它来和自己的母马交配。可怜的菲浦愿意免费把它借给马里兰的育马人士，但仍然乏人问津。

她急着想捞点本回来,就把它运到肯塔基一个叫"蓝草高地"的小农场,把自己寄养的几匹母马运过去和它配种。其中之一是毛色有斑点、膝头圆肿如瓜的"飞飞"。它也曾受过菲茨西蒙斯的调教,但表现得不够好,一场也没赛过就被他淘汰了,但它体格不错,所以菲浦决定把它和其他 3 匹母马送去"海粮"那儿。之后,"飞飞"和同伴都怀着身孕回来了,菲浦暗自祈祷,希望它们能复制前人的完美外在,同时去除其狂暴内在。

结果没有。1934 年底,在纽约的阿圭达赛马场,"海粮"的后代步下车厢,开始接受菲茨西蒙斯的照料,但"飞飞"的儿子"海洋饼干"和另一匹小公马"烈酒"完全看不出一丝其父之风。马夫们对它们大失所望,索性藏起来不给菲浦看。即使经过一年的养育,还是没改善到哪里去。"'海洋饼干'个子好小,"菲茨西蒙斯说,"说不定你会以为它是比较大的小型马呢。"它身上唯一与父亲明显相似之处,是那只外踢的前腿。这两匹小公马不仅长相怪异,还难看得一模一样,它们一定喜欢照镜子,因为这兄弟俩总是形影不离。

所幸,"海粮"的火暴脾气也在基因洗濯中消逝了。"海洋饼干"总是满足于迟钝的麻木状态,睡觉是它最爱的消遣方式。马的睡眠通常零星散布于白天及夜晚,日间大约有 20% 的时间在打盹。体型与内部构造使它们躺卧时呼吸及血液循环都无法顺畅,而且,和所有不能迅速起身的食草动物一样,它们本能地不太喜欢躺下,因此马大部分的睡眠是在站立中进行的。马厩里的马平均一次只躺下来睡 5 分钟,而且几乎都是在夜里。

"海洋饼干"却是例外,它可以屈膝躺下连续呼呼大睡几小时,也不会有任何不良后果。别的马吵着要吃早餐,叫得把屋顶都快掀翻了,它还可以大睡特睡,马夫得想尽一切办法才能让它站起来。此外,它安静得不得了,以致菲茨西蒙斯的助理驯马师有次出去喝啤酒时把它忘在货车厢里,让它在酷热中待了一整个下午,3 个小时以后他们回来找它,却见它安安稳稳侧躺着,伸长四脚睡得酣畅不已。没人见过这么恬然自在的马,菲茨西蒙斯当它是"一条大狗",是他训练过的马中最随和的。除了美容觉之外,"海洋饼干"唯一重视的就是吃了。它老是吃个不停,而且胃口好得不得了。

这匹温和可亲的小马儿看来"前途无亮",因为它的速度慢得像成长的草。"照顾它的马童可以对它做任何事,"菲茨西蒙斯说,"任何事,意思是,除了让它在晨操时跑步以外。我有时候甚至觉得它根本不能跑。"

但有时,"海洋饼干"的表现又让菲茨西蒙斯怀疑自己的判断,也许是练习时明显不太流汗,或眼中一闪带着狡黠意味的光芒。"它聪明得像只小猫头鹰,"后来菲茨西蒙斯回想时说,"它简直是太安静、太听话了。"菲茨西蒙斯开始猜想,这匹马会不会和它父亲一样桀骜不驯,只是方式更狡猾。"我觉得它好像一只会唱歌的鸟,但除非我们设法让它唱,否则它是不肯开口的。"

于是菲茨西蒙斯逼它唱了。"我决定骗骗'海洋饼干',"他解释道,"向它证明它骗不到我。"一天早上,他要"海洋饼干"和马厩里最快的周岁马"浮士德"一起出操,然后叫它的训练骑师找根棍子来权充鞭子。这大大背离了菲茨西蒙斯的训练模式,因为他一向坚持训练骑师绝对不可以鞭打马匹。可是用软的没办法哄"海洋饼干"展现任何速度,要查证这匹马到底是不是在唬他,菲茨西蒙斯决定为自己不体罚的规定破个例。为了确保棍子不会伤到"海洋饼干",菲茨西蒙斯要骑师选了一根扁平的木板,功效只是拍拍它的屁股罢了。

结果"浮士德"一点展现的机会也没有,在不断的拍打中,"海洋饼干"如风一般疾驰而去,以不可能的 22.3 秒跑完四分之一英里,恐怕也是有史以来周岁马的最佳纪录。原来这只鸟是会唱歌的!

"我发现为什么它不肯跑了。它太懒了,懒得要命!"菲茨西蒙斯惊叹道。

这匹小公马已经表明,它那不起眼的小身子里存续着"海粮"的神速,但真相大白也没让它的工作热忱提振多少。菲茨西蒙斯确实对"海洋饼干"无限期冻结不体罚规定,尽管后来他予以否认。那匹马的表现是有起色,但还是没努力到让自己适合比赛。最后菲茨西蒙斯的结论是,要把那惊鸿一瞥的潜能开发出来,唯一的方法是让它进行辛苦的赛程,得非常辛苦才行。

由助理驯马师小詹姆斯·菲茨西蒙斯负责,"海洋饼干"展开了一连串严酷至极的赛程。纯种马是依其出生年份算岁数，而非月份，所以每匹马都在1月1日增加一岁。"海洋饼干"是5月底才出生的，可是在1935年的1月，离它真正生日还差半年时，它就已经算是两岁马，正式取得参赛资格了。

1月19日，它在佛罗里达的希亚雷赛马场首次出道，跑得第4名，这个成绩显然不够好。3天之后，"海洋饼干"就以区区2500美元的标价，被摆进一场低价标售赛中出售。但即使是那样的价钱，也还是没人要买它，而且它又再度输了比赛。小詹姆斯于是带着它在东岸13个赛马场奔波出赛，频率有时密集到只隔两天。"海洋饼干"跑了16次，也输了16次。从佛罗里达到罗得岛，包括之间的每一个地方，它都被摆进最便宜的标售赛里，但始终没人要它。

偶尔，"海粮"的速度会突然出现。第17次时，它终于赢了。仅隔4天，它又被摆进标售赛，这回它打破了纪录，对标售马来说，这可是闻所未闻的佳绩。但这只是昙花一现，它又拖拖拉拉混了几个月，然后反弹回来，在1935年秋季获得了3场差强人意的胜利，接着再度沉落失败的谷底。

到了赛季接近尾声时，"海洋饼干"已经辗转跋涉了6000英里，跑过耗尽气力的35场，至少是一般赛马工作量的3倍。由于不断出赛，它绝对已经不是生手了，但它的问题主要还是在心态。等到它的两岁赛季要结束时，"海洋饼干"已经出现衰竭现象，变得暴躁易怒，觉也不睡了，整晚都在马房里踱来踱去。上了跑道，它会在起跑闸门前拼命挣扎，然后闷闷不乐地跑完全程，有时从头到尾都掉在马队最后。有位叫乔治·伍尔夫的年轻骑师在经历了一次悲惨的演出后，言简意赅地归纳出这匹小公马的精神状态："坏、别扭、意志消沉"。

多年之后，菲茨西蒙斯辩称，这种密集的赛程给予了那匹马必要的调教，才能使它年长后的比赛生涯延续那么久，这或许有其道理，但也可能会过了头。纯种马是因为喜欢跑而跑，若赛程太多，它们可能会活力与兴趣俱失，尤其是当遭骑师反复鞭打威吓时——正如"海洋饼干"所经历过的。及至1936年春天，它的状态已明显惨不忍睹，原因很难不归于严酷的赛程。

"海洋饼干"的不幸是，它的心智需要苦心孤诣的关注，但马厩里的管理人员根本没有这个时间。菲茨西蒙斯的马厩里多的是发育超前的幼马和已经确认具有一流水平的成年马，"海洋饼干"的厩友"奥玛哈"对三冠王发动了一次成功的袭击，下一季，菲茨西蒙斯又将把注意力转向颇具冠军相的"葛兰威尔"，准备让它进军 1936 年的肯塔基德比赛马会。"葛兰威尔"是头暴躁而需要大量关爱的动物，因此能拨给"海洋饼干"和"烈酒"的时间就所剩无几。在菲茨西蒙斯的马厩里，一匹马要是没有展现出优异的天赋，就会被湮没遗忘，"海洋饼干"的遭遇正是如此，而这点菲茨西蒙斯也知道。"当它想展现时，它是有东西的，"这位驯马师承认，"它好像是想给自己保留些什么似的，问题是，当时我没时间去发掘出到底是什么。"

1936 年春天，菲茨西蒙斯带着"葛兰威尔"前往三冠王预赛，把"海洋饼干"交给助理驯马师乔治·泰潘。"海洋饼干"在东北各地运来运去，一个地方从不待超过两三周，平均每 5 天就跑一场，而且简直次次都输给比它差的马。但一如初出道时，它偶现希望之光，在纽约的牙买加马场跑得非常认真，接着在纳拉干塞园马场小有胜绩。菲茨西蒙斯越来越肯定，这匹小公马绝对可以更上一层楼。他不断设法鼓励"海洋饼干"在晨操时更加努力，包括提供 1 美元赏金给任何能让它以低于昏昏欲睡的 50 秒速度跑完半英里的训练骑师，这打赏是一般标准的两倍。"他们没有一个拿过赏金。"菲茨西蒙斯遗憾地说。

菲茨西蒙斯才开始对"海洋饼干"热忱起来，"海洋饼干"所属的惠特雷马场态度却冷了下来。格拉迪斯·菲浦认为，即使菲茨西蒙斯可以化腐朽为神奇，这匹马对获利较高的负重赛而言还是太小了，因为届时它必须加挂比较多的磅数。如今新马又即将进棚，"海洋饼干"于是荣登淘汰名单的榜首。菲浦急于找买主，她在那年初春前往欧洲，行前为"海洋饼干"定了 5000 美元的售价，希望能在她回来前脱手。

到了 6 月，"海洋饼干"战绩奇惨，总共在之前 3 场赛程中落后 25 个马身。接着它又现身于马萨诸塞州的萨福克马场，将和一群次级马竞争 700 美元的奖金。就在那里,汤姆·史密斯第一次越过栏杆和它眼神交会。曾经有无数驯马师的视线扫过那具平凡的栗色马身,但没人看到史密斯所看到的。

1936年8月3日,莎拉托加赛马场上的一间私人包厢里,玛赛拉和查尔斯·霍华德正端详着场内一群平均6000美元的标售马。他们本来是替平·克劳斯贝参加周岁马拍卖会的,顺便到赛马场玩一玩。查尔斯指着一匹出奇矮小的公马,问妻子觉得怎么样,她以一杯冷饮赌它会输,但他们却眼看着它一路领先,于是玛赛拉买了杯柠檬水给她丈夫。那天下午并肩坐在包厢里时,夫妻两人都感受到了一股直觉的牵引。霍华德随即与史密斯联系,说有匹马想请他相一相,就在菲茨西蒙斯的马群里。史密斯半信半疑,因为那年春天他已经相过二十几匹马,而且对每匹都皱起了眉头。

史密斯前往惠特雷马场向菲茨西蒙斯自我介绍,要求看看霍华德提到的那匹马。菲茨西蒙斯刚把它从马厩牵出,史密斯马上就认出它了,原来就是"海洋饼干"。史密斯看到了它打结的膝盖、皮肤下紧绷的肋骨和周身的疲惫,但也看到了其他的东西,于是去找霍华德。

"你最好自己来瞧瞧。"他说。

"海洋饼干"被牵出来时,竟和霍华德头对头撞个正着。史密斯以四句话表明立场:"这匹马给我,它是有本事的,我可以让它进步,一定可以。"

此言之大胆令人惊愕。汤姆·史密斯是个默默无闻的驯马师,在主流马厩只有一年的工作经验,菲茨西蒙斯则是全国驯马界的最高权威;如果他没办法让一匹马获胜,那就没人行。此外还有另一件事值得担心,霍华德请兽医去检视那匹马,他们对它的前景都持保留态度,望着那可疑的左前腿,纷纷判定此马只堪"劳役之用"。可是史密斯知道,在这匹马的身体里,有东西正静静蛰伏着。

和"海洋饼干"对撞而起的肿包,触发了霍华德感性的那一面。"我爱上它了,"他后来说,"就在斯时斯地。"但霍华德生意人的那一面还没有完全释疑，他和马场老板之一的奥登·米尔斯接触，出价8000美元，但有一个附带条件："海洋饼干"必须在下次比赛中有很好的表现。

当天大雨倾盆，菲茨西蒙斯于是考虑让"海洋饼干"退赛。好像也没人想在泥浆里比赛，一整天里不断有驯马师将自己的马撤出，到了下午时，只剩另一匹马还在场内。最后菲茨西蒙斯决定放手一试，反正他不会损失什么。一时兴起，霍华德也为那匹马下注100美元玩玩，然后坐下来观赛。史密斯紧张得不得了，因为他研究过"海洋饼干"以往的成绩，知道那匹马在泥地的表现并不好。站在跑道边，这位驯马师心里真是七上八下。"海洋饼干"起步就慢了，还越落越远，到赛程一半时，它已经落后至少十个马身，令史密斯顿足不已。但"海洋饼干"突然重整旗鼓，在泥浆里奋力奔驰，噼里啪啦地朝对手拼命追赶，最后竟超前领先。这不是多么激烈的竞争，但终究还是赢了，霍华德也感到满意，这匹马有勇气。

"我没办法形容它给我的感觉，"霍华德后来说，"但我还是知道，它值得我们用心。汤姆和我都明白，日后我们必将有忧虑与麻烦，我们必须对它进行重塑，包括精神与身体，但不必重建它的心，因为心已经有了，和所有野马一样辽阔。"于是霍华德找到了米尔斯。

"成交吗？"他问。

"成交。"米尔斯说。霍华德签了张支票给米尔斯，然后把他的新马送给玛赛拉。

终于，汤姆·史密斯找到会让他一举成名的真命天马了。

1936年8月的某日，"海洋饼干"最后一次被从菲茨西蒙斯的马厩中牵出，没人来送行。在霍华德的马厩里，史密斯静候着，一群马夫随侍在侧。虽然这位驯马师没说什么，但那天他的一举一动，还是让马夫感觉到这匹马对他有多特别。有个叫法瑞·琼斯的少年见习骑师搞不清楚状况，见来的是一匹瘦削、矮小的动物，难免以为这不是比赛马。

"看来他们买了新鞍马。"他脱口而出,声音大得足以传入史密斯之耳。其他马夫连忙嘘着叫他闭嘴。

几天之后,史密斯领着"海洋饼干"上货车,霍华德的马队要去底特律佳园马场。史密斯开始考虑该找个骑师了。

宿敌——"虫小子"对上天生好手

宛如一片在静止空气中缓缓飘下的落叶，雷德·波拉德感觉他的人生也在日渐陨落。1936年的夏天，他26岁，作为骑师及兼职拳手的生涯已迈入第12个年头。他是个很优雅的年轻人，肌肉结实，超乎自然的橙色头发让人吃惊。脸孔有一种往下垮的感觉，仿佛面容正要开始融解一样。

就统计而言，他在任何地方都算是非常糟的骑师，至少最近是如此。他曾经是顶尖的好手，但那已经是多年以前了。他没钱也没家，完全在赛马表演的路上讨生活，睡在空马厩里，身边只带着一副马鞍、玫瑰念珠和一些书，包括袖珍本的莎士比亚、奥玛·"卡雅"的诗集、小本的罗伯·瑟费斯《拓荒者之歌》，也许还有几本爱默生——他称之为"老默"。书是他最接近家具的东西，他窝在它们里面过活，就像其他男人窝在安乐椅上过活一样。

"海洋饼干"在底特律佳园马场安顿下来的当天，波拉德正在俄亥俄州，他的职业生涯在那里继续往下坠，一如在其他地方。他的获胜率已经跌到了个位数，上一匹马跑到半途就停下来不玩了。1936年8月16日，提索丘马场关门闭赛时，雷德·波拉德看来已经完全没有机会了。

▲ 见习骑师又被称为"虫小子",他们通常是十几岁的少年,非常矮小,受到严苛的对待,就像雷德·波拉德曾经受过的那样。

(KEENELAND-COOK 提供)

在波拉德的老家艾蒙顿，人家叫他约翰尼。他们家族有流浪的血脉，他父亲来自爱尔兰，年轻时为了淘金曾踏遍加拿大荒野，来到艾蒙顿后，在北萨斯盖奇河畔开了砖厂，受西北部建筑潮之惠而大发其财。他父亲与太太依迪丝生养出七个聪明活泼的小孩：吉姆、约翰尼、比尔、艾迪、贝提、诺拉和一个小女孩叫泡泡，鲜明反映出波拉德家族的古灵精怪。后来他父亲的哥哥一家也搬来，组成了一个大家庭。出生于1909年11月的约翰尼，是这个聪明热闹的家族里最活泼的成员。

厄运突然猛烈袭来。1915年河水暴涨，他们家的产业一夕消失，只剩下住的房子。约翰尼的父亲最后靠当修车工挣点微薄的收入，只能拿汽油换日用品来养活一家人。虽然落入赤贫，但约翰尼仍找到无数可以转移注意力的途径，其中之一就是运动。职业拳赛在20年代大为风靡，父亲带他和他弟弟比尔去当地的拳赛场，两人当下就着迷了。比尔是个高大有力的拳手，曾经打进"金手套杯"。个子比较小也比较瘦的约翰尼，也成了一个熟练而拼劲十足的拳手，但从未获得和他弟弟一样的成就。

另一个遁逃途径是知识。约翰尼大量吞噬着文学作品，绝大部分诗篇可以倒背如流；但教室让他窒息，他渴望探索更宽广的世界。他对课程没耐心，对老师不敬，成绩很差，时间都花在发明俏皮话或有色笑话上。他的情绪是流动不定的，生气时狂怒，高兴时狂喜，他幽默带刺，哀伤与同情时则如坠入无底深渊。如他的儿子约翰所回忆的，他是一个无论到哪里都带着狂烈的人。约翰尼·波拉德是一只关在笼子里的鸟。

随着约翰尼日渐成长，躁动转化为抱负。他父亲送了一匹名叫"森林曙光"的小马给他，为了补贴家用，约翰尼为小马架上平底雪橇，替当地杂货店送货。马背上的漫长午后，让约翰尼发挥出骑马的天赋。他的女儿、作家诺拉·波拉德·克里斯琴森记得，他有"舞者的身体，柔软、结实而瘦削，每个地方都均衡得恰到好处"，是一种最适合马背起伏的体形。骑马也符合他的冒险欲，从小时候起，他的人生就一头冲向危险与不确定。于是，约翰尼决定了，他要当骑师。

十来岁时，约翰尼每日穿梭于当地的马厩，用劳役换取骑马的机会，还恳求父母让他跟着赛马表演团一起走，好学习当个骑师。他母亲吓坏了，力图阻止他，但他父亲没有。1925年，他们得出了一个折中协议，约翰尼可以到赛马场开创事业，唯一的条件是：得由波拉德家族一位信得过的友人陪着他去。

1925年的某日，约翰尼和他的监护者来到蒙大拿州的一个旧矿城巴特。在当地，"牛圈"和赛马场、游乐场、市集连成一气。这些以最低层级纯种马和夸特马（Quarter Horse，又译作"四分之一英里马"。美国马种，以擅长短距离冲刺而著称。由于在四分之一英里或更短的距离赛马中能远远地超过其他马种而得名。——译者注）为主的赛马会，是廉价赛马中最劣等的马场，大部分不过是在麦田里临时画出个椭圆形，奖金常常比修蹄费还低，大约1.4美元，跑道一圈只有半英里长。那实在无足可观，但却是个开始。

约翰尼才到那里，他的监护人就不见了，从此再也没有回来。他就这么孤零零的一个人，身无分文地待在异乡的一个偏僻城镇。他只有15岁，而他的少年岁月已经结束了。

就算约翰尼·波拉德有回家的可能，他也根本连试都没试。他找了个睡觉的地方和一些食物，然后在游乐场和赛马场到处闲逛，试图用嘴皮子找到上马背的路。虽然他比其他骑师高得多，大概足足有5.7英尺高，却还没把骨架子长满，只有101磅重，轻盈得足以骑驭。当地赛马圈的人渐渐都喜欢上了这个爱看书的怪男孩，给他取了个"雷德"的别名，有几位还让他骑他们的马。对于开创一番事业来说，那里的环境实属恶劣，"草莽大联盟"的赛马根本无法无天。一位前骑师甚至说："如果你能在那里生存，哪里都难不倒你了。"由于没有照相机，而且只有两位巡场评审，因此骑师可以，而且也必然会无所不用其极。

落后的骑师会抓住前方马匹的尾巴或鞍布，替自己的马省点力气；他们会挡住想超越的骑师，或伸腿勾住其他骑师的膝盖，或出脚吓唬旁边的马，或直接把对手推下马；比较没创意的时候，就彼此互推互捶互抓缰绳，有些骑师还抄小路穿越内圈直奔终点。

在20世纪30年代中期之前，此类技巧普遍见于所有层级的赛马，但论其粗鲁凶悍，波拉德起家的"草莽大联盟"绝对首屈一指。他吃过几次苦头，也学会了很多，可是过了几个月，他还是一场也没赢。为免挨饿，他诉诸仅有的另一项技能，兼差当职业拳手。他挂不上头牌，通常打的是把场子炒热的预赛，那时当地最红的拳击手是一个绰号"内布拉斯加山猫"的小伙子，波拉德也有样学样地取了个"美洲豹"的名号。不过，他的拳术却比名号逊得多，几乎屡战屡败。

虽然名不副实，但在波拉德的拳击生涯中，绰号却是一个能留存下来的东西。那个时代的赛马圈对名字有一种很奇怪的忌讳，活跃于场上者大多以绰号示人，如"说谎的泰克斯""牛屎雷德""隔着纱门撒尿的斯林姆"。马场上有一半人的名字始终是个谜，"美洲豹"之名便从拳击场跟着波拉德来到了赛马场，从此结下不解之缘。他很喜欢这个名号，不但用以自称，也希望好友这么叫他，他还为他的每条狗都取了相同的名字。

一年过去了，波拉德一场都没赢过，但他需要的突破出现了。那是一位前骑师，叫亚萨·艾斯·史密斯的和蔼老人，也是一个云游四海的吉卜赛驯马师。艾斯途经蒙大拿，觉得波拉德是可造之才，就把他签为旗下骑师，带着他前往加拿大西部。在1926年中的一场小赛马里，波拉德终于赢得第一场胜利。

这是个里程碑，因为只要赢了一场，就可以正式成为见习骑师，或被称为"虫小子"（在赛程表上，见习骑师的名字旁边会打星号注明，看起来像只被打扁的小虫，见习骑师又多是少年，因此被戏称为bug boy，即"虫小子"。——译者注）。比赛时所有马匹都要加挂一定的负重，为了鼓励新人，见习骑师的负重可以减5磅。这影响很大，因为在一英里至一又四分之一英里的中距离赛，每加两三磅就差一个马身，长距离赛则每磅差一个马身。"虫小子"可以一直享受这项优惠，直到赢得第40场胜利或首胜满一周年——看哪个先到，之后他们就出师成为正式骑师了。

那个时代的骑师几乎都和马厩签了约，为了换得住宿（通常是空马房里的简陋便床）和仅够糊口的一周5美元，"虫小子"要包办大小劳务，并接受铁腕管理。正式骑师的薪水略高，通常可以不必管杂务。如果一个马厩没有马参加比赛，旗下的骑师就可以替别家马厩出赛。替自家马厩出赛时，"虫小子"赢了也不能分奖金，正式骑师或帮别家马厩出赛的"虫小子"夺冠的话，则可以领得15美元，其他有奖金的排名也可以得5美元。在这种运作制度下，有一小撮骑师非常富裕，可以享受舒适的生活，其他绝大部分却一文不名。

"虫小子"大多是十来岁的少年，不是逃家，就是孤儿或家境贫寒者，就像波拉德。只有少数上过小学，没人念到高中。根据规定，要满16岁才可以上场骑马，可是从来没人被要求看出生证明，所以有的骑师早自12岁就开始出道了。"虫小子"通常个子都非常小，像华德·史达雷，82磅的他刚开始骑马时，连自己的马鞍都差点举不起来。汤米·卢瑟赢得第一场胜利时，只有79磅重。这些男孩大部分在入行时根本不懂赛马，完全听凭驯马师发落。

有些驯马师俨然成为"虫小子"的父亲，有些却残酷至极地剥削他们。"父亲"比尔·达利随身带着一根桶板，方便他揍人。根据报道，如果他觉得哪个"虫小子"太重了，就会搜光他口袋里的硬币，让他没办法买食物，或者把他关起来，直到饿成适当的体重。在马场上，"虫小子"就像任何商品一样，可以出租、贩卖、交换马匹、当成附属担保品和牌局中的赌注。虽然他们几乎挣不到收入，却值不少钱，一个好的"虫小子"可以值1.5万美元，很多"虫小子"被卖了自己都不知道。

波拉德是幸运的，艾斯对他很好。夏季时，他通常在群聚于温哥华四周的赛马场或加拿大西部的葛拉西亚园出赛，秋季和春季时在加州的坦弗兰，冬季则在蒂华纳。波拉德白天的时间都在艾斯的马背上度过，晚上则在马房里，挤在两匹马之间凑合一夜，靠着他的书和马场厨房不定时供应的餐食过活。

老骑师们对那些想当骑师的孩子毫不留情，动辄棍棒相向。有次，有个男孩来到蒂华纳的马场，说想当骑师。马场的人就告诉他，他得先减点重量。

几位骑师在他身上披了两条马毯，叫他顶着午间的烈阳沿着马场跑道跑。他们看着他跑了一圈，让他重新考虑了一下自己的野心，然后继续跑——这次是往城里，然后他们就再也没见过这个男孩和他们的毯子了。波拉德受到的待遇也差不多，但几乎不可能让他气馁。"谁拿马鞍打你屁股，说你能骑马的？"某次开赛前，有位开赛评审讽刺他。"就是那个打你屁股，说你能管开赛的狗杂种！"他马上吼回去。在这个世界上，波拉德找到了一个能抓住他兴趣的地方。他口袋空空，肚皮也空空，但据他妹妹伊迪说，他"快乐得不得了"。

他母亲很担心他，于是他父亲翻箱倒柜凑了几美元，长途跋涉到温哥华，站在观众群里看儿子骑马。由于加诸"虫小子"身上的严格规定，波拉德连骑马经过时都不能转头看父亲一眼，而他们家再也没有任何人有钱去看他了。

在艾斯的监护下，波拉德开始找到了自己的归属。在蒂华纳的第一场赛季中，他遇到一位叫杰瑞·杜兰特的盲眼驯马师，那人当时正努力启发一匹叫"保鲜罐"的马。"保鲜罐"不但缺乏天赋，而且已经7岁，年纪相对来说大了些，就像年近四十的跑者还要和二十出头的小伙子比赛一样。杜兰特让波拉德当"保鲜罐"的骑师，波拉德看到很多训练工作杜兰特都没办法处理，这位17岁的少年索性自动效劳了。

在波拉德的照料下，"保鲜罐"大有进步，赢了6场比赛，共获得3170美元的可敬佳绩。每场比赛之后，波拉德会把"保鲜罐"的比赛报道念给杜兰特听。如果那匹马跑得很糟，波拉德会跳过失望处不提，把比赛中哪怕一点小小的亮点夸得天花乱坠，杜撰出害得那匹马失败的不幸意外。他的用心让杜兰特非常开心，也让其他马师颇为感动，纷纷开始雇用他。到了1927年，人家请他骑马的次数增加了，偶尔他也会获胜。他的小小佳绩并非无人注意，一位叫佛雷迪·琼森的马师和艾斯接触，简单交涉之后，交易达成。波拉德被廉价卖出，以两副马鞍、一把缰绳、两袋燕麦的代价，从此归佛雷迪·琼森所有。接着琼森把他交给了名叫鲁斯·麦吉尔的训练师。

麦吉尔很快就发现波拉德有一种特殊的技能：他先天能贴切体会马的感受，又在牛圈赛马中汲取了有关马匹的经验，使他能深入了解生病和紧张的马匹心理,可以驾驭其他人都不愿靠近的马。他很少动用马鞭,代之以较长的马刺温和地催促马匹。马匹对他的和善对待反应很好,在他的指挥下完全放松,并且全力奔跑。

渐渐地,大家都知道波拉德擅长对付驽劣或有问题的马,而他也经常骑着它们获胜。所得虽然不多,他还是把大部分钱寄回家里,剩余的则借给有急需的朋友。波拉德是个滥好人,没钱的人都知道可以上他那儿去借钱,他也从来不忍心追讨,但他的出赛次数多、获胜率达 10%,所以还过得去。上鞍两年之后,波拉德看来大有可为。

1927 年,温哥华凉爽的夏天里,在蓝斯东园马场,雷德·波拉德第一次见到乔治·蒙罗·伍尔夫。他很抢眼,每个人首先注意到的都是他那身拉风的牛仔装扮:白晃晃的超大牛仔帽、粗重的徽章戒指、流苏皮外套、依照他强壮肩膀裁制的衬衫、镶着纯银动物图案的手工牛仔靴。伍尔夫有暗金色的头发,帅得令人腿软,下巴高抬,扬起的嘴角抑住一抹微笑,仿佛知道什么秘密。讲起话来懒洋洋的,眼神却锐利如刀。他爱看西部杂志,听乡村音乐,开着炫目的车在城里兜风。当时的他 17 岁,孤傲、聪明而且特立独行,可能也是赛马界见过的最优秀的骑马人才。

伍尔夫有骑师的理想血统。他的母亲萝丝是特技马术师,父亲亨利是马车骑师,兄弟都是专业的驯马师。1910 年 5 月 31 日,在埃布尔塔卡斯敦牛只漫步于麦田的乡间时,萝丝即将临盆生下乔治,这时她丈夫突然打断医生问:"要过多久,我才能把这个小孩扶上马背?"即使那位医生曾建议亨利保持耐心,他也没将话听进去。

在成长的岁月中,伍尔夫不记得什么时候他的视线不是框在一对马耳之间。他毫不夸张地说过,骑马"对我来说,和走路一样自然"。在他的少年时期,骑在马背上的时候比站在地上的时候多。"马在我的血液里,"他说,"我到死都会和它们在一起。"

伍尔夫十几岁时开始赛马，显然多报了一岁。佛雷迪·琼森和鲁斯·麦吉尔马上就签了他，并看着他大放异彩。有位名叫雷默·托利佛·怀希尔又名"怀提"的顶尖马师发现伍尔夫不错，于是和琼森商量交易。怀提有匹很好的标售马"三只手"吸引了琼森的注意，于是拿人换马，怀提带着伍尔夫到了温哥华，再到蒂华纳，然后放他上场。

没有人见过像乔治·伍尔夫这样的人，他如猛虎般一出闸，就把任何没钉死的奖项都赢了回去。他实在值得一看，身子在马背上前倾，腰悬在迎鞍骨上，手指夹着缰绳，脸孔紧靠鬃毛，身体随着马的律动而弓弯。他能从马头一点、缰绳一紧、后臀一缩，就察觉马的心意。伍尔夫的脑子里精准滴答着 0.25 秒，他对马匹奔跑节奏的掌握，精确到常在最后一秒才一跃获胜，让人心跳差点停止。

赛马圈的人无不对他五体投地。他们说，他可以"把大象控制在离一颗花生一寸远的距离，直到该喂食的时间"。他有一种独特的预知能力，好像活在超前自己 20 秒之处。他敏捷机灵，毫无所惧，在鞍上展现出一种极端冰冷的镇定，因此马场报位员（在赛马过程中报出马匹跑位的人。——译者注）乔·贺南德兹替他取了一个绰号"冰人"，传神极了。

伍尔夫抢眼的佳绩部分来自上帝的恩赐，部分来自经验，部分来自勤勉学习。他仔细钻研自己和其他所有人骑的马，搜遍《赛马日报》寻找每一点每一滴信息。他不择手段地利用对手的弱点，还发明出一种超前了半世纪的准备方式：出赛前，他会坐在骑师室里，闭上眼睛，在脑海里把赛程排演一遍。他能看到陷阱和机会将如何出现，他会将赛程在脑子里跑一遍又一遍，直到找出获胜的方法。他的死对头艾蒂·阿卡洛说，他不是在骑马参赛，而是在雕琢比赛。

和所有伟大的运动家一样，伍尔夫追求完美。如果觉得表现不好，他会气得宣布退休，也会因失误被判暂停出赛而把自己的鞍具放火烧了。有时他会遁入加拿大的荒野渔猎一番，几个月后重新现身骑师室，再度上场把城里的骑师打得落花流水。

伍尔夫逐渐成熟，技术益发精纯，自卑也蜕变成沉默但坚实的自信。他是一个关于骑术的伟大传奇，他自己也知道这一点。伍尔夫总是泰然自若，从不焦躁慌乱。马场秘书奇克·蓝说："要是有两辆车在乔治面前迎头对撞，当其他人都四处奔逃时，他也只会说声：'哇，你看。'"摄影师总会记录下骑师各种各样的紧绷姿势，而伍尔夫却永远带着逗小孩似的笑容。别的骑师生怕退步或被驯马师遗忘，逼自己清晨4点就起身骑马，伍尔夫则高枕好眠，很少在中午以前出现。"他的骑术远在我们大部分人之上，他自己也知道，"骑师莫斯巴契说，"所以他可以用比较轻松的方式来做事。"

伍尔夫是个狂放不羁的人，言行皆然。《电讯早报》专栏作家、也是雷德·波拉德的朋友戴维·亚历山大写道："作为一个骑师，伍尔夫以在恰当的时间做出恰当的事著称，也以在不恰当的时间说出有些人认为不恰当的言论著称。"若有人问他一个尖锐的问题，他铁定会讲出大胆而且无从抵赖的直言，让周围的人都张口结舌。有次他输了一场重要赛程，竟照实告诉全国性媒体（也让马主冷汗淋漓）说，那匹马已经不行了。

伍尔夫我行我素，每当想休假，他就包袱一卷走人，让抓狂的经纪人和驯马师到处找他。有一次，接连有好几场奖金丰厚的比赛都不见他出现，最后，经纪人终于发现他在一场骑牛秀里挂头牌。另一次，普雷尼斯赛马会举行之前几天，他突然消失得无影无踪，让整个马里兰赛马圈吵翻了天。3天之后，晒黑了的他又开开心心地重回文明世界，原来是来时途经一座美丽的湖，他便优哉游哉钓鱼去了。

只有伍尔夫的驯马师怀提能不为其行为所惑，而这让伍尔夫如芒刺在背。为了把怀提的血压拉高一点，伍尔夫开始把马匹的冲刺尽可能延到最后一秒钟。然后他要自己的朋友去坐在怀提附近，当伍尔夫等着、等着、等到似乎已经太晚才全力突围时，朋友则观察怀提脸上的血色是如何一点点消失的。随着终点一步步逼近，怀提的脸色当然渐渐变白，但这位"冰人"知道自己在做什么。神奇的是，伍尔夫把时间掐得精准无比，就这样骑了十多年之后，才在一场奖金赛里败于终点摄影之下。

伍尔夫对清白参赛有狂热的执着，从不主动采取任何粗鲁的动作，甚至会亲自修理冒犯他的人。他曾用马鞭打一位骑师的嘴巴，接着坦白告诉马会当局，尽管他大可以撒谎开脱。无论大小比赛，他都以同样的热忱参与。而他有时也会使点坏，"冰人"口里吐出的几个字，就能吓得对手搞砸了他们的比赛策略。

打从一开始，乔治·伍尔夫就挡在雷德·波拉德之前。当波拉德睡在马房、吃在马场厨房时，伍尔夫却住在怀提舒适的住宅里，吃着家常美食。波拉德永远也无法脱离伍尔夫的阴影，但他倒不是个嫉妒的人。"我认识乔治，"波拉德会笑着说，"大头，小屁股，吼起来像狮子。"他还满世界宣称"冰人"的外号是他帮伍尔夫取的，因为在小说里，旅行推销员和卖冰品的人都是很没道德观念的角色，而"乔治的个性还没推销员来得讨人喜欢"。

伍尔夫也报以同样的反应。"当骑师的不一定要是运动员，"他告诉一位记者，"雷德·波拉德是当今全国最厉害的骑师之一，而他连吹熄一根蜡烛的力气都没有呢。"

在反应迅速、认真钻研骑术及幽默感方面，波拉德和伍尔夫颇有交集。1927年，在温哥华马场的后场区，滋生了一段友谊。这情谊将历岁月而不断，直到成年之后，还将他们一起绑在历史上。

"骑师的生活和炼狱没两样"

1938年7月的某个周六午后,一个饿得半死的少年恍恍惚惚走进俄亥俄州的一座公车站。他说不出自己的名字,证件显示他叫汤姆斯·杜威,是当地一个没啥名气的骑师。被带到警局之后,他还是什么都不说,神志似乎不太清楚。医生去打电话通知他母亲时,他抽出自己的腰带,在拘留室里上吊了。

消息传到马场,没人感到意外。在短暂的生命中,杜威了解了雷德·波拉德、乔治·伍尔夫和无数骑师早就了解的事:骑师的生活和炼狱没两样。其他运动员所受的折磨都不及他们,骑师的日子过得又苦又瘦,而且往往早夭,不是命丧于马蹄之下,就是崩溃于职业压力。

3年来,大家都知道杜威的精神压力极大,为了保持非人的轻盈体重而虐待自己的身体,早上到处乞求出赛的机会,下午则忍受暴力的体罚,徒劳地冀望能骑到让他从贫困中一跃脱身的"福马"。杜威不是一个特例,马场圈的每个人都明白这点,他的人生和绝大部分骑师并没有什么不同。在人生可怕的重压下,杜威陨灭了。

▲ 贝尔蒙特赛马会上,华莱士·利什曼因为赛马间的碰撞而遭受致命伤,坠马倒地。
(TURF AND SPORT DIGEST 提供)

磅秤被骑师们称为"神谕",而他们受它奴役。20世纪二三十年代间,赛马的负重通常在83磅到130磅或更多,骑师不可以超过指定负重5磅以上,否则就要下马。为了进入高级奖金赛,骑师得把体重降到114磅以下,而最低层级赛马的骑师则不能超过100磅。骑师体重越轻,出赛的机会就越多。"有些骑师,"艾蒂·阿卡洛写道,"为了达到体重限制,就差没把自己的脚砍掉。"

少数骑师天生极为瘦小,不费力气就能达到体重限制,让其他骑师妒恨交加。骑师刚入门时多是还没充分发育的青少年,驯马师为了确保自己不会白白养出一个大个子,会检查每个可能当"虫小子"的少年的脚,因为大脚丫很能预示将来的体格,许多驯马师也会看看他们家里其他小孩的身高体重。

事实上,几乎所有成年骑师及大部分青少年,体重都不可能达到标准。上磅秤时耍点小手段,或许可以有点效果,但大部分骑师会采取较直接的策略,即激烈的节食,每天只摄入600卡路里。

雷德·波拉德曾经整整吃了一年的蛋,菲茨西蒙斯则承认,在他当骑师时,一顿典型的"晚餐"是一两片生菜,还要摆在窗沿风干后才吃。因为水的重量正是他们的大敌,骑师因此荒唐地长期把水拒绝于自己的身体系统之外,大多数人根本什么都不喝。一个常见的做法是用冰钻在汽水罐上打洞,一次只喝个几滴。在这种状况下,感受水的景象和声音便成了一种酷刑,菲茨西蒙斯习惯性地避开马房洗马的地方,因为哗哗水流会让他痛苦不堪。

但体重上限如此之低,即使是几近禁食禁水,也不足以达成目标,所以连摄入的那一丁点水分和热量,也务必要彻底歼灭。很多骑师都会把手指伸进喉咙催吐,有人则嚼口香糖刺激唾液分泌,汤米·卢瑟可以在几个小时内吐出半磅的口水。此外还有发汗仪式,首先是"路上的活儿",穿上厚重的内衣和带拉链的橡皮衣，罩上有帽兜的冬衣，披上羊毛马毯，然后在跑道上一圈又一圈地跑，而且最好是在夏季的烈日下，甚至跑到每踩下一步时，汗水都会从鞋子里溅出。雷德·波拉德和乔治·伍尔夫即实行此道。

此外，大部分骑师会服用各种促进排便的东西，让身体排出食物和水分。于是乎，腹泻成了许多骑师的长年伙伴，其中有些人还成了净肠大师。海伦·卢瑟曾见过一位骑师站上磅秤，发现自己超过了马匹的指定负重。他吼着要称量员等一下，跑去洗手间，过了一会儿再度现身，裤子还半挂在腿上，竟通过了称量。

但公认的净肠冠军，却诞生自按摩师法兰奇·豪利的商业头脑。他穿着博人信任的医师袍，穿梭在蒂华纳的骑师室做生意，主动当起赛马界的疯狂科学家。他在一间雪白发亮的训练室里执业，里面摆了各式各样的减重器材，包括电毯、红外线灯、烘烤机、紫光机、震动器和橡皮睡袋、床单。他还异想天开地调配出一种非常难闻的浸泡药剂，骑师得在滚烫的药剂里泡35分钟以上。他详细记录他帮骑师减去的体重，到了1945年，总数达到12860磅，足足超过5.8吨。

法兰奇的减重要诀之一是"排便要通畅"，他不知道用什么东西调出了一种强烈泻药，这种有腐蚀性的药剂效果极佳，因此把药名定为"苗条吉姆"。而此药药力之猛，竟有一瓶在骑师厕所自行引爆了，让勇于铤而走险的骑师们也不得不望之却步。

对那些真正不顾一切的骑师来说，还有最后一条路可走。找到适当的人，你就可以弄到一颗特别的胶囊，保证可以减去所有不要的体重。胶囊里面，是一颗绦虫卵。吞下之后不久，它就会孵化并附着在肠道内，慢慢吸取宿主的养分，而体重就如魔术般地层层剥去。等到骑师宿主过度营养不良时，只要上医院把虫打掉，然后回来再吞一颗胶囊就行了，雷德·波拉德可能也用过这招。

在拒绝让身体摄取最基本的必需物时，骑师们展现出了惊人的坚忍毅力，却也付出了可怕的代价。大部分人是在严重脱水和营养不良的状况下活动，因此变得暴躁易怒、头昏眼花、恶心反胃而且骨瘦如柴。催吐使口腔反复受到胃酸侵蚀，牙齿的珐琅质严重受损，最后连牙齿也没了。有的骑师会一阵阵手脚无力，一上马就从另一边摔下去。由于脱水，他们很容易体温升高，即使在宜人的气候中，侍从还是得准备超大箱的冰块让他们降温。也有骑师经常昏倒，甚至出现幻觉。

相关研究认为，激烈的减重是导致骑师感染致命肺疾，如肺炎和肺结核的黑手，若干慢性的健康问题也可能肇因于此。有一次，菲茨西蒙斯为了达到上马的体重，在一天之内先后进行了催吐、一下午的土耳其浴、穿上几层毛衣和围巾分别在马背上和地面上激烈运动，外加在酷热灼人的砖窑近旁站上一小时，结果他减去了 13 磅。此时的他，讲话已经大舌头了，走起路来也摇摇晃晃，虽然最后以一个马鼻的差距赢得了比赛，却再也无法承受这番减重折磨，旋即自马鞍岁月退休。没过多久，他就第一次尝到了将让他身体丑陋变形的关节炎之剧痛。他后来相信，可能就是那天的可怕过程，引发了让他不良于行的疾病。

最后还有精神上的伤害。斯蒂文斯形容，当他发现自己再也无法忍受减重的痛苦时，那是"毕生最大的失望"。

19 世纪的欧洲传奇骑师佛雷德·亚契了解那种感受，为了和他始终无法击败的体重问题搏斗，他持续使用催吐剂，因此引发严重的抑郁症，以致在 29 岁举枪自戕。

纯种马是上帝创造的最令人惊叹的引擎之一。它体重可达足以让磅秤倾斜的 1450 磅，能够承受 40 英里的时速。由于配备了比反应最快的人类还要快的反射系统，它的一步跨距可达 28 英尺，却又能灵巧地在一枚银币上拐弯。它的躯体矛盾地融合了巨大与轻盈，被雕琢得能如箭矢般轻易射穿空气。它的大脑里只铸印了一项指令：跑。它以超凡的勇气追求极速，不因挫败气馁，不为疲乏却步，有时甚至能超越它们骨骼及肌腱结构之极限。

与此相应，骑师所需要的运动技能也无可匹敌。在洛杉矶开展的一项研究发现，在主要的运动项目中，骑师可能是最佳的全能运动员，他们也必须是。首先，这项运动对平衡、协调和反应的要求极高。一匹马的身体如同暴风雨中的大海，头和颈部上下摆动，肩膀、背部和臀部的肌肉翻腾如浪。当马匹全速奔跑时，骑师并不是坐在马鞍上，而是弓在上面，全身的重量都放在脚趾上，脚趾则踩在摇晃不止的马镫那根细细的金属横杆上。他们的身体持续碰触马匹的地方，是脚和脚踝的内侧，其余部位都平衡地悬吊在半空中。换句话说，骑师是蹲在马儿翻滚的背上，很像站在一辆车上，而这辆车正疾速驶过一条弯曲且满布坑洞的高速公路。

北卡罗来纳大学的研究人员形容，这种情形是"动态的不平衡加上跃射的机会"。马背上的平衡点范围极小，骑师只要稍微往后一点，就可能整个人翻倒，如果他们再往前几寸，就必定坠马。此外，纯种马的脖子虽然很长，侧看却意外地扁，一如鱼类的身体。当马匹奔跑时，上下摆动的马颈非常不易抓扶。

赛马是特别消耗体力的运动。许多骑师跑完第一场就腿软了，下马后连马房都走不回去。力气不但是制胜的工具，也是生存之必需。约翰尼·龙登有次跑到半途被撞下马，旁边的乔治·坦尼古奇单手抄起他推回马鞍，结果用力过猛，害得约翰尼往马的另一侧倒下去，幸好后面的罗吉利欧·崔佐斯又把他抓起来放好，同样只用一只手，像棒球外场手接球一样轻而易举。更离奇的是，龙登最后还赢了比赛。

骑师绝不仅是马背上的一位乘客，要赢得奖杯，他的角色既关键又必要。骑师必须能非常敏锐地让自己的马每一步都与对手保持在八分之一英里的距离，比赛策略则更为重要。要领先最好的策略是间歇地采取中或慢速，省下力气并挡住其他马匹；而居后追赶者的最佳胜策则是先保留体力，在终点前直道加速赶过已经精疲力竭的领先者。而快速与慢速之差常常少于一秒，骑师必须能予以区分，才能把马匹放在最有利的位置。

伟大的骑师都有一种特异功能，能以少于 0.4 秒或 0.6 秒的节奏估算步伐，而且，如果有人要求，他们也可以十拿九稳地以指定速度跑完一段距离。

跑道上的位置也非常重要。比赛马体格壮硕，需要相当宽阔的空间。由于马身重量已达半吨，背上还载了 100 多磅，所以禁不起在冲刺半途停下或浪费加速的冲力。在转弯时绕外圈可以不受拦阻，但必须付出多跑一段距离的代价。遇上大型场地，走外圈的骑师可能得多绕 10 条跑道，迫使马儿多跑约 10 个马身。最好的骑师会尽可能走内圈，可是这样很危险，因为大家都想走那里，马匹常常会在栏杆边挤成一堆，挤到臀碰臀、肩并肩、马镫撞马镫，很难或根本没办法指挥马匹，而且疲累的领先者常会在内圈马群前面慢下速度，结果把大家都堵住了。

要判断走内圈会不会被堵住，骑师必须能解读前方骑师及马匹跑位中的微妙信息，所以事前的准备工作是绝对必要的。他也要能直觉地分析出，前方那个空隙能不能维持到让他通过。如果空隙够宽，马匹的加速能力又足以在封闭前穿过，判断正确的话，他就能缩短需要跑的距离而赢得胜利。如果他判断错误，便可能撞到其他马匹而被取消参赛资格，也会严重牵制自己的马，白白浪费了冲刺高峰，甚至可能坠马。

20 世纪 30 年代的赛马和今天一样极端危险，当马身扭动或撞到栏杆，骑师不必落鞍就可能折手断脚。而且，30 年代初期的闸门区没包护垫，马儿一颠，骑师还有可能被上方铁栅刺死在马鞍上。唯一比骑马更危险的事，是从马上摔下来。马儿突然前脚一顿，骑师就可能飞射出去；马匹相撞或撞到栏杆看台也会害骑师落马。比较常见的意外是"踩脚跟"，即后方的马踩到前方马的后蹄，后方的马和骑师往往会随之翻个大筋斗。离鞍的骑师则成了一枚时速 60 英尺/秒的飞弹，不管撞上什么都可能送命。就算没因高速落地的撞击而死，也没被自己的马压死，后面还有一大群马踏地而来，每一脚都有 3000 磅力道。最严重的状况是，一匹马摔跤引发了连锁反应，一匹接一匹地全压在一名坠马骑师的身上。

类似高速车祸的那种重伤，对每位骑师来说都是绝对可能的。由美国骑师组成的骑师工会，平均每年会接获 2500 份受伤报告，包括两件死亡案及 2.5 件瘫痪案，该会目前还要资助 50 位因比赛受伤而永久残障的骑师。芝加哥的一项研究显示，骑师平均每年受伤 3 次，因伤而不能出赛的时间达 8 周。几乎每 5 次受伤就有一次发生于头部或颈部。

1993 年的一项研究指出，有 13% 的骑师每 4 个月就脑震荡一次，而 20 世纪二三十年代的受伤率绝对更高。光是 1935 年到 1939 年，就有 19 位骑师死于比赛意外。当时那种不要命的比赛手法及安全设备的缺乏，都让骑师更容易受到重伤。

今天的赛马有从各角度监控拍摄的镜头，以确保安全的骑乘方式，骑师也穿着防护夹克、护目镜和高科技头盔，场上则配有安全围栏和救护车。二三十年代可没这些奢侈品，顶多只有一两位评审监看比赛过程，骑师仅有的保护，是一顶用丝绸包着纸板制成的无边帽。前骑师墨瑞斯·葛林芬在 1938 年出赛时因坠马而瘫痪，头戴的就是这样的帽子。

此外，马场也根本没有一套针对受伤骑师的处理办法。如果有人能弄部车来送骑师去医院，就已经算是万幸的了。但由于他们既没钱又没办保险，结果很可能是被医院拒绝接收，而马场经营者显然也不认为对他们有什么义务。1927 年，彼此交情很好的汤米·卢瑟和厄尔·"沙子"·葛瑞罕一起在温尼帕克马球场出赛。卢瑟全速领先，突然听到观众一阵惊呼。冲过终点之后，他在鞍上转过身，看到葛瑞罕一动不动地躺在跑道上。原来葛瑞罕的马撞到栏杆，他跌落下来，被随即而至的马群踩过，肋骨和背部都受了重伤。

马场决定等当天赛程全部结束再处理，于是职员把葛瑞罕抬到骑师室。神志不清、痛苦呻吟的他，被随随便便丢在马鞍台上。卢瑟和其他骑师都不可以离开骑师室自行送他就医，否则会失去工作和住处，而骑师们也凑不出足够的钱叫出租车。在赛程结束后，葛瑞罕终于被送去了医院，但卢瑟却不能陪着去，因为他必须跟着驯马师去另一个马场。

葛瑞罕在几天之后过世了，时年 16 岁。骑师的死极为常见，很少能获得超过一小段的报道。葛瑞罕死得无声无息，城里唯一为他哀悼的是"哈莉森修女"，一家土耳其浴的老板娘，葛瑞罕和卢瑟常去那里。她安葬了那孩子，但付不出墓碑钱，卢瑟便把他微薄的余钱寄给她，让她去买个墓碑。后来她把坟墓的样子画下来寄给卢瑟，70年后，卢瑟仍然保存着那张画。

马场跑道上的故事血泪斑斑，可离奇事件也不少，其中首推劳夫·尼夫斯的遭遇。他有一次从马背上掉下来，又被后面的马群踩过，躺在跑道上一动也不动，马场医师过去检视，观众中有两位医生也入场帮忙，三人都宣告尼夫斯已经当场死亡了。马场报位员宣布了这则噩耗，并请观众起立默哀。当大家低头哀悼、记者赶忙去通报编辑时，尼夫斯也被送到了停尸间。职员在他的脚趾上挂了尸牌，然后把他摆在台子上，等候安排丧葬事宜。

荷拉斯·斯蒂文斯医生是尼夫斯的朋友，听到了他的死讯后赶来停尸间探视。他发现马场医师忽视了一些生命体征，立即为尼夫斯注射了肾上腺素。几分钟后，尼夫斯醒了。

尼夫斯跌跌撞撞地走出停尸间，在街上拦了辆出租车，十万火急地驶回马场，跳下车便冲向骑师室。当这个没穿衬衫、满身血渍的"尸体"飞奔过观众席前，赛马迷莫不目瞪口呆，接着纷纷追赶。他甩掉群众，冲进骑师室，一脚穿着靴子，另一脚的脚趾上显然还挂着尸牌，把每个人都吓得半死。

因伤病而退出比赛的骑师，马上会被遗忘。基于此项冷酷事实，大多数骑师会在任何状况下都继续上马，甚至受了最严重的伤也说没事。约翰尼·龙登曾经在腿和背部都骨折的情况下赢得一场重要比赛，史提夫·唐纳休则用布绑住破裂的腰骨，用一只手继续骑。更有一次，他落马时脚卡在马镫上，被马拖断了腿，但他不愿放弃未来出赛的机会，仍旧每天包着一大坨石膏骑马。惊人的是，他还在另一匹马把他摔下地后，又带着严重内伤骑了一年。尽管他知道自己伤势极重，却拒绝接受治疗，因此身体越来越衰弱，最后才不得不被人送去就医。他一踏进诊疗室便昏倒在医生的怀中，医生连忙送他去外科急诊，差点救不回这条命。他负伤忍痛的动机很明显，还没出院，驯马师就把他开除了。

骑师不肯承认受伤，是因为这会引来他们最大的敌人——恐惧。承认痛楚的存在，就是承认危险的存在。在他们工作时，恐惧可以从肢体中流露出来，一旦让它钻进脑中，便会在上场时蔓延全身，让自己动弹不得。胜利的骑师都是勇敢无惧的，能以鱼雷般的剽悍身姿策马飞射过最狭窄的间隙。害怕的骑师则会改走卢瑟所说的"已婚男人的路"，胆怯地绕过马群外围。没人会雇一个在激烈交锋中迟疑的人。骑师可以嗅出彼此身上恐惧的气息，并且毫不留情地攻其弱点，用恫吓的方式逼退对手。"骑师只要露出一丁点儿的懦弱迹象，"阿卡洛写道，"在场上就可能会变得很惨。"

因此，骑师绝口不提危险、痛楚或恐惧，即使对彼此也是一样。交谈时，他们用快乐华丽的辞藻粉饰自己职业的阴暗面，在传记里详细叙述精彩的比赛过程，却对坠马及受伤事件草草带过。即便疼痛不堪或虚弱不已，大部分骑师仍拼命攀附在自己坚不可摧的幻觉上。但对有些人来说，恐惧、意外及受伤的惨痛经历终究会穿透幻觉，就算不诉诸言语，也会从此烙印在其心底最深处。而他们的亲眷家人同样永远处于朝不保夕的恐惧中。骑师的薪资根本不足以承担他们工作所需的高额保险，更别提医生的账单了。如果有人发起募捐以帮助受伤的骑师，马场经营者会视之为一种成立工会的行动，并且封杀任何参与的骑师。因此，骑师只能在毫无保险的状况下出赛，出了事只能自力更生，大家传帽子帮忙凑钱，而受伤骑师的家眷也只能无助地期盼凑得的钱够付医疗费而已。

雷德·波拉德和乔治·伍尔夫进了一个会把人消磨殆尽的行业。但尽管有这么多悲惨面，骑师生涯还是有其绝对的诱惑力，令他们两人身不由己。人类一心向往自由，但一直被相对软弱迟缓的躯体所限制；赛马的惊人体能，却将骑师从自身的禁锢中释放出来。当马和骑师一起飞跃于跑道上时，人的心灵与马的身躯能在某一时刻合而为一，变成比两者相加还要大的整体。马成了骑师思维的一环，骑师成了马极致力量的一环。对骑师而言，马鞍之上意味着无上的激狂与超越，足以全然忘我。在经济大萧条的谷底，赛马所带来的精神解脱，对像波拉德和伍尔夫这样的年轻人来说，有如女巫的魅惑之歌。

在地面上，骑师受到层层镣铐的束缚，有口不能言语，有脚却只能缓慢行动，在经过赛马的 10 倍加速后，这个世界仿佛处于自身感觉的真空中。一旦上了马鞍,波拉德、伍尔夫和所有持缰者,都随之脱离了自己的身体,在离地八尺的空中航越世界,如此地自由,如此地跃动。他们是海明威笔下的斗牛士,活得"淋漓尽致"。

▲ 雷德·波拉德 1932 年的墨西哥签证

(NORAH POLLARD CHRISTIANSON 提供)

▲
骑师乔治·伍尔夫
(CHEERS MAGAZINE 提供)

生死赌局

1928年，雷德·波拉德和乔治·伍尔夫同时正式出道，随即在赛马界掀起了万丈风云。波拉德以其应对凶悍及神经质马匹的奇迹般技巧，获得近300场出赛合约，共策马赢得2万美元以上的奖金。53场胜绩，让他的获胜率在北美全职骑师中排名第20位。波拉德不可谓不成功，但伍尔夫却更超凡入圣。虽然他进入主要赛马联盟才几个月，却获得550场以上的出赛合约，其中许多是最高层级的奖金赛；他赢了100场以上，奖金总计达10万美元。伍尔夫19%的获胜率，让他在全职骑师中排名第16位。波拉德和伍尔夫既是赛马场上的奇葩，又是手到奖来的高手，都在北美顶级赛马圈占据了一席之地。

他们也分别经营出各自的社交圈。波拉德以书本、故事和荒诞的幽默感，赢得马场圈每个人的心，总有一群死忠的人围绕着他。他会在骑师室里谈天说笑，大家喜欢他的冷面笑匠风格，也喜欢他的慷慨大方。此外，他的拳赛技巧、低沉嗓音、古灵精怪和胆大包天，都让人既畏惧又仰慕。

波拉德特别爱说些天马行空的故事，其中包括他曾为沙皇尼古拉斯二世赛过马。没念过几天书的"虫小子"们，根本不知道可怜的尼古拉斯早在波拉德9岁时就作古了。不说故事的时候,波拉德就拿马场工作人员开涮,有次他参加一场宴会,担任主持的是位开赛评审,此君向来粗话满口,他的口头禅是"给那个浑蛋夹上捻鼻器!"(用来夹着马的上唇,让它入闸或诊疗时不敢乱动的器具。——译者注),冗长的致辞害得大家都越来越不耐烦,这时波拉德突然站起来,猛地爆出一句:"给那个浑蛋夹上捻鼻器!"

在赛马世界里,波拉德就像个酋长,常出手打抱不平。有次一个骑师下棋输了翻脸,把才13岁的瘦小对手压在地上。波拉德将他一把抓起摔到一边,压到他身上捏住他的鼻子,让对方鼻血眼泪齐流。"你敢再碰这孩子看看!"波拉德撂下话,大摇大摆地走出去,屋里一片沉默。从此,再没人敢惹他了。

如果说波拉德是弄臣,那伍尔夫就是皇帝。观众对伍尔夫崇拜至极,当他带着自己的幸运物,一个澳大利亚史上最伟大骑师用过的陈旧袋鼠皮马鞍昂首走过马场时,大家不断高喊"骑啊!牛仔!"新闻界溺爱他,赛马圈的迷惘少年崇拜他,而伍尔夫也对他们照顾有加,不仅教他们骑术,获胜后还会拿些钱塞进马夫的口袋。他早上率领骑师练习,结束后总会带大家去喝一杯。有些孩子脚太大,为了掩饰,伍尔夫私下卖给他们一种特殊的镶银马靴,有绑小脚的效果,大家全都屈着脚趾硬挤进那尖头靴子里,成天就这么跛着走路。尽管双脚破皮流血,能穿伍尔夫的鞋也是一种光荣。驯马师哈洛·华希朋少年时第一次看到伍尔夫的情景,很能代表"冰人"给马场孩子的印象。"我看到乔治走下他那辆超级马力的豪车,脚上是镶银的靴子,头上是白色的牛仔帽。然后我心里就想:'哇!我也要当骑师!'"

伍尔夫不管做什么都不会有事。1932年春天发生日食,时间正是他出赛时。他竟戴着一副太阳镜上马,到了日食开始时,他把马骑到一边停下,头枕着马屁股,就在全场观众注目下观赏日食。还有一场比赛,他全神贯注得连单薄的裤子被撕破了也不知道,下身未着寸丝片缕,而且还不幸一马当先。当他开始催马大跑时,全场都知道了一件伍尔夫还没发现的事。"嘿!伍尔夫！"后面传来笑声，"你的家伙跑出来了！"比赛胜利后，伍尔夫策马小跑到欢声雷动的看台前，冷静地叫侍从拿一条鞍巾给他。那万不可缺的无花果叶取来后，他嘴角带着笑把它围在腰上，又骑入了优胜区，还摆出姿态供人摄影。接着他跳下马，在一片衷心喝彩中大步走回骑师室。

出了马场，伍尔夫会避开城里的声色之所，宁可上午去餐厅让人招待啤酒和一碗龟肉汤。连蒂华纳著名的大型妓院红磨坊也诱惑不了他，因为他心里有更好的打算。1930年，他和桑尼·格林柏路过美墨边界的一家餐厅，遇上漂亮的16岁女招待珍妮弗，当场坠入爱河，随后经常往那里跑。次年，21岁的伍尔夫就结婚了。

更爱冒险的波拉德，可能和蒂华纳的脉动更接近一些。他有时会和小伙子们喝点小酒，打几场小拳，而且在他的游戏世界里称王，那是他一生中最快乐的时光。"我怎么能不来这个地方？" 10年后旧地重游时，他说，"它不就是我的初恋吗？"

蒂华纳马场的光辉岁月有个无与伦比的终结。每天早上，马群被牵出去绕着马厩行走，马夫则会把马粪铲到马车上，再拉到马场后面的山丘倒掉。那堆马粪从1917年起就开始累积，由于蒂华纳降雨少，没办法把它及时冲掉，终于形成了惊人体积。"天呐！"驯马师吉米·琼斯回忆道，"那堆玩意儿跟看台一样大。"粪山逐渐发酵，散发出了蒸腾的热气。

对当地人而言，那座粪山热腾腾地刺眼；对骑师而言，它却是一级的桑拿房。骑师们每天都来这里挖个洞钻进去，波拉德和伍尔夫可能也在其列。有些讲究一点儿的骑师，会穿上橡皮衣再挤进去，但大部分骑师就穿着平时的衣服。它的温度高得简直让人无法忍受，但事实证明，天然保温箱的发汗减重之功效，真是无与伦比。

可惜那座山享年不久。20年代末期下了一场罕见的暴雨，附近山上的溪流暴涨泛洪，席卷整个蒂华纳，滚滚奔入马场，冲毁了屋舍马房及桥梁，马儿也四散而逃。无坚不摧的洪水遇上了不动如山的粪堆，结果洪水胜利，已当了十年磐石的粪山被整个抬起，以致命的体积向下游冲去。仿佛带着毁灭之心，它扯断供给马场的铁路，蹂躏了整座马场，也把蒙特卡洛赌场贯穿一个大洞，最后流入大海消逝无踪。

元气大伤的蒂华纳赛马场因而迅速没落。不久之后，斥资300万美元建设的阿瓜卡里恩提赛马场鸣锣揭幕，旧的蒂华纳赛马场则成了游民聚集地。波拉德和伍尔夫也随即转场，伍尔夫立刻称霸阿瓜卡里恩提赛马场，骑着马场最好的良驹"嘉蓝爵士"，赢得了1933年阿瓜卡里恩提负重赛冠军，那是世界上地位最高的赛马会之一。1934年，伍尔夫和"嘉蓝爵士"继续寻求蝉联。比赛当天早上，伍尔夫原本应该先带马跑一跑，但练习时间到了，骑师却不见踪影。驯马师伍迪·费兹杰罗急忙跳上车开到伍尔夫家，却见"冰人"还四仰八叉地躺在床上，抱着一本牛仔杂志看得入迷，连工作都忘在脑后。费兹杰罗气得当场开除了伍尔夫，伍尔夫则索性继续看杂志，对他的暴跳如雷理也不理。

费兹杰罗火速赶回马场，焦急地寻找替代人选。波拉德那场没有出赛，所以费兹杰罗就让他来骑，而波拉德也毫无失误地赢得了比赛。那天"嘉蓝爵士"赢得2.3万美元以上的彩金，波拉德分得的金额也是他毕生最高的，并且是他骑师生涯迄今仅有的第三次奖金赛胜绩。回头来看，他还真是欠了伍尔夫一个人情，一直等到4年之后，他才有机会回报。

光辉灿烂的生涯、单纯直接的成功，那样的日子如风般飞逝了。对于伍尔夫，人生最长久的阴影几年前已开始浮现，最明确的迹象乍看似乎都没什么问题：常常打瞌睡。他会整天都在床上呼呼大睡，在宴会上，大家都知道他常和人讲话讲到一半就睡着了。他的妻子珍妮弗和好友比尔·巴克都非常担心他会随时突然睡着，因此总是随时陪在他身边。

出赛的空当，伍尔夫会爬上骑师的置物柜，蜷缩在那里梦周公。最后他索性在马场屋顶的烟囱后面铺设了一个秘密小窝，方便他随时小睡。当管理员照惯例在开赛前大喊"骑师！骑师！"时，伍尔夫就溜下楼，以一大瓶可口可乐加几滴阿摩尼亚（即稀氨溶液，可刺激呼吸道或胃黏膜、反射性兴奋呼吸和循环中枢，对昏厥者、醉酒者有一定的作用。——译者注）让自己清醒，然后喃喃地说："拿了钱就回家吧。"接着大步走向战场。

几乎所有在骑师室里的人都觉得，伍尔夫永远的爱困状态不过是他的诸多怪癖之一。但对伍尔夫、珍妮弗和几位密友而言，那却意味着完全不同的一件事：胰岛素依赖型糖尿病。

这个病显然是在 1931 年开始出现症状的。糖尿病并不好相处，在 20 世纪 30 年代更是个折磨。在伍尔夫诊断出此疾 10 年前，胰岛素才刚刚被发现，下药时必须不断试错，医界对于饮食控制疗法也尚未完全明了，因此，患者无法真正控制病情，必须持续在腹部及四肢注射胰岛素。可怜的伍尔夫，整天不断地在胰岛素过多与过少之间来回摆荡，结果就是经常不舒服：恶心、呕吐、极端饥渴，有时还会脾气暴躁及极度倦怠。

这种病也制造了一个危险的两难局面。对于伍尔夫这个行业，保持轻盈无比重要。他并不是先天的瘦子，别的骑师还常戏称他"老铅袋"。几乎每个骑师都要面对体重问题，但糖尿病出现后，伍尔夫的问题更加复杂化了。大部分这一型的糖尿病病人胃口会变好，甚至是极端地好。注射胰岛素让伍尔夫容易增加体重，而为了控制病情，他必须经常摄取高蛋白、低糖饮食（最好是肉类），这当然也会增胖。从 1931 年到 1932 年，伍尔夫的体重跃增了几近 10%，到达 115 磅，重到没办法骑大部分的马了。

这让伍尔夫面临了严重的挣扎。要在他热爱的运动中有所表现，他必须非常瘦；但要在疾病中存活，他又必须维持不可能瘦下来的生活方式。他试图寻找两全其美的折中方案，定时注射胰岛素，吃厚厚的牛排，然后再尽力把多余的体重减掉。

他狂热地遵循法兰奇·豪利的减肥法，但激烈的减重加上 20 世纪 30 年代粗糙的糖尿病疗法，使得他的血糖控制变得非常困难。有时他会蹒跚地走进骑师室，连话都说不出来，似乎已经快昏倒了。

伍尔夫于是对疾病再作让步，开始将自己的出赛范围缩限于指定负磅数较重的最高层级马匹，但偶尔他会帮朋友的忙而骑较低级的马。伍尔夫的体重已超出大部分马匹的指定负磅，但不知如何，他还是能够躲过骑师不能超过指定负重5磅的规定。他的技术弥补了负重，甚至曾在超重15磅的情况下还赢得胜利。

通常他一周只出赛大约4次，几乎都骑高级马，很少一天超过一次。在一年的时间里，他出赛150场到200场，而其他顶尖骑师则可以多达1000场。惊人的是，尽管他出赛总次数极低，超高的获胜率却让他的奖金数在全国骑师中名列前茅。有一季艾蒂·阿卡洛侥幸抢走了他的奖金宝座，唯一的原因在于出赛数是他的3倍，而伍尔夫也因此叫阿卡洛"拼命三郎"。

重质不重量的策略，使伍尔夫得以继续骑师工作，但他知道自己在走险路。在那个年代，连单纯的割伤也常让糖尿病患者出现严重感染，以至于必须截除四肢或手指、脚趾。因此他尽量回避年轻且缺乏经验的马匹，偶尔不得不骑时，也特别加强防护设备。但伍尔夫明白，感染和截肢还算小事，如果病情控制得不好，他随时可能在时速40英里的马鞍上昏倒，这可能是唯一让他真正害怕的状况了。

大约在伍尔夫开始他的生死赌局时，波拉德也进入了自己的赌局。有天带马晨操时，另一匹马从旁奔过，蹄下飞出了一个东西，可能是石头或土块，正巧击中了波拉德的头并穿入头骨，伤到了大脑的视觉中枢。就在那一瞬间，为了可能根本拿不到的50美分晨操费，波拉德永远失去了右眼的视力。

如果马场知道波拉德瞎了一只眼，必然会从此禁止他出赛。由于视觉失去立体感，也看不到外侧的马匹，他更容易犯错，可能不明智地直冲进马堆中，这是一个可以终结他骑师生涯的伤害。

但波拉德和伍尔夫一样，并不打算封缰退出。如果说这件事有任何影响，那就是他在鞍上更为大胆，无论是为了隐藏他的半盲，还是只因他看不出切入的风险有多高。总之，波拉德冒着极大的危险，隐瞒瞎了一只眼的事实继续出赛。

第一章 | 动荡 命运交汇

  1934年，墨西哥开始禁赌，蒂华纳四周的赛马世界随之凋零，波拉德和伍尔夫也回到赛马已经合法化的美国。自此，他们的事业走上了不同的方向。

  在1934年的圣诞节，圣阿尼塔马场首度揭幕，伍尔夫大放异彩，漂亮地赢得第一届圣阿尼塔负重赛。

  但当伍尔夫扶摇直上时，波拉德却走了下坡路，原因可能是他的视力。"嘉蓝爵士"赛之后，他有好几年都没在奖金赛里得奖，后来连还过得去的日常比赛都开始退步了。他在北美的芝加哥、纽约及加拿大等地四处迁移，专骑凶悍、别扭和神经质的马匹，但他的获胜率仍然一直往下滑。在这段时期，波拉德遇到了骑师经纪人雅米，他有蟾蜍般的眼睛，棉花般矮而圆滚的身材。雅米有明显的兔唇，严重影响了他的发音，为了弥补，他把音量提高到震耳的程度，但这只让人闻声退缩。

  雅米把现款藏在鞋里，无论到哪个城市，都长年住在土耳其浴室。和波拉德一样，他似乎也不再需要属于某个特定地方。雅米对波拉德最大的贡献是在跑道上追他的败战之马，大呼小叫地跑过看台前，把观众都吓坏了。但他对波拉德却着实关照，而且还有辆车，两人于是一起奔波于各地。

  1936年8月，他们来到俄亥俄州的提索丘马场。在那里，波拉德重振雄风的所有希望很快就幻灭了。他的获胜率跌到令人叹息的6%，平均而言，他一个月赢不到两场。马场圈的人私底下都说他已经完蛋了，他正滑向曾令许多原本大有可为的骑师陨落的陡坡，由于缺乏技巧优秀的驯马师、睿智的马主及"真命天马"，他们的天赋从来没有尝试的机会。

  8月16日那天，波拉德和雅米离开马场开上公路，半途却出了车祸。车子七零八落地在路面解体了，他们侥幸生还，只能顶着烈日在北向的车道上竖起拇指搭便车。最后来到底特律时，已是接近黄昏了。那毁灭性的十年萧条让这座城市一片凄惶，一如其他所有城市：游民在街上就地栖身，有些人则索性住在火车车厢里。在伍渥街和八里路口附近有座墓园，波拉德和雅米忙请司机停车，原来墓园对面正是底特律佳园马场的大门。两人跳下车，背对着那些墓碑，走了进去。

跑道对面，汤姆·史密斯正倚着最靠东的马厩，衔着一根麦草溜溜转，"海洋饼干"就在他身后的马房里。史密斯已经在那匹马身边坐了两天，思索，观察，试图了解它。那匹马的脑子里有些事情让它变得暴躁愤怒，自从被带来底特律之后，它就一直以恐怖行径为乐，常想让马夫身上少一大块肉，以至于每人都只肯走到和它隔着一根长柄叉的距离。没有人能真正了解它，而它现在也反抗任何做此尝试的人。史密斯正在考虑，他需要一个强悍而且直觉强烈的骑师。

雅米在后场马厩间到处穿梭，但空手而回。没有人要雇波拉德，他们俩又脏又累，又在车祸冲击下狼狈仓皇。天色将暗，该研究去哪里找下一餐和住宿的地方了。

一名马夫指指坐在霍华德马房前的灰色人影，于是，这对经纪人和骑师便走向了史密斯。

雅米开始向他滔滔不绝地介绍，但史密斯挥手制止，他看着这位红发骑师，脑海中浮出多年前的一个名号：美洲豹。他记得以前在西部时曾见过这位骑师沟纹深刻的面容，看看那张脸上若有所思的表情及拳师的体格，他想道：也许吧。他伸出手，波拉德握住它，史密斯笑了。

他挥手指向身后的马房，隔着半截门，波拉德看到一团在麦草堆中移动的阴影。他伸手进口袋，再拿出来，摊开手，是一颗方糖。

马房里面传来了迟疑而试探的声音，是鼻子在吸气、在估量味道。一个黑色的长嘴巴出现了，舔走了方糖，然后碰碰骑师的肩膀。

雷德·波拉德、汤姆·史密斯和查尔斯·霍华德分散的人生，自此交会，他们忙碌的时刻也于此启动。

第二章

SEABISCUIT
An American Legend

战斗 以胜利之名

▲ 汤姆·史密斯和海洋饼干,一对心意相通、彼此信任的伙伴。
(USC LIBRARY, DEPARTMENT OF SPECIAL COLLECTIONS 提供)

激活它的天性

只要有马夫经过"海洋饼干"的马房前,它就立刻冲过来,嘴巴大张、耳朵后倒、满眼凶光,而且绝不是闹着玩的。那匹马简直惨不忍睹,整天在马房里转来转去,一见到马鞍就吓得浑身冷汗。它的体重比标准轻了200磅,长期处于疲劳状态,瘦得屁股可以当帽架。但它还是不肯进食,那条左腿看来也不妙。

一如对每匹新马,史密斯在"海洋饼干"身旁仔细观察,不在它身旁时,则专注于思考如何对付它。后来他决定,第一件要做的事,是拆除这匹马的"引信"。他无视于"海洋饼干"的凶恶反应,反而给予大量的关爱和胡萝卜;接着他又采取一种专治抑郁马匹的古老疗法:动物陪伴法。马厩常有各种流浪动物,从德国牧羊犬、鸡、三脚猫到猴子都有,生性好交际的马匹往往会和它们交朋友。

史密斯先弄了只羊进去,结果被"海洋饼干"咬着甩来甩去,得劳马夫赶去解救。于是史密斯另选比较禁得起打击的伴侣:一匹叫"南瓜"的马。它身形宽厚得像德国坦克,毛色黄得像雏菊,曾经在蒙大拿担任牧牛马,在牧场上经历过各种事,包括一头牛在它臀部留下的一个凹洞,但它总是以开朗稳定的态度面对一切,马师们因此形容它是"防弹的"。史密斯察觉到它的重要价值,便带它来领导并安抚其他马匹。"南瓜"对每匹马都非常和善,尤其是对那些焦躁的马,它俨然成了它们的养父,因此对整个马厩都有安抚的功效。史密斯把"南瓜"带进"海洋饼干"的马房,双方鼻子短暂互嗅一下,没有不良的反应,他便决定将"海洋饼干"指派给"南瓜"负责。他把"南瓜"和"海洋饼干"安置在相邻的两个马房,然后拆掉隔间,两匹马一相处,很快就建立了友谊,之后的余生无论生活还是工作,它们都厮守在一起。

"南瓜"的实验成效卓著,于是史密斯开始为"海洋饼干"搜集其他同伴。其中包括一只叫"波卡跳"的小花狗,它有一对直立的怪耳朵,圆得像碟子,而且有正常狗的3倍大。"波卡跳"很喜欢"海洋饼干",晚上都在它的马房里睡觉。另外还有"啾啾",一只种类不明的小蜘蛛猴,它也喜欢待在"海洋饼干"身边。"海洋饼干"每晚入睡时,"南瓜"在几尺之外,"啾啾"在它颈窝,"波卡跳"躺在它肚子上,在它们的陪伴下,它终于渐渐放松了。

下一个难题是那匹马酸痛而过瘦的躯体。史密斯调配了一种敷料,涂在"海洋饼干"的腿上。为免被麦草蹭掉,也为了不让它负伤累累的腿再受伤,这位驯马师持续替它绑上一寸厚、高达膝盖的棉布绷带,就像战时的绑腿一样。史密斯也非常注意"海洋饼干"的排泄物,并以高质量的北加州牧草加燕麦喂食,让它摄取足够的钙质。至于床铺,则是厚厚一层干净无尘的稻草。

"海洋饼干"安顿下来之后,史密斯试着带它出去遛遛腿,结果发现是场灾难。这家伙根本是乱跑一气,要它快它就慢,要它往左它就往右,翻滚得像刚上钩的金枪鱼,可怜的骑师只能紧抓着"海洋饼干"的脖子,但求保住小命。

史密斯知道这是怎么回事:"海洋饼干"的竞争本能走入了歧途。它没有把力气用来对付竞争对手,反而用来对付强迫它奔跑的人。它习惯性地抗拒每个命令,从背上那个人的沮丧和愤怒中得到满足。史密斯知道怎么让此事终止,他必须把"强制"这个元素去除,让那匹马自己发掘速度的乐趣,于是他高声向骑师呼叫:随它去!

  骑师照做了,"海洋饼干"载着他到处乱跑,但完全没遇到缰绳的抵抗。它全速奔跑,跑了一圈又一圈。足足跑了两英里之后,终于用尽气力。它自己停下来,站在跑道上喘息不止。骑师静静坐在那里,让它自己决定要怎么做。除了回家,它没有地方可去,于是"海洋饼干"转头走回马厩,史密斯则以一根胡萝卜欢迎它。无论是史密斯还是骑师,都没人对它举起不以为然的手,这一课,让它从顽劣驽马转变为一匹顺从快乐的马:它再也不会被强迫做不想做的事了。从此以后,它不再反抗骑师。

  那场狂奔之后,史密斯第一次叫波拉德骑"海洋饼干",看他会如何对付那匹马。波拉德骑着它,研究着它,"海洋饼干"并不愿为他费太多力气。波拉德把它送回马房之后向史密斯指出,对这匹马不能用鞭子,除非是特别紧急的状况。波拉德已经看出,如果有人向这匹马施压,它只会反弹回来。史密斯知道他找对骑师了。

  于是史密斯和波拉德商定,"海洋饼干"喜欢怎样就让它怎样。史密斯下令,不管为了什么理由,都不可以打扰那匹马的睡眠,以致骑师和马夫有时得在一旁恭候几个小时。"海洋饼干"则尽量从中占便宜。"它早上醒来时像个狡猾的怪老头,"波拉德说,"躺着一动也不动,可是一只眼睛却在偷看你懂不懂它的意思:它觉得不舒服呢!可是聪明的老汤姆·史密斯太了解它了。"

  波拉德和其他晨操骑师都接获指令,要放松缰绳,让那匹马自己选择要走的路。跑道旁都竖立着标杆,骑师因此能知道离终点还有多少距离。波拉德发现,每越过一根标杆,那匹马就会跑得更卖力。波拉德不需要在晨操刚开始时压抑或"调节"它的速度,因为那匹马知道,终点前的那段直道才是真正要拼命冲的地方。"干吗调节它呢?"波拉德后来说,"它比我更明白标杆的意义。"

  到了下个星期,波拉德和史密斯发现"海洋饼干"的毛病还不止一样。它会在半途突然停下或减速,把骑师甩到脖子上,并以此自娱;它还对内圈栏杆有奇怪的倾慕之心,如果不是跑内圈,它就根本不肯跑。史密斯相信这是菲茨西蒙斯教出来的习惯。如果指挥它跑离内圈，"海洋饼干"会放慢速度，然后想尽办法重回内圈。这有两个问题：第一，在略微倾斜的椭圆形跑道中，内圈的位置最低，因此最易积水，大雨时或大雨后，那里是速度最慢、跑起来最费力的地方；第二，那也是最可能陷入马群的地方。任何拒绝往外圈跑的马，都可能因此碰上大麻烦。

为了让"海洋饼干"专心，史密斯替它装了遮眼罩，让它的视野局限在眼前的跑道上。有天早上，史密斯让马场人员把"狗"（指木头架子或警戒三角牌，当跑道内圈潮湿或泥泞时，马场人员用它们围住内圈，以免马匹练习时跑入。——译者注）摆出来，之后带"海洋饼干"上场练习，希望它在"狗"的外围跑，从而对内圈栏杆断奶。"海洋饼干"却从"狗"缝里穿过去，又跑到内圈上了。但史密斯持续这样的练习，状况逐渐有了改善。既然无法完全消除"海洋饼干"的这种执着，这位驯马师便转而利用这项特质。当骑师想直接调节它的速度时，"海洋饼干"总会反抗，史密斯便要骑师改用方向来调节它。若要它加速，就把它转向内圈，减速则向外略转。

最困难的是"海洋饼干"在起跑闸门的表现。一关进那个金属笼子，它马上发飙，在里面乱冲乱撞，把司闸员整得精疲力竭，大有其父"海粮"之风。史密斯的对策非常大胆：每天早上牵着它进闸门，叫它停住不要动。史密斯本人则冒着丧命或断肢的危险，直接站在马的正前方对着它。当"海洋饼干"拼命想冲出来时，史密斯坚持站在原地，举起手坚定地拍抚着"海洋饼干"的胸膛和肩膀，直到它终于安静下来。马停止骚动，他也停下动作；马一开始动，史密斯又继续拍，就这样过了一天又一天。"对马，你几乎每样事情都要慢慢教，"史密斯后来解释说，"轻松而坚定的重复动作，有效。"这些动作几乎有催眠的效果，"海洋饼干"逐渐能在闸门里镇定下来了，最后史密斯终于能把它单独留在那里10分钟，连一根毛也不见它动一下。

此外，规律的生活也很有帮助。"海洋饼干"通常是清晨4：30醒来，先吃早餐，5点梳洗清粪，8点开始和"南瓜"一起长跑。对马匹而言，激烈运动后的缓和非常重要，如果全速奔跑后立刻停止不动，主要肌肉群可能会"打结"痉挛,甚至造成疝气,有致命危险。因此马匹必须渐进地缓和下来,全力奔跑之后慢慢减速再跑半英里,然后步行一段很长的距离。对"海洋饼干"而言,这意味着每次练习后,都得帮它包上毯子步行半小时降温,直到体温降低,也不再流汗了才行。然后再来一场温水浴,帮它擦干身体,牵回它的马房,四条腿再涂上敷料包上绷带。11点吃午餐,整个下午都有草料当零食,下午5点吃晚餐。之后,它酣然入睡,照料它的马夫欧利就睡在旁边的便床上。无论晴雨,"海洋饼干"完全按照这个作息表生活,史密斯每晚大约8点都会去察看它。

日易时移,史密斯和波拉德逐渐取得了"海洋饼干"的信任。看到波拉德坐在马房前,正在步行降温的"海洋饼干"会扯着降热夫去找他,闻闻他的手。不用绳子,"海洋饼干"愿意跟史密斯到任何地方。史密斯以几不可闻的声音对那匹马说话,叫它"儿子",要它转弯时就轻轻触碰他。"海洋饼干"完全了解他的意思,也都照着他的要求做。遇到不确定的时候,它会停下来找史密斯,一看到它的驯马师,"海洋饼干"马上安心下来。史密斯使它明白,驯马师和骑师是可以信任的,而这成了三者在未来5年苦乐共度的基础。

一旦不再受到强制,"海洋饼干"的原始本能便冒出头来,对奔驰的热爱也重新复苏。波拉德不把鞭子当作强制工具,而当作信号:到第八标杆时在臀部轻拍一下,离终点前直道几尺时再拍一下,告诉它要加速了。"海洋饼干"也懂得等候这个信号,并以闪电般的飞奔作为响应。"只要你把它当绅士一样对待,"波拉德说,"它会为你全力以赴。"

两个星期之后,史密斯准备好要送它出场比赛了,霍华德也表示同意。

8月底,他们让它在底特律一场很好的奖金赛中试试身手。那次不巧遇上一匹全国顶尖的骏马"香桃木",生手上场的"海洋饼干"表现不凡,和几匹马一起进入领先群。但在终点前倒数第二条直道上,它突然前腿一顿减速了,反而逐渐落后。这种情绪化的表现本可能让它一败涂地,但波拉德把它转向内圈，要求它专心比赛。接着，史密斯就目睹了一幕他永难忘怀的情景。

"海洋饼干"开始飞越跑道，逐渐缩小了"香桃木"的领先优势，即使那匹马正以打破底特律佳园马场纪录的速度奔驰。最后，"海洋饼干"已来不及抢到第一，但仍然赢得了第四名，距"香桃木"只有四个马身。而更让人鼓舞的是，在终点前的直道上，"海洋饼干"的耳朵竖起来了，显示这匹马正以自主意志奔跑。史密斯后来回忆道："那天它对我展示出两项伟大的特质，一个是速度，一个是勇气。当时它陷入了困境，而从它竖起耳朵的样子，我知道如果能让它完全发挥潜能，我们就会有一匹冠军马了。"

波拉德也知道这一点，他一跳下"海洋饼干"的背，就跑去找霍华德。

"霍华德先生，"他赞叹道，"这匹马可以赢得圣阿尼塔！"

霍华德听后哈哈大笑。

下一场是9月2日的漫游者负重赛。"海洋饼干"运气坏透了，它开始时领先，但转弯时绕得太远，落入第四，想加速又被马群挡住，最后才脱身狂飙，几乎要追上获胜的"保罗教授"。史密斯很高兴，暗忖这匹马已经可以面对一些硬仗了。

9月7日，州长杯负重赛。这项赛事虽不具全国重要性，却是底特律马界的大事。"海洋饼干"的胜算很低，理由十分充分："保罗教授"和伍尔夫骑着赢过圣阿尼塔负重赛的"阿族卡"（这次换了新骑师，状况不如以前）也参加了。多达2.8万名赛马迷到场观赛，这是密歇根州赛马史上的最高纪录，霍华德和玛赛拉也在其中。

刚一起跑，波拉德就把"海洋饼干"塞到领先的赛马"传记"身后。转过第一个弯道进入后直道，波拉德让"海洋饼干"一路紧随着它。接着波拉德看到内圈栏杆边的马群有个空隙，连忙催促"海洋饼干"加速穿越，几个大步之后就取得了领先。传记加速跟上，保罗教授则从靠看台的外圈追赶上来，而在跑道中央，"阿族卡"也开始撒开长腿加快速度，逐渐往前逼近。这四匹马就这样转过第二弯道，进入终点前直道。此时，波拉德以骑师之语，向"海洋饼干"下达了指令。

生平第一次,"海洋饼干"回应了。波拉德压低身子,拼了全力策马冲刺。四匹马蹄声隆隆,撼人心魄。"海洋饼干"以半个马身领先,"传记"居次,负重仅99磅(比"海洋饼干"足足少10磅)的"保罗教授"轻盈地急赶直追,而"阿族卡"则在最外侧步步紧逼。到了直道中段,"保罗教授"戴着遮目罩的头已及波拉德的臀部,"阿族卡"紧追在后。又跑了几英尺之后,"保罗教授"的头超过了波拉德的手肘,差距还在继续拉近中。然后"阿族卡"落后了,现在只剩下"海洋饼干"和"保罗教授"两强相争,后者每跨一步都在缩短差距。波拉德把身子压平在"海洋饼干"的迎鞍骨上,左手抓住缰绳,右手按住"海洋饼干"的脖子,转头紧盯着"保罗教授"。离终点几英尺时,"保罗教授"追到了"海洋饼干"的喉咙,但已经太晚,"海洋饼干"赢了。

雷德·波拉德赢得了11年漫长鞍上生涯的第四场奖金赛,他高兴得神采飞扬,让"海洋饼干"跑过欢呼的观众前,再转回看台。他身下的"海洋饼干"也高翘着尾巴兴奋得蹦蹦跳跳,还对着在栏杆边拍照的摄影师甩弄口衔、摇摆一只耳朵。波拉德把它骑回优胜区,然后跳下马跑向霍华德,而霍华德开心得像个小学生一样。那只是在次要赛马会里一场很好的奖金赛而已,但他们觉得"十万大赛"也大有机会了。

接着,颁奖、恭贺、拍照。"海洋饼干"披着绣有"底特律州长杯负重赛"的奖毯,以征服者之雄姿傲然挺立,头抬得高高的,耳朵竖起,视线扫过地平线,鼻子随着每次呼吸而张缩,下颚转动着口衔,一派泰然自信。

它已经是一匹崭新的马了。

"海洋饼干"终于明白了这项游戏的道理,史密斯和波拉德发掘出了它的内在。借用史密斯的话:"它比任何我见过的马都有更强的奔跑天性。"

它真的变了。在马厩里,它变得和善热心,史密斯赞叹它"是我碰过的最绅士的马";跑道曾经是它反抗的舞台,如今却是它展现闪电神速与钢铁意志的战场。史密斯开始觉得,波拉德说它在圣阿尼塔负重赛有机会,看样子是对的。由于马场的负重评审会给比较快、成绩比较好的马较高的负重,史密斯希望尽量隐藏他的马,因此他把马养在底特律这个小池塘里。赢了州长杯负重赛后,"海洋饼干"又在韩德瑞负重赛以漂亮的成绩获胜。史密斯接着送它去辛辛那提的河原马场,它参加了两场小型奖金赛,仅以些微差距落败。

在辛辛那提,照顾"海洋饼干"的人此时才第一次发现它的好胜心有多狂热。马真的有胜负心,就算骑师中途落马,马匹几乎都还是会尽全力求胜,刚断奶的小马每天都会成群较量好几回合,连早已从跑道退役的老马也会彼此单挑。落败的马会沮丧失志,甚至感到羞耻;获胜的马则竖起耳朵,摇得洋洋得意。"不用你说,好的马自己知道输赢,"乔治·伍尔夫说过,"我想这是天生的。"曾使"海洋饼干"困顿挫折且不受控制的力量,现在则激发出了强烈的好胜心。

它好胜心的初次展现,是在和霍华德的骏马"展示品"一起练习时。虽然"海洋饼干"跑赢了"展示品",但它不仅没有拉开距离,还放慢速度,一直让"展示品"落后它一小段。"展示品"使出吃奶之力狂奔,但"海洋饼干"始终维持在些微领先之位,显然是在嘲弄"展示品"。最后,"展示品"突然掉头跑开,从那天开始,就再也不肯和"海洋饼干"一起练习了。

之后几年里,相同的情景一再重演,成了"海洋饼干"的注册商标,它似乎从骚扰羞辱对手中得到了虐待的乐趣,或是从旁经过时减速下来嘲笑它们,或是往它们的脸上嗤响鼻,甚至会慢下来让其他马跟上,然后再以致命的加速毁灭它们的希望。别的马单纯靠速度取胜,"海洋饼干"却是用恫吓的方式从心理上摧毁对方。

一匹接一匹,整个马厩的马不是对它极端仇视,就是被它害得心碎欲绝。"海洋饼干"可以夺走任何优秀赛马的竞蹄乐趣,一个典型的例子是阿根廷进口的良驹"萨布索"。有次晨操,它居然在短跑时打败了"海洋饼干",回到马厩时意气风发得不得了。波拉德发誓要报复,不久之后再赛,他吹嘘那次"'海洋饼干'简直是从'萨布索'身上碾过去的"。在这次狠狠的羞辱之后,接下来好几天,伤心的"萨布索"不吃也不睡,史密斯最后只得把两匹马尽量隔开,使"萨布索"从此看不到"海洋饼干",让它以为那个高手已经走了,才把它安抚下来。

这种心理战造成的问题不只是伤害尊严。"海洋饼干"有时会太专注于修理某匹马，以至于当别的马追上时无法拉回全速，幸好它一遇到挑战，就会把心思从"整人"游戏中跳出，全力投入战局。史密斯说："你看过两匹种马对抗的状况吗？它们看起来势均力敌，通常也是如此，但其中一匹拥有能持续到最后、打败对手的勇气和能量，'海洋饼干'就是这样。"

史密斯认为"海洋饼干"已经可以再上一层楼了。美国西部当然有新的圣阿尼塔负重赛，但东部的赛事声誉尤为卓著，那里由马界精英经营多年，有许多尊崇悠久的马赛及马场。1936 年 10 月，"海洋饼干"被送到纽约市立马场。它的资格还不够参加东部的重要大赛，因此史密斯就把它摆进史卡斯戴负重赛，一项中级的奖金赛中。

在这场激战中，波拉德指挥"海洋饼干"绕过因骨牌效应跌成一团的马群，再拼命追赶领先的马，最后在终点之前，"海洋饼干"低下头，以几英寸的差距赢得了胜利。照片捕捉到了那个情景：一大群马争先恐后地奔向终点，个个因使尽气力而耳朵摊平、龇牙咧嘴，领先其中的却是双耳竖起、带着得意表情的"海洋饼干"，真是轻而易举啊。

一周后，霍华德决定带"海洋饼干"去加州。当时只能用火车进行马匹长途运送，但其过程极为痛苦，以至于纯种马很少能离开住家附近。而"海洋饼干"一见到火车，竟然吓得冷汗一滴滴流下了肚子。因此，霍华德虽然把其他马匹放在一般载马车厢，却为"海洋饼干"安置了一个豪华车厢：长达 80 英尺，一半铺满及膝的麦草，没铺的另一半则供它伸腿用。史密斯特别去察看了"海洋饼干"的反应，只见那家伙进去之后就躺了下来，大部分的旅程都在睡梦中安然度过。

他们正重蹈查尔斯·霍华德年轻时的旅途，在 30 年后。

"我们会回来的，"当年的老脚踏车技师曾这样告诉朋友，"到时候，抓紧你的帽子吧。"

离胜利只差一个马鼻

1936年11月,"远陆有限公司"在一个清冷的周三早晨进驻了坦弗兰马场。"海洋饼干"蹄声"嘚嘚"地走下车,几位记者站在一旁,不经意地看着霍华德的新马。他们知道这匹马要参加2月27日的圣阿尼塔负重赛,但他们的心思全摆在更有重量级的名字上:世界纪录保持马"印第安扫帚"、飙风之魔"特勤干员",更重要的是"罗斯蒙",它称王东部,而且征服了1935年的"三冠王"得主"奥玛哈"。

史密斯喜欢这种隐匿状态,纽约之行告诉他,他的马厩里有匹非常优异的马,而在"十万大赛"的指定负重公布前,他打算一直藏着这块美玉。他知道"海洋饼干"已有大幅进步,可是当"海洋饼干"在马场计时人员面前练习时,他只让它随便小跑一番,以隐藏实力。因此,没人对"海洋饼干"投以太多注目。

有天下午,跑道上杳无人迹,正是"海洋饼干"大展身手的时候。他看着"海洋饼干"伸长四肢,速度逐渐加快,不得了!由于缺乏竞争,比赛马在练习时很少能达到接近比赛的速度,但史密斯从来没见过任何马飙出这种速度;练习时没见过,比赛时也没见过。"海洋饼干"一步紧似一步,速度越

▲ 1937年,圣阿尼塔赛马会上,"海洋饼干"与"罗斯蒙"在终点线前厮杀,争夺领先优势。

(© BETTMANN / CORBIS 提供)

来越快，一秒超过了50英尺，而且丝毫不见减缓。史密斯越看越惊诧，心里只有一个念头："它要把跑道烧焦了！"这时，"海洋饼干"转向弯道，身体弓成柔软的弧形，如一尾弯身穿越水流的鱼。几乎每匹马在转弯时都会减速，常常还得往外绕个大圈，"海洋饼干"却能一面迅速加速、一面维持紧密的弧线。没有哪匹马能这么转弯！

当它飞越终点线时，史密斯看看手上的秒表，"海洋饼干"跑一英里花了1分36秒，而马场最佳纪录是1分38秒。以如此的速度，"海洋饼干"可以用十几个马身的差距，痛扁纪录保持马！

与数千匹马共同生活了60年，汤姆·史密斯从来不曾见识过这样的神物，而且这绝不是侥幸：不久之后，在另一次秘密练习时，这匹马又以1分22秒跑完八分之七英里的成绩，平了30年的世界纪录。

生平第一次，汤姆·史密斯的手里掌握了至重至大的责任。这个老牛仔吓坏了。

史密斯不打算让任何人知道这件事。"十万大赛"的指定负重还没揭晓，他要把"海洋饼干"藏在旧金山，但霍华德忍不住了。无论如何，他还是想在自家门前亮一亮他的马。

1936年11月28日，"海洋饼干"参加了湾桥负重赛。那是旧金山最好的赛马会，包括前纪录保持马"奇速"，和唯一超越"奇速"纪录的母马"至尊"。由于先前的胜绩，"海洋饼干"被指定了很高的负重：116磅，比"奇速"多2磅，也比"至尊"多9磅。

在场边干瞪眼一整个月，"海洋饼干"求战若渴，铃响起步时用力过猛，后蹄铲起一大块土，差点跪了下去，又被左侧的马狠狠撞了一下。等它重新站稳脚步时，马群已经跑到六个马身开外了。

独自在后头跑，波拉德试图把这桩意外转为帮助。当"奇速"和"至尊"远远领先时，他策马跑入内圈以省点路。接着他马上让"海洋饼干"速度全开，一路追赶向前，希望找到穿越马群的空隙。第一个弯道来了，外圈的马都纷纷往内挤，挡住了"海洋饼干"，无计可施的波拉德只能等待；他们奔向后直道，波拉德看到前方马群间出现了一道小缝，便要"海洋饼干"钻过去，但又没成功，不得不半途拉回缰绳。接着，又有一个洞打开了。

"海洋饼干"炮弹般射过马群，绕到外圈，抢过了"至尊"第二名的位置，现在前头只剩下"奇速"了。波拉德让它从外侧超越，一举赶过了"奇速"。此时它又是独自跑，但这回是在最前方，他们冲过终点，以五个马身夺冠。观众为之哗然，"海洋饼干"平了自己练习时的 1 分 36 秒纪录，也打破了马场的纪录。两位计时员不敢相信地看着自己的秒表。扣掉延迟出发的时间后，"海洋饼干"赫然写下一英里赛马的第五名纪录，和世界纪录只差 0.6 秒。

史密斯并不高兴，因为秘密曝光了。

12 月 12 日，是个星期天。"海洋饼干"团队又在湾原马场集结，目标是最重要的一又十六分之三英里负重赛。这场比赛有两匹重要奖金赛的优胜者参赛，是"海洋饼干"迄今最险恶的战役。

波拉德骑着"海洋饼干"射出闸门，让它一路飞越跑道。"海洋饼干"以十二个马身拉出领先，后方的骑师大惊失色，拼命驱赶马匹，但只能把差距缩短到八个马身。迎着如雷的欢呼，"海洋饼干"飞速地奔过终点前直道。波拉德一面哈哈大笑，一面站在马镫上，用全身重量拉住缰绳，试遍所有办法让"海洋饼干"减缓速度。但他实在不是鞍下之马的对手，"海洋饼干"扯着缰绳，恳求让它尽情奔跑。

再度回去称量时，"海洋饼干"甚至连喘都没怎么喘。它又改写了一项纪录，比世界纪录快了将近 1 秒。它的速度快得惊人，以至于在下一年，湾原马场没有一匹马能把和它的差距拉到 3 秒之内。

于是大家都知道了。旧金山的《鸿运报》在"十万大赛"报道中，把"海洋饼干"的排名列在"罗斯蒙"之上。

12 月 18 日，"海洋饼干"首度踏上了圣阿尼塔红褐色的土地。它们进驻第38号马房,史密斯拆掉隔间墙,为"海洋饼干"和"南瓜"安置了一个堂皇的宅邸,马童戏称之为"西泽套房"。

当地民众和湾区媒体都对旧金山"胡说八道"的新闻标题大感怀疑。一位在赛马界德高望重的负重评审称它是"加州最被过分高估的马",媒体上也不断出现"它到底打败过谁呀"的问句。"很难给它超过5000美元的评价。"有记者如此写道。"海洋饼干"是一匹必须眼见才能信服的马。

但才一到圣阿尼塔,麻烦就来了。1937年1月16日,原应初次登场的"海洋饼干"居然被一窝蜜蜂叮得满身包,一个多星期后才逐渐消肿。长期的静养赋闲,让它肥成了个1000磅的肉球。史密斯把它全身看了一遍,不禁眉头深锁,把"奶油球"这个绰号丢在了它头上。"海洋饼干"会变胖,不只是因为闲着没动,还因为马夫欧利喂它的草料足以塞撑一头大象。这是"海洋饼干"长期以来的毛病,它超级爱吃,在正餐之余连自己的"床铺"都不放过,经常在开怀畅嚼时被人抓个正着。

燃烧掉这些肥肉,是高难度的工程,史密斯担心他得把这匹马练死才能减掉那些体重。为了尽量增加减重效果,他从骑师室撷取灵感,也在练习时替"海洋饼干"包上橡皮罩,跑完再披上热毛毯。他还替它戴上口罩,免得它找点心吃。但最大的问题是欧利,这个马夫就是不肯听他的话。

于是史密斯上诉到"最高法院",也就是玛赛拉·霍华德那里。她这种类型的女人有一种不可言传的权威感,不必大声,即能以某种表情充分沟通。在她和欧利谈过之后,"海洋饼干"的点心零食就都消失了,史密斯才得以从头来调教他的马。

等到史密斯终于让"海洋饼干"恢复比赛状态时,离圣阿尼塔负重赛只剩两个多星期了,而"海洋饼干"的准备进度远远落后。如果史密斯可以安排它在2月9日的周末出赛一场,就有时间在"十万大赛"前先预跑一次,那个周末唯一适合的,只有八分之七英里的亨亭顿滩负重赛,"罗斯蒙"也会参赛。史密斯本来不想和"罗斯蒙"对垒，不是怕输，而是担心赢了之后，"海洋饼干"在"十万大赛"的负重就会增加。不过这个顾虑很快就不存在了：负重业已公布，"海洋饼干"是 114 磅，还算可以。

不待波拉德催促，"海洋饼干"就如箭般冲将出去，但这次有另一匹马与它齐步，名叫"云朵"。波拉德向"海洋饼干"的耳朵"咯咯"叫了一声，它便以炫目的敏捷步伐封锁了对手，跑在洼陷粘脚的栏杆内圈，"云朵"则在外侧。半英里之后，它们已经让马场的最佳纪录缩短了 2.4 秒；到了四分之三英里时，它们离世界纪录只有一秒之距，其他的马都远远落在后方。

来到终点前直道，面对最后的十六分之一英里，"海洋饼干"玩够了，突然撒腿飙过"云朵"。一旦取得安全领先距离，波拉德便让它减缓速度，最后"海洋饼干"以四个半马身取得胜利。通过终点之后，波拉德又让"海洋饼干"继续跑了一段，算是增加练习量。结果它以 1 分 36 秒跑完了一英里，比那一整年圣阿尼塔所有马匹的纪录都快了一秒多。而且，这一次和上次一样，在优胜区的"海洋饼干"一副若无其事的样子，连喘都没怎么喘。

"天呐，我还没让'海洋饼干'跑呢，"波拉德在赛后吹嘘，"等到了大赛上，我放手让它好好跑的时候，你们就会看到'海洋饼干'真正的实力了。"

史密斯知道，他拥有了全美最好的马。

但东岸的马场圈还不知道。那边的赛马投注中，赌客并不看好"海洋饼干"在"十万大赛"的机会。而"海洋饼干"在下一场比赛，也是最后一场预跑中跑运不佳，只排名第五，"罗斯蒙"获胜，也似乎印证了东岸的看法。

一阵滂沱大雨后，得动用柏油机的火舌将圣阿尼塔的跑道烤干。比赛前三天，"罗斯蒙"上场进行最后一次练习，飞蹄所至，跑道为之焦炙。记者都等着史密斯给他的马来次类似的练习，但始终没见到"海洋饼干"做任何多于伸伸脚以外的事。马场于是传出了流言称，"海洋饼干"其实是不能跑的跛脚马。投注"罗斯蒙"的赌金一路高涨，"海洋饼干"的行情则相对下跌。

史密斯耍了他们,在比赛前不久的某日清晨3点,他把"海洋饼干"牵到跑道,在静僻中进行了最后一次练习,它跑得漂亮极了。

1937年2月27日,霍华德和玛赛拉来到圣阿尼塔赛马场,要看着他们的骄傲和喜悦赢取"十万大奖"。他们兴奋得不得了,霍华德还到记者室宣布,要是他的马赢了,他就要送一桶香槟来请大家,还掏出5张千元大钞赌"海洋饼干"赢。

创纪录的6万名观众到场目睹18匹骏马争夺世界最高额奖金,此外,更有数百万人收听广播的报道。

当波拉德感觉到"海洋饼干"的马蹄陷入红土时,他确实有理由担忧。原来土地并未完全烤干,雨水和泥土在内圈栏杆边混合成黏腻的烂泥,从内圈算起位置第三的"海洋饼干"将首当其冲。"罗斯蒙"的骑师哈瑞·理查德斯则思索着另一个难题:他抽到了第十七的位置,可以享受坚实迅捷的跑道,但得应付马群挡路的问题,起步落后的"罗斯蒙"必须穿过拥塞的马群。

铃声一响,"海洋饼干"就向前猛冲,它外侧的马匹纷纷抢进内圈争取最有利位置。在马群云团中,波拉德发现5英尺开外出现了一线曙光,便驱策"海洋饼干"钻过去,并注意不让它进入跑道洼陷处。他抢上了第四跑道,只落后于领先的"特勤干员"。

第一个弯道来了,"海洋饼干"再度被挤回内圈。等进入后直道时,波拉德发现了一条通路,又引领"海洋饼干"往外穿越马群,来到比较坚实的跑道。正前方,"特勤干员"正迈出自杀式的极快步伐,但波拉德感到那个速度太快,不打算因敌诱而跟进。在他身后,"罗斯蒙"一路紧随,等候前方全速大跑的马出现衰竭。

剩下半英里了,波拉德调整"海洋饼干"的角度,准备让它行动。他身后的理查德斯感觉到"海洋饼干"即将冲锋,便让"罗斯蒙"逐渐穿越马群。在泥土当头飞溅中,理查德斯对着马的耳朵说话,或左绕或右拐,赶过了一匹匹的马。他的运气一直不错,每个他要穿越的空隙,都刚好持续到让他顺利钻过。在第二个弯道上,他来到"海洋饼干"后蹄的位置,于是试图超越。前面的波拉德弓起身子,看着"特勤干员"起伏不已的臀部,等待它力竭崩溃。

一马当先的"特勤干员"终于撑不下去了,脚步开始有些踉跄。波拉德把"海洋饼干"的鼻子拉向外侧,往它屁股打了一下,"海洋饼干"立即狂飙如风。理查德斯看到它冲刺,也让"罗斯蒙"射过空隙紧追不舍,但"海洋饼干"已经抢到三个马身的优势了。"特勤干员"在内侧不甘不愿地落后下去,"印第安扫帚"则从外侧赶上来,但速度还来不及跟上。

"海洋饼干"撒开脚步,单枪匹马地跑在干燥坚实的跑道中央。波拉德施展了精湛的御缰绝技,避开了陷阱,缩短了距离,并且尽量减少在泥泞内圈的时间,他已经赢了和理查德斯的骑术战。骑着一匹强健骏马,他正奔驰在世界最高奖金赛马会的终点前直道上。后方是全国最好的 17 匹马,左右两方呐喊着 6 万波声浪,前方则只有长长的红土。

马群逐渐散落,绵延在他身后三十二个马身的跑道上,现在只剩下"罗斯蒙"与"海洋饼干"捉对厮杀了。"海洋饼干"跑得飞快,随着波拉德在它的脖子上指挥它、与它一起律动,它铆足全力大跑。"罗斯蒙"在后方显得一团模糊,只能一寸一寸地缩短差距。以领先"罗斯蒙"一整个马身的差距,"海洋饼干"穿过直道中段。看台上的霍华德和史密斯都想着:"罗斯蒙"落后太多,"海洋饼干"要赢了。

意外突然出现了。毫无预警地,马和骑师都失去了专注。波拉德莫名其妙地犹豫了,他放下鞭子,搁在"海洋饼干"的肩膀上,就这么摆着。

"海洋饼干"也减缓了速度,或许是想再找个对手来玩玩,或许是感应到了波拉德的踌躇。史密斯耐心教导了 6 个月的冷静沉着开始解体,"海洋饼干"突然向左急转,越过跑道横跑 10 英尺,又来到洼陷的内圈,快撞上栏杆时才把身体摆正。它丢了好几尺的领先优势,步伐的律动也中断了。曾经天衣无缝的一体团队,如今却只是一个人和一匹马,彼此较着劲。

理查德斯看到了这一切,终点似乎近在眼前,但"罗斯蒙"还是没超过"海洋饼干"的鞍布。他的心脏跳到了喉头:我太晚了!他拼了命地攀向"罗斯蒙"的脖子,又踢又打地叫着:"快啊,宝贝,快点啊!"

全速飞奔于跑道中央的"罗斯蒙"顿时受到激励,低下头,开始倾全力冲刺。

一步一步地,"海洋饼干"的领先渐渐消失了。

在他们生涯最重要时刻的那几秒钟里,波拉德和"海洋饼干"心虚了,胆怯了。在十五步间,超过一个足球场的距离,波拉德简直一动也没动。当时"罗斯蒙"在他外侧大概10英尺之后,波拉德有充分的空间把"海洋饼干"从粘脚的内圈拉回,但他却没有抓住这个机会。"海洋饼干"戴着半月形的眼罩,只看得到前面空荡荡的跑道,也不太可能在观众席的如雷吼声中听到"罗斯蒙"已然逼近。或许它在等,它的左耳慵懒地转动着,仿佛正注意跑道上的某些动静。它的脚步放慢了,思绪似乎涣散了,领先的差距逐渐消逝。一个马身,6英尺,一个马颈,终点线正向他们奔来,观众齐声尖叫。只剩下几码时,波拉德突然从僵滞中清醒,疯狂地拼命催促。"海洋饼干"双耳往后一倒,再度向前冲刺。但"罗斯蒙"正处于全速高峰,它追上了"海洋饼干",旋即领先数寸。"海洋饼干"越跑越快,律动渐急,应骑师急迫的要求,把心思集中于它的任务上;但理查德斯骑得更拼命,又打又吼又哀求地要"罗斯蒙"再跑快点。"海洋饼干"缩短差距,再度追平。

两匹马一起飞过了终点线。

包厢里的霍华德跳了起来,跑去叫香槟请大家。有人唱起歌,瓶塞砰然开启,狂欢开始了。

渐渐地,喧闹平息下去,大家不再欢呼,因为马场并没有公布胜利者,他们要等待终点摄影的结果。精疲力竭的马匹们被牵回去卸鞍,赛马迷在折磨人的期盼中枯坐等候。两分钟过去了,照片随着隐约的惊叹声送到马场评审处,一阵可怕的暂停后,告示板上亮出了号码。

"罗斯蒙"赢了。

观众席响起了如雷吼声,数千名观众认定评审搞错了,"海洋饼干"的冠军宝座竟然被强行抢走。但照片无可置疑:"罗斯蒙"褐色的长嘴就伸在那里,只领先"海洋饼干"一瞬间。霍华德和玛赛拉拼命掩饰着失望。"罗斯蒙"一段鼻子的短短距离,使他们损失了7.07万美元。他们继续招待大家喝香槟,脸上还挂着勇敢的笑容。

波拉德不需要看告示板，在马鼻冲过终点线的那一刻，他就已经知道自己输了。耗尽气力面如死灰的他，从"海洋饼干"的背上滑下，走向理查德斯，四周的人都报之以冷冷的指责表情。

"恭喜你，哈瑞，你骑得非常好。"波拉德说。

"谢了，"理查德斯说，因为对"罗斯蒙"吼得太久，嗓子都哑了。"其实只差一点点。"

"对，一点点，"波拉德的声音几不可闻，"可是你赢了。"

波拉德看到霍华德就在附近等着他，便走过去。

"怎么回事？"霍华德温和地问。苍白衰竭的波拉德解释说，内圈很难跑，可是绕外圈又不能不难免撞到"罗斯蒙"，如果两人交换位置，"海洋饼干"一定会赢的。

理由很无力，其实他更应该说明为什么让"罗斯蒙"追到那么近，才在最后一刻反击。已经有指控对着他来了：自大、无能、过度自信。他的声誉已岌岌可危，但波拉德并没有给大家一个可以重新考虑的理由。

也许他不能，他要守住一个秘密，那是多年前开始的一场赌局，而每场比赛都是再赌一次。可是受到影响的不只他自己了。

也许波拉德并没有看到"罗斯蒙"追上来，因为他的右眼瞎了。

由于观众极为喧哗，他不太可能听到"罗斯蒙"接近的声音，因此"罗斯蒙"意外且突然的冲刺，或许直到最后才被波拉德察觉。波拉德一直到"罗斯蒙"来到身边、转头可以用左眼看到时，才开始催促"海洋饼干"加速。而且独眼缺乏立体感，他可能无法判断"罗斯蒙"和他之间的距离够不够让"海洋饼干"往外侧移动。

如果上述分析是正确的，波拉德便陷入了一个僵局，无法为自己的重大失败辩护。要是坦承自己瞎了一只眼，他的骑师生涯就结束了。如同30年代的大多数骑师，他无处可去、别无他技，也没有其他深爱的东西。他没有回头路可走，如果眼盲是失败的原因，那么沮丧与内疚必然令他痛苦万分。

霍华德接受了波拉德的解释，没有任何批评，他和史密斯并不怪波拉德。

虽然他已几近千夫所指。

▲ 雷德·波拉德和"海洋饼干"

(AP/ WIDE WORLD PHOTOS 提供)

低迷时代的激情狂欢

汤姆·史密斯把"海洋饼干"雪藏了6个月,直到圣阿尼塔负重赛才真正出手,而这个世界也一直在等待着它。当时,美国正处于史上最严酷十年的第七年,经济崩溃,数百万人失去了工作、存款和家园,但这一片悲惨绝望却引发了社会新力量的诞生。首先是可以让人暂时忘却现实的行业,全国各地的戏院一周可以招徕8500万名观众,花25美分就可以欣赏无休无尽的欢乐乐曲和搞笑喜剧,广播剧中的理想世界及突破困境力争上游的小人物也极受欢迎。而在投注合法化之后,没有哪项运动比纯种马竞赛成长得更快了。

需求激发了科技进步,使大众能前所未有地接近心目中的英雄。电影院放映的新闻影片令人目眩神驰,摄影设备的大幅改良也带来更高质量的动作画面。但冲击力最强的,还是广播。20世纪20年代的收音机价格高不可攀,至少标价120美元,但到了30年代却只要5美元即可买到一台收音机;农村居民通常把收音机列为家用电器的第二选项,仅居电熨斗之后。1935年,当"海洋饼干"开始出赛时,全国已有2/3的家庭拥有收音机;在"海洋饼干"生涯的巅峰期,前述数字已跃升至九成,外加装在汽车上的800万台。收音机在美国创造出了一个巨大的共同文化,而动作极富戏剧性的赛马最适合口述传达,因此成了电波的宠儿。圣阿尼塔的奖金极高,又有世界级的运动员角逐,于是很快在全国招来海量关注,也成了广播界的重要盛事。

1937年2月,新的社会及科技力量交会激荡,名人的新时代即将来临,成名的新机器正在等待,万事俱备,只欠主角了。

就在这个独特的时刻,"海洋饼干",这匹如灰姑娘般的马,飞过了圣阿尼塔的终点线。对,就是它了。

嗅觉异常灵敏的记者们很快闻风而至,晨操时吵吵嚷嚷地站在栏杆边,又拍照又在史密斯耳边问东问西,也把霍华德夫妇盯得死死的。史密斯、波拉德和霍华德夫妇很快就见识了知名度的奇异引力,"海洋饼干"似乎把全世界拉向了它和它周围的人。问题是,很多记者根本对马匹和赛马一窍不通,由于"海洋饼干"的超人气跨越各阶层,和运动圈子无关的记者也要写上一笔。很多新闻界人士对标准的训练程序一无所知,便自行发挥创意,包括有人报道说"海洋饼干"出赛前史密斯要喂它喝啤酒,不给它还会哀鸣跺脚。更糟的是负面的传言,虽然现在已经很少有舞弊情形,但记者仍对马界抱怀疑及嘲讽的态度。

把拼命挖新闻、大多缺乏专业知识而且常持怀疑立场的新闻界,和极度隐秘低调的驯马师凑在一起,便成了一个风波不断的组合。史密斯把阻挠新闻界的努力提升到了艺术的层次,第一道防线即是皱着眉的简洁言语。有次记者请他详细描述"海洋饼干",他答了一句"它是一匹马"然后走开。听到一半就不发一语地走人,这是史密斯的经典绝技;要不然就面无表情地盯着对方看个三分钟,一句话也不说。有记者形容,跟他说话像跟柱子说话似的,马厩经纪人还说他是木乃伊。聪明的记者后来就知道应该保持沉默,让史密斯自己起头开讲。想用力挖他新闻的笨记者,除了胃溃疡,什么也得不到。

史密斯也下了很大功夫不让"海洋饼干"的训练曝光。晨操时旁观者众,他只让"海洋饼干"随便跑跑,等下午记者都去看比赛时,才偷偷带它去做真正的练习。而且，他会尽一切可能不让记者知道任何有趣的事。有一次，原本无人的场上突然来了一个人，走到栏杆边掏出秒表来为"海洋饼干"的练习计时。史密斯便借他的秒表过来，等马跑完后归零，然后还回去。

"怎么样？"那个人问。

"不错，挺好的表。"史密斯说。

"我说的不是表，"那个人说，"是'海洋饼干'，它跑多快？"

"我怎么知道。"

秘密练习有三个目的。第一，不让指定负重的马场评审知道它的卓越能力；第二，用史密斯的独门绝招，帮助"海洋饼干"维持良好的比赛状态。史密斯经手过的马匹中，没有一匹像"海洋饼干"这么容易发胖。史密斯认为，要毁掉一匹马，最快的方式就是过度操练，因此他想出别具创意的减重对策。如果那天下午要练习，早上他就把马具都摆到"海洋饼干"看得见的地方，取消早餐和例行晨操，并且做一切比赛日的准备程序。"海洋饼干"看了就以为那天要出赛，于是也进入备战状态，食欲降低，体重也在精神紧绷下降低。到了下午，史密斯再带它去练习，就像它是在比赛一样。这个办法果然见效，"海洋饼干"的体重也因而得以维持。

秘密练习的最后一项益处在于虐人的乐趣。让记者和计时员生不如死，可以带给史密斯极大的满足。这个老家伙有一种怪异的幽默感，有次竟把长椅接上电线，把想休息一下的降热夫电得哀号阵阵。一旦成了媒体的热门人物，就再没有比让挖新闻的人困惑沮丧更让他开心的了，而他们也给他无穷的机会，因为"海洋饼干"是全国最重要的新闻之一，无论愿不愿意，他们都得来接受更多的惩罚。对那些靠采访史密斯维生的人而言，他绝对让人极度抓狂。

秘密练习对"海洋饼干"成效卓著，但由于史密斯不愿对新闻界多作解说，致使他们产生了严重误解，加上"海洋饼干"又很少公开露面，导致传出"海洋饼干"状态不佳的流言，而这匹马不稳定的步伐也使谣言益发甚嚣尘上。史密斯并未多作澄清，于是记者开始经常称"海洋饼干"是"跛脚"马。很快就成为"海洋饼干"永远的标签，日后也给史密斯带来了严重困扰。

而且史密斯也没办法骗过所有人。《洛杉矶时报》和《旧金山纪事报》的专栏作家奥斯卡·欧提斯是少数精通赛马的记者之一，他几乎马上就看穿了史密斯的伎俩。圣阿尼塔负重赛之前不久，欧提斯就发现史密斯是在清晨3点操练"海洋饼干"的。"从此'海洋饼干'可以和葛丽泰·嘉宝相媲美了，"他在《洛杉矶时报》上写道，"两者都希望不被打扰。"于是记者和计时员都知道史密斯有所图谋，决心活逮他，史密斯则立意反制，战役从此引爆。

和史密斯不同，霍华德则享受被瞩目的滋味，追求名气是他的天性所趋。在1937年的圣阿尼塔负重赛后，霍华德对大众的想象展开了攻势。

他尽量增加爱马的曝光率，让"海洋饼干"跋山涉水横越全美参加多项比赛，甚至为"海洋饼干"的胜绩刊登全版广告。他还努力和新闻界建立关系，比赛前后都会跑上记者室楼梯，接受询问及拍照。他务必让每位记者都有"海洋饼干"的行程表，夫妇两人更乐意接听记者电话，不分昼夜。他详读有关"海洋饼干"的每个字，也会写长信及亲自打电话给记者左右他们的意见，并让每个人都以为自己得到了重要的独家内幕。他利用记者来影响他无法光靠魅力左右的马场高层，还送圣诞卡、纪念品和贵重礼物，包括纯银的"海洋饼干"蹄铁。

到了这个地步，到底是谁在盯谁，已经有点混淆了。霍华德还想象不到，未来几年里的若干关键时刻，他对形象的追求和"海洋饼干"的利益会出现冲突。对霍华德而言，那将是他公众生涯中最艰难的困境。

虽然"海洋饼干"输了圣阿尼塔负重赛，霍华德还是送香槟请记者喝，附上写着"我们尽力了——'海洋饼干'"的卡片。记者举杯遥祝霍华德和"海洋饼干"，却没有人提到波拉德。比赛之前，这个红发小子一直是众所瞩目的焦点，老是吹嘘他的马，还会讲机灵的俏皮话逗记者。亨利·奥斯汀·德布森曾引述波拉德后来所说的话："名气是亡者的食物，而我没有胃口消受。"事实上，他对突然成为名人极为开心，记者也非常喜欢他。

媒体对正经八百的陈词滥调早已生厌，波拉德却令人耳目一新，有思想深度、玩世不恭又常自嘲。"如果我不摔下去的话，它可能会赢，"在一次重要比赛前，他这么对记者说，"不过，你知道，我老是会摔下去。"

但没人会对波拉德在"十万大赛"中的表现视而不见，事实上，这是那场比赛最大的新闻。被"罗斯蒙"打败后，波拉德回到骑师室，面对的是盛名的另一面，遭到了无数问题的轰炸。为什么比赛后半段他不用鞭子？他以为胜负已定了吗？他试图为自己的骑术辩护，声称他确实用了鞭子，只是陷入了不好跑的跑道，可是似乎没人听进去。

翌日早晨，马场传出流言，说波拉德那天出赛时其实喝醉了。媒体纷纷指责，但奥斯卡·欧提斯的批评最具杀伤力。虽然他对波拉德在比赛初期的表现及面对挫败的勇气予以肯定，却也坦率指出波拉德的过失。"在终点之前，哈瑞·理查德斯的表现优于雷德·波拉德，否则在直道中段即已领先一个马身的'海洋饼干'必然能够获胜。"他在《洛杉矶时报》写道，"接近终点时，波拉德用鞭时机太迟，这次挫败要归咎于波拉德先生。"

史密斯对这些批评非常生气，他认为"海洋饼干"跑入内圈才是落败主因，于是特意把波拉德叫到一旁，告诉他那些评论都错了。难得说个长句子的史密斯，这回竟出乎记者意料之外，讲了几个完整的句子："'海洋饼干'在圣阿尼塔的优异表现至少有一半得归功于波拉德，只有他了解'海洋饼干'的怪脾气，也只有他知道如何激发'海洋饼干'的最大潜力，对波拉德的批评并不公平，他骑得完美无瑕。"

可惜，没有任何效果。

阴影笼罩了38号马厩。马夫欧利一脸悲苦，霍华德强作欢颜，史密斯甚至比平时更不友善。仔细推敲后，史密斯把"海洋饼干"的遮眼罩后方各割出一个小洞，宛如开了两个后窗，以后就没有马能从后方偷偷接近了。

只有"海洋饼干"兀自开心得不得了，它痛快淋漓地大战了一场，现在全身都呐喊着想再奔跑,而奖金1万美元的圣璜卡皮斯拉诺赛马会,也就是圣阿尼塔冬季赛马季中的最后一个奖金赛,则是最完美的地点。

1937年3月6日,波拉德和"海洋饼干"一起走向马场。史密斯和霍华德环顾在场观众,第一次见识到"海洋饼干"的名气已经有多大了。4.5万名闹哄哄的观众围满了跑道等着看它扬蹄飞驰,而且纷纷对它下注。当天参赛的还有"印第安扫帚"和"特勤干员",前者曾在该马场写下一又八分之一英里的世界纪录,后者则曾写下一又十六分之一英里的马场最佳纪录,它们都属于ACT牧场。

ACT的骑师早已商议好要联手打败"海洋饼干"。"特勤干员"的骑师打算早早争取到无法超越的领先位置,而骑着"印第安扫帚"的乔治·伍尔夫则跟在"海洋饼干"后面,希望波拉德的马会因为拼命追赶"特勤干员"而耗尽精力,他就能像"罗斯蒙"一样,在比赛后期发动突袭。因此波拉德陷入了一个两难之局,全力追赶将导致"海洋饼干"的衰竭,但保留气力又可能将冠军奉送给"特勤干员"。

波拉德把缰绳一圈圈地绕在手指间,在闸门里静静等候。起跑了,"特勤干员"立即冲到前头,伍尔夫却让"印第安扫帚"落在后面。波拉德可以感觉到,"特勤干员"的步伐太快了,于是让"海洋饼干"紧跟在它后方,位置维持在刚好不让它拉大领先差距,同时又能保持"海洋饼干"的速度。"特勤干员"的骑师狂暴地催促它,而波拉德像头老虎般一路跟随。转进最后弯道时,波拉德把手里的缰绳松开一圈,"海洋饼干"利用松脱的空间一举超越"特勤干员",也彻底甩掉伍尔夫和"印第安扫帚"。马场报位员高声唱名:"'海洋饼干'来了!"场上立即响起一阵欢欣鼓舞的叫声,"海洋饼干"勇冠群伦,以七个马身的领先差距飞越了终点线,也刷新了马场纪录。

观众席传来一波波的欢呼,但同时也传出"找'罗斯蒙'来!"的声浪。"罗斯蒙"已经回东岸去了,霍华德还不打算去那里,因为他想让旧金山再见识见识他的马,于是他们回到了坦弗兰马场。

史密斯对到底会指定多少负重忧心忡忡。4月3日那天,他让"海洋饼干"扛了惊人的130磅负重,在黄昏的坦弗兰马场练习。结果,"海洋饼干"如风般席卷了整条跑道。史密斯以为没人看到这次练习,但其实场边有个《旧金山检查报》的摄影记者拍下了照片,更糟糕的是,一个路过的马主看到他们练习,便掏出秒表计时,赫然发现"海洋饼干"跑得比那个赛季的任何马匹都快,于是次日的体育版全都是这则新闻。

　　4月初,史密斯和霍华德在一场标售赛里发现了"烈酒",它是"海洋饼干"在菲茨西蒙斯马厩的老兄弟,当时它已经像张钞票一样转手了无数次。霍华德对"海粮"的儿子都有强烈感情,也几乎实现了买下"海粮"所有子息的目标,于是他买下"烈酒",让它和"海洋饼干"住在一起。两周之内,史密斯就让"烈酒"在波拉德的骑驭下重回胜利圈。

　　但他对"烈酒"的兴趣可能不是在速度,而是在外表。"烈酒"和"海洋饼干"从小就长得一模一样,只有史密斯和他的马夫分得出来,于是"烈酒"成了史密斯与新闻界交战的新武器。他使出鱼目混珠之计,让"海洋饼干"以"烈酒"之名练习,结果这匹没人注意的马竟然跑出令人不可置信的成绩:1分11秒跑八分之六英里。记者们感到大惑不解,因为就算鞍里装上火箭、两胁安上翅膀,"烈酒"也绝不可能跑那么快。

　　但话说回来,看看史密斯调教"海洋饼干"的成果,大家也不敢打包票。有人猜测那匹马其实是"海洋饼干",但史密斯一如往常,什么也不说。

　　史密斯有时让"烈酒"冒"海洋饼干"之名进行晨操,晚上再偷偷牵"海洋饼干"出来练习,有时又让"海洋饼干"以自己的名义晨操。记者马上搞昏了头,有的人开始跟踪史密斯,甚至爬上马场厨房的阁楼,看能不能逮到"海洋饼干"的夜间练习。

　　当记者要求为"海洋饼干"拍照时,他会叫马夫"白眼"艾里逊把"那匹老的'海洋饼干'"牵出来,结果来的是"烈酒","烈酒"的照片便因此登上无数报章杂志的封面。最后连霍华德也成了受害者，他请画家去替"海洋饼干"画像，结果，这位倒霉的画家自始至终都不知道，他留诸不朽的画中画的其实是"烈酒"。

再见到"海洋饼干"，旧金山真是欣喜若狂，北加州有史以来数量最庞大的观众涌进了坦弗兰，要亲睹马奇班负重赛，"海洋饼干"将在此再度与"印第安扫帚"和"特勤干员"一决高下。波拉德这次表现依旧精彩，史密斯本来要他跟在领先的"特勤干员"之后，但他马上就看出被挡住的"特勤干员"已无法取得领先，便自己抢到第一位置。载着124磅负重的"海洋饼干"以22.8秒奔过四分之一英里，继而以令人呼吸停止的1分11秒跑过八分之六英里，然后是1分36秒跑完一英里，每一项都改写了纪录。快到终点时它突然减速，吓得观众全张大了嘴，但它又再度飞跃起来，以三个马身之距赢得冠军荣衔。

数周之后在湾原马场，麻烦来了。"海洋饼干"获准参加备受尊崇的湾原负重赛，但指定给它的负重达127磅。他们不久就要转往东岸，史密斯可不希望向负重评审展示他的马多么会承重，但霍华德仍然坚持参赛。比赛日的黎明伴着强风而来。在狂风急旋中，波拉德来到马场。他的状况糟透了，之前为了符合另一匹马的重量要求，他进行了激烈的减重，因此一度在骑师室中昏倒。

那天下午，他大部分时间都不省人事，到开赛前半小时都还没醒过来。马场评审争论着要不要叫霍华德进来，请他另外找骑师，但在出场前几分钟，波拉德终于摇摇晃晃地站起来了。他坚持说他可以骑，评审无奈只好勉强放行。

"海洋饼干"仿佛感觉到了波拉德的虚弱，它一次又一次提前冲出闸门，害得开赛为之延误了3分钟。它跑得小心翼翼，在强风之下，小赢了和它同马厩的"展示品"。在最后的十六分之一英里，波拉德看起来好像就要昏倒了，但他还是坚持撑到获胜。

波拉德骑回优胜区，总算勉强完成了颁奖仪式。自从圣阿尼塔负重赛之后，他骑驭"海洋饼干"的表现一直无懈可击，但他仍无法走出在"十万大赛"落败的伤痛。众人的交相谴责极具腐蚀力，而新闻界也一直不肯放过那件事。

在湾原马场，波拉德的愤怒终于爆发。他在跑道上看到奥斯卡·欧提斯正走向停车场，气得去找他理论。因减重而耗竭的波拉德失去控制，卷起报纸对着欧提斯劈头盖脸痛打过去。欧提斯个子比他大得多，却不敌波拉德的强大臂力而被打倒在地，脸部受了伤，倒在地上吓呆了，波拉德看也不看他，转身走开。

"海洋饼干"在西岸也许是大众及媒体宠爱的宝贝，但尊贵的东岸赛马界还没把它当回事。史密斯急着想去东部给那些老顽固一点厉害瞧瞧，霍华德也觉得现在该是时候了，反正加州已经没有什么需要征战的对象。

同样，波拉德也需要换个环境，并且寻找一个重新肯定自己的机会。湾原马场负重赛过后一周，"海洋饼干"和"南瓜"便走上车厢，倒在干草上安然入眠。史密斯不信任东岸的饲料，他在后面的车厢塞满了"海洋饼干"的草料，然后爬上"海洋饼干"的车厢，在它脚边打开了折床。

那个夏季，东岸有巨人正待他们厮杀，包括在可敬的布鲁克林负重赛等候"海洋饼干"的"罗斯蒙"，以及东岸负重赛中的剽悍大帝"气压计"。此外，还有另一匹马，另一匹比其他所有赛马更伟大的马。它的名字是"海上战将"。

"海洋饼干"决战"海上战将"

除了笑容,塞缪尔·瑞都的长相酷似大富翁游戏图板上的人物,黑帽、白髭,面前堆着像山一样的钱。他是个沉闷、缺乏活力的人,1937年夏季,他已有75岁高龄,毫无笑容的面孔或可算是赛马界最著名的一张脸,而他也是东岸赛马界的奇迹。

1918年,他在拍卖会投下5000美元,然后带着这项运动所见过的最杰出的动物"战人"离去。那匹马会跟任何靠近它的东西拼脚力,有些观察家认为,"战人"征战生涯中的唯一遗憾便是瑞都本人,因为他对战人过于珍惜。1920年,那匹小公马才3岁,瑞都就让它退休了。此时的"战人"只参加过21场比赛,赢了20场,仅面对过48名对手,因为瑞都不愿让"战人"接受极高的指定负重。

"战人"让瑞都闻名全球,但这位马主憎厌新闻界的程度,与查尔斯·霍华德喜爱新闻界的程度或可等量齐观。不过,瑞都拥有世界上若干最快也最受瞩目的马确是事实,因此必须和媒体达成某种勉强的和解。"战人"的很多后代也成为优异跑者,但都无法与其父匹敌。1934年的春天,马场的人都围在

▲ "海上战将"和它的骑师查理·可辛格

(© BETTMANN / CORBIS 提供)

瑞都育种牧场的栏杆边，傻愣愣地望着场内，发出看见流星从天上掉到某人后院时的惊叹声。原来是血统尊贵的母马"凌云"生了一匹毛色几乎漆黑的小马，是"战人"的儿子，令他们根本挪不开视线。它长得多俊啊！即使站着不动，也光芒耀眼，优雅、轻盈、细致而敏捷，静如名画，动如飞鸟。大家全看得目瞪口呆，有人暗想，等这匹马加入赛马时，怕没有人还会记得"战人"了。

瑞都给它取名为"海上战将"，它有父亲那种帝王般的威仪，绝不忍受静止，甚至连听到鞍铃声都会从马房冲出来奔向跑道，在闸门处也又跳又撞，拼命想上场较劲。"海上战将"的速度快得令人森然敬畏，只要一上路，它就远远把对手抛在身后，连骑师为了比赛策略想让它慢下来也不可能。在出闸门的那一瞬间，它就令对手只能自叹不如，一匹匹马如泼水般被它沿途抛下。1937年的春天，它展现出惊人的加速能力及斗志，在任何层级的任何比赛的任何时刻，它没有不是一马当先的，没有任何一匹马碰得到它。

肯塔基德比赛马会赢得轻而易举，接着是普雷尼斯赛马会，而它在征服"三冠王"最后一关贝尔蒙特赛马会时的表现，更是名留青史。它不断提早冲出闸门，让开赛延迟了近9分钟。有一个很短的瞬间，这匹马终于暂时静下来，开赛评审连忙打铃。一开始起跑，"海上战将"就疾速前进，前冲的力道之强，竟使后蹄踩到了右前蹄，它用力挣脱，竟硬生生踩掉了自己1寸见方的蹄甲。它的骑师查理·可辛格浑然不知发生了什么事，而"海上战将"也没有显露出任何迹象，照样撒开不断流血的脚全速奔驰，每一步都在身后溅起一阵血雨。

没有马追得上它，它夺得了胜利以及"三冠王"的荣衔，也打破了它父亲的纪录及一项全美纪录。当可辛格策马来到优胜区，下马解开"海上战将"的腹带时，才惊骇万分地发现马腹和前蹄全都在滴血，一旁的人看了也为之骇然。

很明显，和它同龄级的马匹没有一匹能跟得上它。"海上战将"一如"战人"，正在等待一匹能真正领教它强悍实力的马。

东部绝对没有人能想到，那匹马竟会是"海洋饼干"。他们上次看到它的时候，它只是中等程度奖金赛的得主，在一个从来没听过的驯马师和没人记得的骑师手上。那匹马大部分生涯都在标售赛或低层级的轻负重赛里打转，而全美最成功的驯马师已经放弃它了。纽约一位专栏作家归纳了东部人对它的观感："过誉了的劣马"。

创下纪录新高的两万名观众挤进布鲁克林马场,希望一睹"海洋饼干"与"罗斯蒙"及当地的英雄"气压计"的交锋。铃声一响,"海洋饼干"便直射到最前位,以炫目的速度跑过第一弯道及后直道。第二弯道来了,"罗斯蒙"开始逼近,观众兴奋得疯狂吼叫。在弯道上,"罗斯蒙"追上了"海洋饼干",一度比肩齐驱,但几个跨步之后,"罗斯蒙"撑不住了,"海洋饼干"冲出差距,但还没取得胜利。"气压计"从外侧抄过弯道,在剩下四分之一英里处紧咬住"海洋饼干"。没有一边肯让步,"海洋饼干"与"气压计"同步在终点前的跑道上奔驰,"气压计"也正一寸一寸缩短双方的差距。还有八分之一英里,"气压计"的头突然伸出,正如几个月前的"罗斯蒙"。透过缰绳,波拉德感觉到"海洋饼干"的嘴用力扯紧口衔,充满了决心。最后一秒,"海洋饼干"猛然向前冲刺,鼻子冲过终点线。此时整个马群已全被甩到后面,其中也包括了"罗斯蒙",在十个马身之后。

欢呼中,"海洋饼干"被牵回去降温,经过旧东家菲茨西蒙斯的马厩时,马夫都走了出来,沉默而凝重地望着这匹从他们手中溜走的马,每张脸上都写满了鲜明的悔恨。东部人的反应正如乔利·罗吉的话:"麻木乃至无言",他们的敬意来得勉强、给得吝啬。西岸的贺电贺函却如潮水般涌来,媒体也对"海洋饼干"大加赞扬。可是东岸人相信,他们还有一匹马可以教训教训霍华德的劣马。马场圈开始传出"它不可能称霸马林,还有一匹马挡得住"的说法,乔利·罗吉更是进一步指明:"海上战将"。

7月来了,"海洋饼干"转往纽约,赢得一又十六分之三英里的巴特勒负重赛。两个星期之后,它继而以沉甸甸的129磅负重,在洋客负重赛中击败了对手,打破了一又十六分之一英里负重赛已经保持了23年的速度纪录。

8月间,"海洋饼干"前往萨福克参加极具声望的马萨诸塞负重赛。在那里,它和一匹叫"红粉武士"的母马进行了搏命缠斗。它负重130磅,母马则负重108磅。接近终点时,"海洋饼干"终于拉开距离取得胜利,并且将马场纪录减掉0.4秒。"红粉武士"只落后两个马身,而且一直奋战到最后。波拉德开心极了,跳下马就冲进骑师室大叫:"胜利英雄来啦!他们总算帮我拍照了!"

但霍华德夫妇无法忘怀"红粉武士"令人赞叹的表现,于是决定买下它。事实证明,它是少数可以在晨操时跟上"海洋饼干"的马,而且不会像其他公马一样被"海洋饼干"嘲弄了就气馁,它甚至会立即还以颜色。霍华德打算等它的赛马生涯结束后,让它和"海洋饼干"育种。

马场圈的每个人都只有一种念头:"海洋饼干"一定得和"海上战将"见个真章。因为东部所有其他能上得了台面的马,此时都已经是"海洋饼干"的蹄下败将了。此外,双方还逐渐演变出激烈的奖金争先赛。"海洋饼干"1937年的奖金额,目前累积到14.203万,大约落后"海上战将"2000美元,后者是本赛季获奖金额之首。双方都想打破"阳光公子"在1931年创下的37.6744万的纪录。"海上战将"的蹄甲已经长回来了,开始恢复训练。大家都在谈论这两匹马会不会来场对抗赛。

8月底时,湾原马场正式向霍华德及瑞都提议,建议在秋季举办一场4万美元的对抗赛,"海洋饼干"负重126磅,年轻一岁的"海上战将"则负重120磅。霍华德接受了,但瑞都不肯,此议遂告夭折。

但之后瑞都做了件让每人都大吃一惊的事情,在圣阿尼塔创始人达科·施特鲁布的大力劝说下,他同意让"海上战将"参加1938年的"十万大赛",这也是"海洋饼干"的毕生目标,新闻界闻讯都欣喜若狂。

史密斯却有些怀疑,他很了解瑞都,那老家伙绝不会为了一场在他眼中是小联盟级的赛马会,而让他容易受惊的爱马在铁道上跋涉5天。史密斯相信,他们得到"海上战将"的地盘上去猎捕它。

"海洋饼干"已经连续赢了7场奖金赛,迄今最高的连胜纪录是8场,霍华德想打破这个纪录,但他得做出艰难的决定。正如史密斯所预见的,自从在圣阿尼塔大放异彩后,"海洋饼干"接着几乎都被指定了最高的负重,有时甚至比对手多了20磅。负重越重,受伤的机会也越大,这对腿部曾经受伤的"海洋饼干"而言是个严峻的考验。之前有很多顶尖的骏马,例如它的祖父"战人",就是为了避免高负重而提早退休。而其他在高负重下继续出赛的马,如"平衡"和"发现",则一再落败。

霍华德愿意接受较高的负重,但只到某一个程度。他说:"'海洋饼干'又不是卡车。"于是他设下 130 磅的底线,因为这是 1938 年圣阿尼塔马场评审能指定的最高负重。如果"海洋饼干"赢了那场比赛,霍华德说,他就愿意接受更高的负重。其实 130 磅已经算是非常重了,但有些专栏作家仍指责他缺乏勇气及运动员精神,才会不敢真正测试自己的马,这项指控极为伤人。

9 月时上述问题就浮现了。"海洋饼干"报名了芝加哥的豪松金杯赛马会和罗得岛的纳拉干塞特别赛,但两场都在 9 月 11 日举行。后者给"海洋饼干"的是沉重的 132 磅,前者则是 128 磅。霍华德苦思再三,既不想累坏"海洋饼干",又不想被人批评,结果自己打破戒律,答应参加 132 磅的纳拉干塞。不料赛前下了大雨,跑道一片泥泞。"海洋饼干"素有不善泥路之名,此说虽略有夸张,但潮湿的路面确实会影响它的表现。根据波拉德的说法,"海洋饼干"是以一种紧张、快速、压低身体的步伐奔跑,所以遇到泥路就难以发挥:"马在泥泞的跑道上必须大步跳跃,这却不是'海洋饼干'的风格。"

心理因素也有影响:"海洋饼干"很讨厌其他马匹蹄下飞起的泥巴溅到自己脸上。"它就是打定了主意不喜欢,"史密斯解释说,"而它的意志又非常坚定。如果只有它一匹马,在最糟的跑道也可以跑得很好,可是万一泥巴溅到了它的脸,尤其是耳朵,它就不玩了。噢,它还是会继续跑的,狂风暴雨也不会放弃,但它就是没办法再发挥全力了。那么,何必给它不必要的惩罚呢?"

但霍华德已经答应参赛,要是到这么晚才让"海洋饼干"退出,会显得好像他本来就没打算参加似的。他再度挣扎于自己的形象和驯马师的意向之间,而他一向视形象如命。于是乎,扛着比对手多 24 磅的负重,在及踝的烂泥中,"海洋饼干"滑到了第三名,也令它的连胜佳绩顿挫。媒体纷纷提出指责,但这不是最后一条泥路,也不是霍华德最后一次天人交战。

经过一个月的休养,1937 年 10 月 12 日,在纽约牙买加赛马场奖金丰厚的大陆负重赛中,"海洋饼干"以破竹之势再展雄风,载着130磅的负重,率先冲过终点,一举登上1937年的奖金总冠军宝座。15.278万美元的累计奖额,使它现在超过"海上战将"约8000美元。随着它穿过终点线,赛马迷也开始发出呐喊:"找'海上战将'来!"

但史密斯和霍华德知道"海上战将"不会移驾西部,而是在东部等他们。它们可能在3个赛场相遇:10月30日劳瑞赛马场的华盛顿负重赛、11月3日皮姆利可赛马场的皮姆利可特别赛、11月5日皮姆利可的雷格斯负重赛。两匹马都报名了这3场比赛,看来,它们势将一会了。

对史密斯而言,马里兰之旅真是如沐春风。"海洋饼干"在他手中化腐朽为神奇的事迹轰动了马界,一年前人家看他是无名怪胎,如今却敬他为一代宗师。其他驯马师纷纷仿效他调配膏药,请教他用哪种蹄铁,他一举一动都有人盯有人问,甚至还有公司想聘他授课。史密斯对此大惑不解,坚称大家搞错了重点,关键不在敷料或蹄铁,"我们有一匹很棒的马,"他说,"如此而已,我们只是用常识来训练它,让它出赛。"

但是有一位仰慕者,史密斯却没有赶走。10月16日那天,他牵着"海洋饼干"走进劳瑞负重赛的马场马房,一个伛偻的身影自人群中走来。"我是菲茨西蒙斯,"他说,仿佛史密斯不知道似的,"我想拜托你一件事。"

史密斯有点呆住了,静静听着。

"史密斯先生,我很喜欢'海洋饼干',如果你肯让我在它上鞍时牵住它,我将甚感荣幸。"

把缰绳递给菲茨西蒙斯时,史密斯的眼睛闪着光。他静静地为"海洋饼干"上鞍,菲茨西蒙斯则站在这匹他已经失去的马前方。不一会儿,马鞍备妥,菲茨西蒙斯递回缰绳,向后退开。史密斯转向他的马,敛住心神。后来他透露,那是他一生中最棒的一刻。

10分钟之后,"海洋饼干"在和"飞毛腿"的殊死战中获得冠军,"飞毛腿"

不但负重比"海洋饼干"少15磅，骑师还是乔治·伍尔夫。

距离与"海上战将"相逢的华盛顿负重赛，只剩下两个星期了。

暴雨不停，跑道在雨中连泡了好几天。这回霍华德让"海洋饼干"撤出了华盛顿负重赛，"海上战将"却在比赛中轻易获胜。赛后，霍华德获悉瑞都马厩的人都在公开嘲笑他，说他怕"海上战将"，他气得七窍生烟，和史密斯都想让"海洋饼干"与那匹马来场一对一的较量。于是，霍华德再度试图安排对抗赛。

他找上了小艾尔弗雷德·格温·范德比尔特。这位25岁的高瘦青年酷似詹姆斯·斯图亚特，因继承家业而坐拥巨额资产，但并未因此沦入糜烂奢华的生活。他从小就热爱赛马，便以此为投资对象，买下皮姆利可马场的大部分股权，力图重现昔日荣辉，并率先设立广播系统和现代化的闸门。1937年的秋天，皮姆利可马场开始复苏，但进展缓慢，范德比尔特需要一个头条。

霍华德了解范德比尔特拥有强大的影响力及说服力，也知道皮姆利可马场需要他的马，便建议范德比尔特为"海洋饼干"和"海上战将"举办一场对抗赛。范德比尔特随即向瑞都提出此项建议，奖金5万美元，但瑞都婉拒了。

看样子双方得在皮姆利可特别赛或雷格斯负重赛上见面了。可是，老天爷又来搅局，连续10天的倾盆大雨，让"海洋饼干"在马厩里足不出户，体能状态无法应战，史密斯只好再度撤下它。

比赛那天，史密斯特别去看"海上战将"跑得如何。这个"三冠王"得主简直是恶霸，不断拖着司闸员冲出闸门。它越来越暴戾，已经到了危及自己及周围所有人的程度。开赛总评审吉姆·米尔顿想出了个点子，用夹子夹住它的嘴唇以转移注意力，结果确实发挥了效果，"海上战将"终于安静下来，比赛也得以顺利进行。

史密斯举起望远镜，看着"海上战将"转过弯道，意外遭遇"覆面将军"（负重比"海上战将"少了28磅）的力抗。史密斯看到"覆面将军"眼睛一转,直盯着"海上战将"。虽然只有很短的时间,但这就够史密斯注意到一件不寻常的事:自竞赛生涯以来,"海上战将"第一次犹豫了。史密斯心想:它被搞糊涂了。"海上战将"的骑师查理·可辛格似乎也有点困惑。一瞬间之后,"海上战将"收敛心神重新振作,赢得了胜利。但史密斯相信,他已经找到击败"海上战将"的方法了。比赛之后,他露出了笑容。

"'海洋饼干',"有人听到他说,"一定会打垮它。"

瑞都因为米尔顿拿夹子夹"海上战将"火冒三丈,其实自1926年以来,他就对皮姆利可马场心怀不满。因为在一场重要比赛中,马场给他的马"十字军"126磅的负重,结果使它输给了一匹负重93磅的马。夹子事件成了最后一根稻草,瑞都气得不准米尔顿再接近他的马,并且发誓从此绝不参加皮姆利可赛马会,"海上战将"本季也不再参赛。

两天之后,"海洋饼干"参加雷格斯负重赛,瑞都马厩的人都到跑道边看它。他们真是大开眼界,"海洋饼干"简直秒杀了整个马场的马,载着130磅(比"海上战将"在皮姆利可特别赛的负重还多2磅)打破了马场纪录。借此胜绩,"海洋饼干"也在双方的奖金赛中重新取得领先,大约比"海上战将"多了9000美元。

范德比尔特一直希望能劝瑞都改变心意,他认为瑞都可能会同意参加包依负重赛,便建议霍华德参加,虽然赛程是马拉松般的一又八分之五英里,已超过史密斯愿意让"海洋饼干"参赛的距离。到了比赛当天,"海上战将"显然是不来了,但一列列火车送来的赛马迷都已涌进马场,而霍华德不想让他们失望。

最后,负重130磅的"海洋饼干"艰苦作战,以一鼻之差输给了一匹非常优秀的母马"艾丝波萨"。它的负重比"海洋饼干"少了15磅,这次胜利让它写下了马场纪录。

11月中,"海洋饼干"一行再度登上火车,向加州而行,途中在纽约的贝尔蒙特马场暂停。平·克劳斯贝和霍华德的儿子黎恩合办了平林马场,黎恩还在阿根廷买到几匹颇有潜力的马,把它们运来纽约,霍华德答应带它们一起回加州。克劳斯贝和黎恩告诉霍华德,要是其中有他喜欢的,他也可以买下来。

霍华德便和史密斯去看马,有两匹特别出色。其中之一后来被命名为"卡雅二世",高大、漆黑、漂亮,才刚刚完成套缰训练,对任何驯服动作都会全力反抗。另外一匹"里嘉若提"则已成熟,是阿根廷的冠军马。史密斯对"里嘉若提"特别着迷,霍华德对两匹都喜欢,但后来决定买"卡雅二世"。

加挂车厢载运平林马场的马之后,"海洋饼干"一行再度启程,越过白雪皑皑的落基山脉。沿途经过的城镇都有赛马迷赶来一睹"海洋饼干"的风采,家乡父老听说它要回来,也有500多人打算举行盛大的欢迎仪式。但在此之前,还有漫长严寒的路程要走,气温是零下14摄氏度,风雪不断拍击着车厢。当火车的水管冻结时,霍华德离开卧铺来到"海洋饼干"身边,他已养成了望着"海洋饼干"以安定自己心神的习惯。看到"海洋饼干"盖着温暖的双层毛毯打盹,随着车厢穿梭山间而摇摇晃晃,霍华德不由得在爱马的身边坐下,在严寒颠簸的火车里共度返家之旅。

那将是一个漫长而寒冷的冬天。

▲ 1938年2月19日，在圣阿尼塔负重赛中受重伤的雷德·波拉德被抬上担架送往医院。
（LOS ANGELES EXAMINER 提供）

没有骑师波拉德，
就没有"海洋饼干"

1937年12月7日，地点在坦弗兰，雷德·波拉德正骑着霍华德的"展示品"绕过弯道，进入终点前直道时，追上了居于领先群末尾的"中场"。突然间，"展示品"猛地向内拐，眼看着就要撞上"中场"。"中场"的骑师紧勒缰绳，在千钧一发之际避免了相撞。波拉德虽然最后赢得冠军，但"中场"的骑师马上提出抗议。"展示品"因犯规而取消获胜，评审们继而开会讨论是否对波拉德予以停赛处分。

通常这种状况只会处以短暂停赛的处分，不料评审们竟决定搞垮他，公布了该赛季最严厉的处分：不仅禁止波拉德参加坦弗兰本赛季比赛，甚至要求加州赛马委员会今年之内都禁止波拉德在加州任何马场出赛，而该委员会向来都会接受他们的建议。更过分的是，平时除非犯下舞弊行为，评审通常还是会允许遭禁赛的骑师参加普通的奖金赛，而坦弗兰马场的评审却准备再次开会，打算连这项权利也予以剥夺。

霍华德马厩的人全都震惊不已。"海洋饼干"预定在3月5日的圣阿尼塔负重赛和"海上战将"一较高下，准备工作正开始上紧发条，第一场热身赛便是12月15日的旧金山负重赛,却正赶上波拉德的禁赛期。霍华德气坏了,他视波拉德如子,也许也当他是弗兰克的替身。霍华德和玛赛拉像父母一样,为这位骑师的福祉奔波劳碌,烦恼得不得了。任何对波拉德的侮辱,霍华德夫妇都认为是对他们的轻慢。

此外,驾驭"海洋饼干"是一桩需要精细拿捏的艰难工作,别的骑师都没办法成功做到,霍华德也相信没人做得到。更重要的是,"海洋饼干"体质特殊,他知道波拉德最能够保护爱马不受伤害。"如果由波拉德来骑'海洋饼干',"他向记者解释说,"我知道他能把那匹马毫发无伤地带回来,而这是我最关心的事。没有人比他更适合我的马了。"

又来了一则坏消息。《马场风云文摘》的体育记者票选"海上战将"为年度风云赛马,虽然以赛马圈人士为调查对象的《马与人杂志》选出的是"海洋饼干",但一般均认为前者的选择才真正权威。史密斯的预测果然正确,瑞都宣布,"海上战将"终究还是不参加圣阿尼塔负重赛了,将转往佛罗里达的希亚雷赛马场。

第二天早上,霍华德对波拉德的禁赛做出了回应:"没有波拉德,就没有'海洋饼干'。"

马场评审可不喜欢被威胁,随即决议禁止波拉德参加该年所有比赛。霍华德立即反击,让"海洋饼干"和"红粉武士"都退出旧金山负重赛。"海洋饼干"的下一战原本是圣诞日的负重赛,但霍华德有言在先,如果波拉德的禁赛令延长,"海洋饼干"就不会参加那一场或任何一场赛马。危机迅速扩大,波拉德也觉得事态严重了,他并不希望"海洋饼干"因为他错失任何比赛,于是向霍华德提出妥协方案:找乔治·伍尔夫来骑"海洋饼干"。但霍华德连考虑都不愿考虑,他不信任其他骑师,这回非跟那些评审好好较量一场不可。

加州赛马委员会在12月22日发表了判决:禁止雷德·波拉德参加任何比赛,直至1938年1月1日。5分钟之后,查尔斯·霍华德如暴风雨般冲进圣阿尼塔马场秘书的办公室,宣布"海洋饼干"不参加圣诞日的比赛了。

"海洋饼干"也报名了新年负重赛,届时波拉德的禁赛处分将已结束,但那还有 1 个多星期,史密斯必须靠练习维持它的体能状态。西岸每个记者和计时员都来旁观,史密斯则决心不让他们得逞,战火于是再度引燃。

史密斯发现,敌人变聪明了。当他偷偷在黎明前带"海洋饼干"和"红粉武士"去练习时,竟然有一大群计时员和记者已在场恭候。由于能见度太低,他们便分别站在跑道不同地段,每人计量一段速度。齐心合力下,尽管雾浓如豌豆汤,他们还是逮到了"海洋饼干"以炫目的 1 分 14 秒跑完八分之六英里,的确是一次扎实的练习。

霍华德夫妇每天早上 7 点准时来马房,几乎都有记者跟着,而霍华德也总会给他们一些可写可拍的有趣东西,包括说服史密斯为"海洋饼干"的蹄子蘸上墨汁、盖印在圣诞卡上。若有记者批评"海洋饼干",霍华德甚至会找他们来家里,全家人异口同声地质问:"你到底对'海洋饼干'有什么意见?"

有天下午,玛赛拉带艾尔弗雷德·范德比尔特一起来,并把她漂亮的侄女曼纽拉·哈德森介绍给他。他当下就坠入了情网,一段恋情从此展开。艾尔弗雷德和曼纽拉不久后就订婚了,范德比尔特因此欠霍华德夫妇一个人情。

每人都在等候新年负重赛的指定负重公布,他们也有理由担心。霍华德坚持他的马超过 130 磅就不参加,害得负磅评审进退维谷。因为加州赛马法令规定,指定负重必须在 100 磅以上,而"海洋饼干"明显比西岸大部分的马优秀了不止 30 磅。但"海洋饼干"却是棵有保障的摇钱树,只要它出现的地方,就能吸引到空前的观众和赌金。如果马场想得到像"海洋饼干"这样的超级巨星带来的观众、盈余和宣传,他们就得遵循霍华德的意愿;但如果他们给它 130 磅或更低的负重,就可能招致其他参赛者的愤怒和记者的批判。

负重公布了,给"海洋饼干"的指定负重是 132 磅。此时,"海洋饼干"的体重已经增加,又在马房里关得快抓狂,迫切需要上场一赛。那天晚上在马房玩耍时,它的头撞到马房门,右眼上方被割破了一道伤口,史密斯随即为它缝合。霍华德没办法接受 132 磅,决定让"海洋饼干"退出比赛,以及接下来同样指定132磅给"海洋饼干"的圣帕斯奎负重赛。接二连三的高负重后,霍华德开始称那些评审是"头号全民公敌"。现在,圣阿尼塔负重赛之前只剩2场比赛了:2月19日的圣卡罗斯和2月26日的圣安东尼欧。"海洋饼干"的准备进度实在已经非常非常落后了。

圣阿尼塔马场的赛季在12月开始后,记者和计时员一直没见到"海洋饼干"出来练习,于是又流传出"海洋饼干"已经跛了的谣言。有一次,史密斯牵"海洋饼干"出来散步时,赫然看到记者全都跪趴在地上,看那匹马的脚到底有没有跛,史密斯一时间傻了眼,霍华德也不禁哈哈大笑。"'海洋饼干'之谜团,"戴维·亚历山大写道,"似乎已经让很多人快精神崩溃了。"而雪上加霜的是,史密斯还偶尔故技重施,拿"烈酒"来冒充"海洋饼干"练习,但已有人开始警觉及怀疑,不过只有《洛杉矶前锋晚报》的杰克·麦克唐纳公开质疑那匹马其实可能是"烈酒"。

有人向当地警方通报了一则惊人消息:圣阿尼塔马场的后场区,有人打算伤害"海洋饼干"。他的名字是詹姆斯·曼宁,潜入后场马厩区是计划溜进"海洋饼干"的马房,把海绵塞进它的鼻孔,阻碍它的呼吸。

指使曼宁来的,是东岸一群想确定"海洋饼干"会输掉圣阿尼塔负重赛的人。由于"海洋饼干"的赛马迷群下注时独钟于它,对手马的投注则相去甚远,如果这些搞鬼的人能阻止"海洋饼干",就能从其他马匹的高赔率获利,大捞一票后消失无踪。

警方对这条线索极为重视,在曼宁尚未接近"海洋饼干"的马房时,就迅速将他逮捕归案。他在接受审讯时坦承不讳,但由于警方在他下手前即逮捕了他,检方无从起诉,只能将他驱逐出州。这则新闻成了2月1日的头版头条,阵阵惊恐的波浪立即席卷了马场圈。"塞海绵"是昔日马场藏污纳垢时的一种作弊旧招,会对马匹的生命安全造成威胁。因为呼吸道部分阻塞,马匹处于半窒息状态,压力常引发整个身体组织机能的异常,结果往往导致死亡。而除非驯马师特别检查马的鼻孔有没有被塞入海绵，否则几个星期都不会有人察觉。

2月中旬，记者已经发现，当霍华德去训练场时，"海洋饼干"很快也会跟着出现，因此他们开始尾随马主。史密斯借力使力，有比赛进行时，就叫霍华德去包厢观赛欺敌，他自己则带"海洋饼干"到附近的练习场练习。途中霍华德短暂离开一下，大家都以为他顶多只是去上个厕所，没想到他竟是去看"海洋饼干"练习。而练习结果显示，这匹马已经准备好出战2月19日的圣卡罗斯负重赛了。

此外，负重评审也总算做了一次妥协，指定给它130磅。终于结束禁赛的波拉德，迫不及待地想骑马上阵。在比赛前一天，似乎一切都已水到渠成。

可是，这一次他们的运气又用完了。大雨往马场跑道上倾泻了一个晚上，次日跑道成了一汪沼泽，以致史密斯不得不第四次撤下他的马。比较善跑泥地的"红粉武士"仍然参赛，波拉德决定上场骑它，这个决定是他生命的转折点。

转入弯道时，跑在内圈的"红粉武士"抢到第四位，波拉德周围是一群以骇人速度"嘚嘚"奔驰的马。突然间，前方的马"成功"脚下一拐，失去了冲刺锋速，后面的马全被它堵住。"红粉武士"无路可走也无法停脚，只好直冲进去。波拉德眼睁睁地看到"成功"的臀部猛然出现在眼前，太近了，他完全没有时间反应，正当"红粉武士"向前冲时，"成功"的蹄子也踢了出来。

据骑师说，马蹄撞击时会发出小而清脆的声音，是灾难恐将接踵而至的悦耳预兆。"红粉武士"的前脚被踢歪了，以40英里的时速翻了个大筋斗，头和颈部往下摔，波拉德无助的身形随之坠落，越过它的背和颈部，隐没在它坠地的躯体下。那匹马以千钧之重猛然落在他身上，终于停下了冲势。

后面骑着"曼丁罕"的墨瑞斯·彼德斯知道自己来不及闪开,想干脆跳过"红粉武士",但当"曼丁罕"跳起来时,"红粉武士"刚好前脚撑地奋力起身,曼丁罕狠狠撞了上去,力道之强,竟把"红粉武士"撞得四脚朝天。躺在"红粉武士"前方跑道上的波拉德无处可逃,不得不用胸口承受了它全身的重量。曼丁罕的脚和"红粉武士"的脚缠在一起,像挣扎的鱼一般在空中转身,也肩膀朝下摔倒在地。

观众席齐声传来沉重的惊呼,然后归于寂静。扭了脚踝的彼德斯努力起身,"曼丁罕"也站了起来,并无大碍。"红粉武士"仍然躺在那里,彼德斯一跛一跛走过去,低头察看波拉德。

波拉德的左胸被压垮了。

惊恐中,查尔斯·霍华德看着波拉德坠马,看着"红粉武士"四脚朝天地翻在他身上。一瞬间,霍华德和玛赛拉都疯狂地奔跑起来,沿途推开群众,越过泥地来到波拉德身边。他几乎已无意识,嘴巴大张。救护车来了,霍华德夫妇上车一起送波拉德去帕沙迪那的圣路克医院。史密斯在"红粉武士"身边蹲下,它的背严重扭曲,下半身已无法动弹。史密斯设法把它搬上货车,一回到马房,它就无助地倒在地上。史密斯要求为它拍X光片,如果它的背脊已断,那一切就都完了。他一直待在马房里照顾它,希望能挽救它的生命。

而在医院里,情况也很不乐观。波拉德的胸部完全凹陷,好几根肋骨骨折,一边的锁骨断裂成无数碎片,造成严重内伤,肩膀骨折,外加脑震荡。有好几个小时,他挣扎于生死边缘。这条爆炸性新闻即刻出现在全国的报纸上,有些过分的还说波拉德已经死了。在艾蒙顿,波拉德的父亲当着孩子们的面跌跌撞撞地走进家门,手里捏着一份报纸,头条是:"海洋饼干"的骑师濒临死亡。

波拉德在鬼门关徘徊了3天,最后终于稳定下来。记者纷纷跑进来拍照,但他并不看他们,脸上毫无表情。

医生告诉他,他至少一年不能骑马了。

在骑师危机四伏的世界里,每个人都明白,某位骑师将从波拉德的损失中获利。这个红发小子甚至还没脱离险境,就有一堆骑师和经纪人追着霍华德和史密斯争取上马机会。霍华德心里全是波拉德和"红粉武士"受的伤,没办法去考虑其他骑师的事,也不想让"海洋饼干"继续参加圣阿尼塔负重赛。

但波拉德却表明态度,没有他,"海洋饼干"还是得照样上场。考虑一番后,霍华德同意另外找个骑师。波拉德再度建议乔治·伍尔夫,史密斯觉得这个主意不错,但伍尔夫已经答应在"十万大赛"和圣安东尼欧负重赛里骑"今日"。自荐函如潮水般自全国各地涌来,霍华德走过马场时,骑师成团地绕着他打转。经过面试,史密斯决定录取一位长相粗野、戴眼镜的西部骑师,他叫史贝克·理查德森,是波拉德和伍尔夫的好友,但霍华德还没办法做决定。

与此同时,史密斯也加紧训练"海洋饼干"。他在星期一训练"海洋饼干"的事情成了马场圈保守得最糟的秘密,波拉德出事后的那个星期一,有2000名欢声雷动的赛马迷在现场欢迎他们。史密斯要求负责练习的骑师法瑞·琼斯穿上最厚重的皮夹克,并且用特别重的马鞍,结果连骑师在内总重127磅。史密斯用车轮战的方式训练"海洋饼干",由几匹马接力陪它跑,每匹都倾全力和它拼一段,"海洋饼干"因此获得了扎实的练习,也减掉了10磅体重。霍华德乐不可支,开始跟朋友打赌"海洋饼干"会刷新圣安东尼欧的纪录。史密斯同意,这匹马的状况是前所未有地好,已经是驯马成果的极致了,"现在就靠骑师率先把它骑回终点了"。

然而,骑师的人选还是没决定。圣安东尼欧负重赛的前一天,史密斯和霍华德叫桑尼·渥克曼骑他们的"精灵十字"出赛。他骑得棒极了,"精灵十字"也赢得胜利。次日早晨霍华德便聘用渥克曼,但只是圣安东尼欧负重赛。他们暗示,如果他骑得好,就可以在"十万大赛"骑"海洋饼干"。史密斯带渥克曼去看病榻上的波拉德，让波拉德指导他驾驭"海洋饼干"的精妙骑艺。

困惑就是从这里开始的。波拉德把"海洋饼干"的种种特性都告诉了渥克曼，并且强调一点：不要用鞭。他为何提出这项建议，外界并不清楚，因为他自己通常会在比赛时拍打"海洋饼干"两次。也许是担心不熟悉"海洋饼干"的渥克曼出手太重，反而激怒了那匹马吧。

次日上午，史密斯和霍华德却给了相反的指令：他可以视情势自行决定比赛策略，但要打"海洋饼干"两次，一次在直道头，一次在离终点70码处。史密斯显然不知道他的建议和波拉德的相左，而渥克曼选择遵循骑师的指导。

经过一段漫长的闲置后，要重新在赛季现身，圣安东尼欧可算是个可怕的场地。跑道虽然不难跑，却有点松软，对手也很难缠，有"海洋饼干"的宿敌"气压计""印第安扫帚"，再加上伍尔夫骑的"今日"。"海洋饼干"负重130磅，比负重次之的"气压计"多了12磅，也比场上其他马匹多了20磅。背上骑的是个陌生人，对它的怪脾气并不熟悉，只练习了几个小时，还有相互矛盾的骑术指示。要开始一场灾难，所有的元素都齐了。

波拉德躺在病床上收听广播。他在剧痛中叼着烟，左手吊着绷带，右手转着旋钮找合适的电台。《洛杉矶前锋晚报》的赛马记者席德·齐夫溜进了病房，波拉德报以疼痛的笑容。"好个'海洋饼干'，"他说，"它今天会打破世界纪录的。"波拉德捻熄香烟，心里既焦躁又难过，他躺在这张病床上，而他的马要撇下他独自出赛了。

几英里之外，渥克曼没办法让"海洋饼干"安定下来，在闸门里，"海洋饼干"的叛逆习性再度发作，乱冲乱撞，一度奔出闸门。气急败坏的司闸员拿绳索在它面前挥舞，希望转移它的注意。就在打铃之前，"海洋饼干"突然往前冲，司闸员抓住它，把它推回去，而在这个瞬间，马群已经开跑了，"海洋饼干"因此起步落后，还被外侧一匹马撞到。等到它恢复状况时，已经是排位第七了，落后"气压计"和"印第安扫帚"四个马身。

波拉德突然略微起身，枕着的头发怒如飞蓬。"'海洋饼干'！"他大叫，"跑啊！'海洋饼干'！"并且尽力把身体挪向收音机。"海洋饼干"逐渐追上其他马匹了,他闻言放松了一点。

跑过第一个弯道和漫长的后直道,在第二个弯道,"海洋饼干"开始绕过马群,待来到终点前直道时,只剩下"印第安扫帚"和"气压计"有待追赶。

但在观众席上,史密斯的注意力却集中在渥克曼的双手上。骑师并没有竖起鞭子,他以为不需要。"海洋饼干"正自行超越一匹又一匹的马,在直道中段,它追上"印第安扫帚",然后瞄准"气压计",领先的"气压计"已显现疲态。它们跨过 70 码(1 码 = 0.9144 米。——译者注)标杆,"海洋饼干"每跨一步,都在缩短与"气压计"的领先差距,但终点已经快到了。渥克曼以为他来得及追上,史密斯则感到怒气自心中升起,因为他看得出来,那匹马在找乐子,正和"气压计"逗着玩。渥克曼似乎没注意到,他只是坐在它身上,鞭子好端端地躺在"海洋饼干"的脖子上。

广播的声音传来:"'气压计'领先,仍然保持领先。"波拉德直起身子,仿佛正在鞍上,"追过去,'海洋饼干'!"他恳求,"你让它心碎过,再来一次!"他蜷缩在床上,仿佛正随着他的马律动,额头全是汗水。

史密斯气疯了,那根鞭子就静静握在渥克曼手里,"海洋饼干"的耳朵转来转去,似乎在等待格杀令的下达,但它却始终没有出现。"气压计"正使尽了全力拼命,而"海洋饼干"则是在陪它慢跑,像一只猫在兜捕吓呆了的老鼠。它玩得很开心,马头仍然落后,终点线来了,它冲前了一点,但太迟了,"气压计"以一小截马颈的领先获胜。

波拉德颓丧地倒回枕头,浑身大汗。"这不对啊!"他说。然后才发现,刚才他又扭到肩膀了。他按铃叫护士,拜托她偷偷帮他弄瓶啤酒进来。"一瓶就好,拜托,"他说,"我真的很想喝一点,刚才那一刻真不是人过的。"

本来波拉德和马场圈其他人一样,喝酒都是为了社交。但 30 年代的止痛剂研发还在原始阶段,药石疗效有限,波拉德的任何动作都会让碎骨相磨,简直是痛彻心扉。他的身体和心理一样痛苦万分,自 15 岁以来,他的骑马瘾第一次被剥夺了。酒精带来解脱,波拉德开始有规律地大量喝酒,从此踏上了酗酒的道路。

在圣阿尼塔，媒体对渥克曼大加挞伐。渥克曼承认犯了错，波拉德则公开支持他，霍华德也宣布自己对渥克曼很满意，会在圣阿尼塔负重赛让他继续骑"海洋饼干"。

但这话说得太快了，史密斯暴跳如雷，不敢相信渥克曼竟然没注意到"海洋饼干"在转耳朵，那是马儿心不在焉的典型迹象，而且他也对骑师违背他的指示气愤至极。于是，渥克曼只好黯然而去，一面还抱怨他就是按照波拉德的指示骑的。

不过在圣安东尼欧还是发生了一件对"海洋饼干"有利的事：乔治·伍尔夫骑的"今日"跑得很惨。自从获悉波拉德推荐他骑"海洋饼干"后，伍尔夫想尽办法要解除在"十万大赛"中骑"今日"的合约，甚至提出给马主1000美元，但遭到拒绝。但"今日"在圣安东尼欧表现得太差，驯马师认为它在圣阿尼塔毫无机会，便解除了伍尔夫的职务。史密斯和波拉德都确信伍尔夫是最适合骑"海洋饼干"的人，但霍华德要看到证据。

伍尔夫立刻就给了。在开会时，这位"冰人"让史密斯和霍华德得以一窥马术天才的风范，他详详细细地列出"海洋饼干"的性格与弱点，听得霍华德哑口无言，因为伍尔夫比他还了解他的马。

霍华德问他怎么可能知道那么多，伍尔夫说他有几次比赛时都在"海洋饼干"后方，正方便研究那匹马，他只是抓住机会好好利用而已。他也以惊人的细节，回顾了3年前骑"海洋饼干"的不快经验，当时"海洋饼干"还属于菲茨蒙斯马厩。他甚至指出如果有机会，他将如何骑"海洋饼干"，霍华德和史密斯再度瞠目结舌，因为伍尔夫说的正是他们要告诉他的。于是乎，伍尔夫得到了这份工作。

在向老雇主告别时，伍尔夫做了一项预测：如果圣阿尼塔的跑道迅速干硬，那么他就会赢。

伍尔夫在赛马投注站停下来，买"海洋饼干"胜利。然后驱车前往圣路克医院,把彩票送给波拉德。一对老友对坐谈着"海洋饼干",伍尔夫对波拉德帮他争取到这次机会满怀感激。

他也向波拉德承诺,如果"海洋饼干"赢了,他会把骑师彩金 10 万美元奖金的 10% 和波拉德对分。

▼ 1938年，圣阿尼塔负重赛最后的四分之一英里，"海洋饼干"（左一）取得了领先优势，而"舞台管理"正紧随其后。

（© BETTMANN / CORBIS 提供）

"我只需要再多一点运气"

每个人都紧张兮兮，史密斯即使病得咳嗽不止，虚弱到站不起来，也守在"海洋饼干"的马房里不肯去看医生。"海洋饼干"就在滴水不漏的严密警戒中安详打盹，马房日夜都有人守卫，史密斯要他们以口令辨明彼此身份，对任何靠近马房的人严加盘查，警犬"银子"则来回巡视四周。"海洋饼干"的马房门甚至装上了史密斯亲自设计的电网，自地板延伸到天花板，只要有人碰到就会警铃大作。

"海洋饼干"安全了，伍尔夫可没有。比赛前两天，警方通知他，有人计划绑架他，意图在比赛当天对他进行伤害、下药或拘禁，让他不能出赛，也让霍华德和史密斯来不及再找一位够格的骑师。歹徒认为，没有伍尔夫的话，"海洋饼干"就会输，他们便可以从其他马匹的高赔率中获利。

最为可怕的是，绑架者的身份不明，任何接触伍尔夫的人都有可能。于是伍尔夫立刻雇了两位精壮的保镖，两天来一直亦步亦趋地跟着他。

星期五早上雨停了，跑道简直成了椭圆形的水塘。马场管理员只好拖出烤沥青机，慢慢烤干跑道。马匹位置号也抽出来了，"海洋饼干"又一次走了背运，抽到了第 13 位，在 19 匹马的跑道上居于绝对外围。比赛前一晚，伍尔夫带着保镖，和史密斯一起去看波拉德，对比赛的状况谈了许久。这是"海洋饼干"出赛至今最重大的一役，除了"海上战将"以外，每匹顶尖的现役赛马都参加了。"海洋饼干"的 130 磅负重是其中最高者，而名叫"舞台管理"的公马才负重 100 磅，那是额定最低的负重额。那匹马之所以能以如此低的负重溜进比赛，是因为赛马评磅制度的若干问题。为了方便高级马安排赛程，圣阿尼塔马场评审在比赛前 2 个月就公布指定负重，当时的"舞台管理"才 2 岁，没赢过一场，也没有任何特殊表现。但 12 月之后，它就赢得了 4 场漂亮的胜仗，因此 100 磅的负重显然已不公平，驯马师厄若·山德还得特意去找个叫尼克·渥尔的小不点骑师，才不致超重。

伍尔夫知道，30 磅差距可能难以超越，"舞台管理"将是他必须打败的对手。

1938 年圣阿尼塔负重赛的那天早上，霍华德夫妇驱车来到医院，衰弱的波拉德早已忍痛穿好正式衣着，坐在轮椅上等着和他们一起去观赛。2 个星期前翻身骑上"红粉武士"时，28 岁的他看来还像个孩子，如今他却突然、也永远地变老了。

他们载他去圣阿尼塔，这里挤满了 8 万名观众。玛赛拉陪着波拉德经过观众席，但走道太窄，轮椅过不去。波拉德忍痛缓慢地站了起来，蹒跚地走过去，医生和护士则跟在他后面。

观众里有人发现了他，随即指给旁边人看，突然间，所有观众都抬头看着他。有人叫出他的名字，并且拍起手来。一人加入，又一人，随后整个观众席都在疯狂叫好，全场欢声雷动。波拉德直起身子，向大家鞠了个躬。

在骑师室里，伍尔夫满脑子全是"舞台管理"。他记清楚了，"舞台管理"和它的兄弟"布景员"长得几乎一模一样，但为了便于报位员辨认，"舞台管理"的骑师会戴白帽子，"布景员"的骑师则戴红帽子。伍尔夫走出骑师室，播报员克雷·麦卡西手持麦克风，正等着对他作现场访问。伍尔夫告诉全神贯注的观众:"我只需要多一点运气,其余的就交给'海洋饼干'了。"

"海洋饼干"一冲出闸门,就被"亚特拉斯伯爵"撞回来,差点摔倒在地。它挣扎着想避开,"亚特拉斯伯爵"竟然一直蓄意阻挡它,足足在"海洋饼干"的肩膀前卡了十六分之一英里,头颈还整个歪过来不让它超越。伍尔夫气疯了,领先群正逐渐消失在远方,他的获胜机会就要毁了。于是他高举马鞭,使出所有力道,向"亚特拉斯伯爵"的骑师约翰尼·亚当斯的屁股打下;然后再举起,再打下。由于马群挡着,评审和观众都看不到,但屁股瞬间肿起的亚当斯可绝对感受到了,他将马头向右拉,"海洋饼干"终于获释。

总算能开跑了,但伍尔夫心急如焚,因为"海洋饼干"现在居于第十二位,离领先群有八个马身,而且陷在一群落后的马匹里。伍尔夫必须等待前方开出一线通路才能突围,他的眼睛锁定了远方不断上下跳动的那顶白帽子。

在后直道上,马群中出现了一条狭窄曲折的空隙。伍尔夫眼见白帽子就要扬长而去,担心这将是他唯一的突围机会。马匹跑来跑去,机会可能一瞬即逝,要抓住这个机会,伍尔夫得让"海洋饼干"使出全力。但在高负重下死命加速,会消耗大量精力,负重如"海洋饼干"者禁不起失去冲刺高峰的风险。伍尔夫知道,如果让马现在就开始以最高速奔跑,就得一直这样跑到结束才行。一般来说,马没办法以最高速持续跑超过八分之三英里的距离,圣阿尼塔负重赛却是足以让马精疲力竭的一又四分之一英里,而"海洋饼干"起码还有四分之三英里要跑。于是伍尔夫面临了一个重大选择,如果走前面那条通道,到了终点前直道时,"海洋饼干"恐怕一定会气力用尽,无法再对付追上来的马;如果他继续等下去,到真正冲刺时,"舞台管理"可能早就跑远了。伍尔夫决定了,把"海洋饼干"的鼻子指向那条通道,请它穿越过去。

回应像爆炸般激烈,像子弹射出枪管,"海洋饼干"简直是飞过了通道。几位计时员发现了,立即按下秒表。在播报间的麦卡西也看到它,"'海洋饼干'!它追上来了!它超越了其他马!简直像旋风一样!"

伍尔夫追上了戴白帽子的骑师，来不及看一眼，"海洋饼干"已经在瞬间把对方甩到后面了。越过马群，"海洋饼干"追向领先的"气压计"，也是最后一个对手。两匹马并驾齐驱，仍然以骇人的步伐，一起飞越四分之一英里的标杆。计时员拇指一按，秒表回瞪着他们的是：44.2秒。

在一场漫长赛程的中段，"海洋饼干"以2秒优势打破了半英里的世界纪录，这恐怕是纯种马赛马界迄今所见过最伟大的演出了。

绕过弯道后，"海洋饼干"终于取得领先，观众全都站了起来，伍尔夫的孤注一掷看来确实见效。可是从外侧远处，伍尔夫察觉到有东西开始接近。一匹马摆脱马群追了上来，一如"罗斯蒙"一年前所做的。伍尔夫定睛一看，是那张马脸，但骑师的帽子不对。再一看，那竟是"舞台管理"！

一阵冷战穿透全身，伍尔夫明白了："舞台管理"和"布景员"的骑师已经交换过帽子，他以为自己在追赶的马，其实一直悄悄跟在他后面。为了另一匹马，他太早让"海洋饼干"发动了冲刺。

在观众席上，"舞台管理"的驯马师厄若·山德也知道发生了什么事。"我们要赢了！"他大叫。骑在"舞台管理"背上的尼克·渥尔也这样以为，他一直在"海洋饼干"身后，看着它在后直道就开始冲刺，以为伍尔夫昏头了。他确信"海洋饼干"现在已经气乏力竭，而他骑的是一匹精力充沛、状态完美的马，载着羽毛般的负重，正开始加速冲刺。他心想：我就要超过它拿奖杯了。

渥尔催马高速奔驰，眼睛锁定伍尔夫的背脊。但他不明白，他的马正席卷跑道，为什么却几乎没有拉近差距。它一英寸一英寸地追上来，最后将距离拉平，"海洋饼干"消失了，"舞台管理"黝黑修长的身体挡在它和观众席间，完全遮住了它的身影。似乎"舞台管理"一定会超过去，而"海洋饼干"则会出现在它身后。在观众席上，波拉德以为完了。

但"海洋饼干"并没有输。在场观赛的人终其一生中都认为，接下来的那一幕是他们所见过的最精彩的比赛。他们都看出来，在沉重负荷下，已经以世界纪录跑过大部分赛程的"海洋饼干"，竟然又加速了！它以雷霆之势进一步向前冲刺，力量之强，正如一位目击者所说，"好像再次冲出闸门似的。"舞台管理"没办法甩掉它。观众全都疯了,气氛紧绷至极,波拉德又紧张又兴奋,心脏跳得仿佛快爆炸了。玛赛拉脸色惨白,连声尖叫;霍华德则站着一动也不动,手上的望远镜已经掉落。

马群被远远抛在后面,"舞台管理"和"海洋饼干"比肩齐步,以 24.8 秒的惊人速度飞越最后的四分之一英里。渥尔连番鞭打"舞台管理",要它甩掉"海洋饼干",但"海洋饼干"死命纠缠,以所有力量相抗衡,伍尔夫也在它背上压低身子使尽全力。终点线接近了,两匹马不断拉锯,每几英尺就交换领先权,最后一起冲过了终点线。

又是必须靠终点摄影确定胜负的时候,又是漫长的等候。照片来了,却模糊难辨,评审们最后做出决定——"舞台管理"获胜。

结果公布了,玛赛拉和波拉德相拥而泣,接着波拉德振作起来,露出笑容。"它已经尽了全身上下每盎司、每块肌肉的力量,"他后来说,"我以我的马为荣。"霍华德和史密斯坐在包厢里动也不动,凉意入心。在两场他和妻子最盼望获胜的比赛里,因为两只鼻子,霍华德损失了 18.215 万美元,而且"海洋饼干"也无法取得史上获奖总额最高的荣衔。霍华德挤出一声含糊的笑,"去他的,"他说,"我们不能老是赢啊。"

记者室里一片委顿,很多人认为"海洋饼干"的表现是赛马史上最伟大的表现,却只因负重制度下的侥幸及其他马匹的犯规而落败。"最好的马,"萨瓦托写道,"被不公平地击败了。"

"海洋饼干"回到观众席前面,史密斯与霍华德正在那里等它。伍尔夫为"亚特拉斯伯爵"的犯规气得全身僵硬,几乎说不出话来,10 年骑师生涯以来,这是他第一次在奖金赛里败在终点摄影下。

霍华德看看"海洋饼干",它头抬得高高的,灿烂的光芒在眼中跳跃着。它不知道自己输了,霍华德感觉到信心再度在自己体内升起。

"我们再试一次,"他说,"下次我们会赢的。"

硬仗在即

圣阿尼塔马场为"舞台管理"举办的庆祝会上，众人议论纷纷。几个小时前，在希亚雷马场摇曳的棕榈树下，"海上战将"轻松地赢得卫登纳负重赛，缔造了连续第十场胜绩。这匹"三冠王"越来越狂暴，最近很多司闸员索性放弃把它安置在闸门里，就任它自己走到闸门边，而其他马都在闸门里站好才开跑。可是一旦上路，它就能大展神速。大家都拿它在卫登纳的精彩演出和"海洋饼干"在圣阿尼塔的优异表现相比较。这两匹马是那场酒会，也是全国的热门话题，次日各地报刊莫不并列刊登双方的胜负战绩，并分别进行评析。让它们一较高下，成了全球赛马迷们热烈的期盼。

霍华德的耐心渐失，一年了，他简直是恳求在任何条件下来场对抗赛，但瑞都始终兴趣缺缺。瑞都不认为"海洋饼干"和"海上战将"属于同一等级，可能也觉得答应跟一匹西部马举行对抗赛，将会贬低自己的马。而且他又不会有什么获益，"海上战将"不和"海洋饼干"交手也照样赢得年度风云赛马之衔，他没理由扰乱爱马的行程表，冒险与"海洋饼干"一战，因为稍有差池，"海上战将"便会失去冠军宝座。如果"海洋饼干"出现在任何"海上战将"赛程

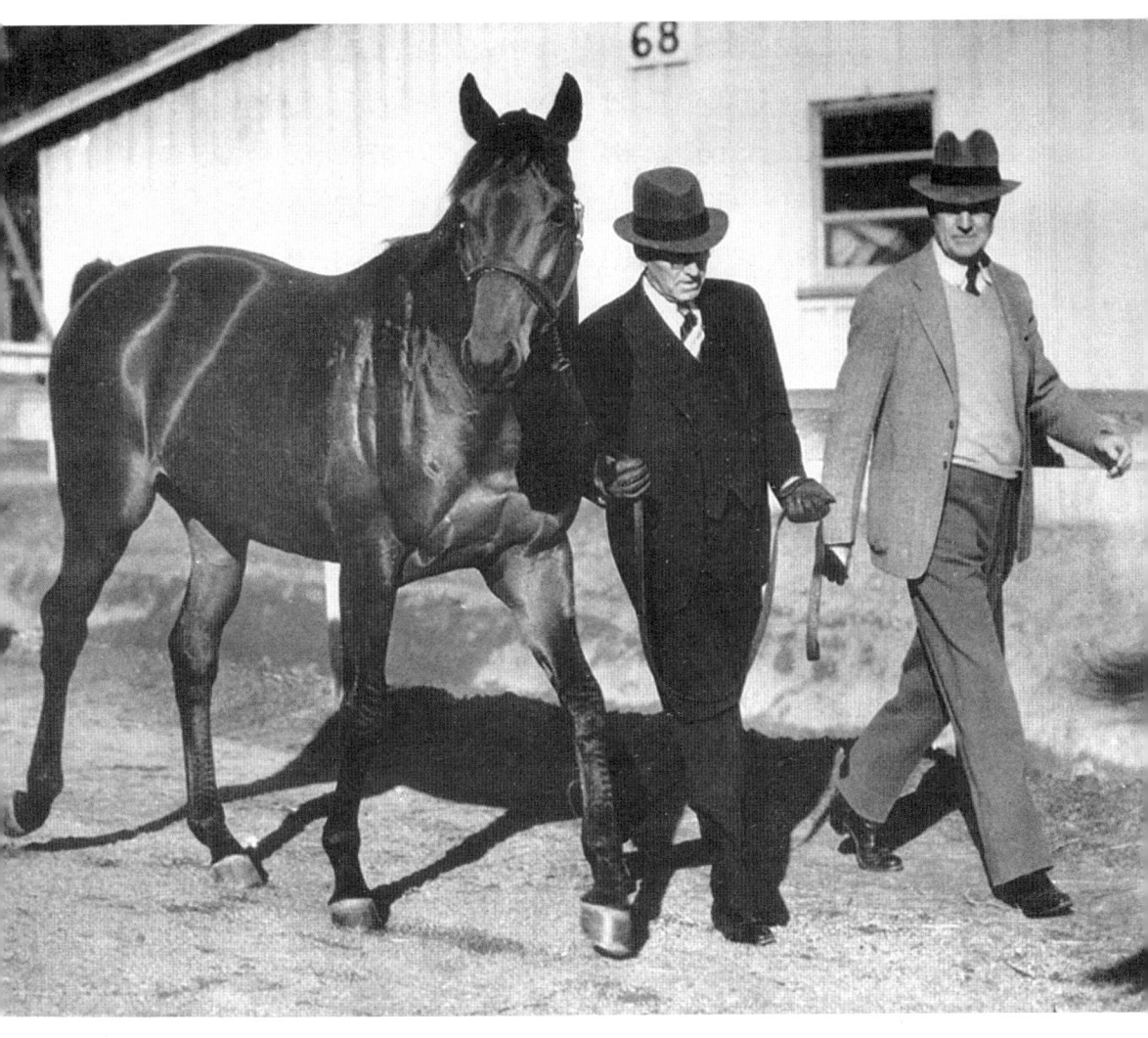

▲ "海洋饼干"、汤姆·史密斯和查尔斯·霍华德

(© BETTMANN / CORBIS 提供)

中的比赛里,那无所谓,但瑞都看不出有什么理由必须来场对抗赛。

霍华德的处境却恰恰相反。和瑞都一样,他了解"海洋饼干"必须征服"海上战将",其王中之王的地位才能真正获得马界及历史的认可。但他和史密斯都不想让他们的马在群体赛中会见"海上战将",因为可能遭遇其他马匹的干扰,一如在"十万大赛"。"海上战将"起跑速度极快,几乎每次出闸后便能一马当先,单独在内圈遥遥领先其他马群。当然,它自己走到闸门边开跑的习性,也使它不受其他马匹的阻挡。相反,"海洋饼干"却是和其他马一起出发,并一路追随领先者,它必须从马群中逐渐超越。因此霍华德需要一场对抗赛,而他打算进行施压。

他的目标是纽约赛马委员会的主席贺伯·拜亚·史瓦普,该委员会管辖"海上战将"驻扎的马场,如果有谁能安排这场对抗赛,那就是史瓦普了。1938年3月初的一个下午,霍华德和史瓦普提到他想让"海洋饼干"和"海上战将"一战,希望史瓦普能运用影响力促其实现。史瓦普建议他让"海洋饼干"参加贝尔蒙特马场的郊区负重赛,"海上战将"也会和其他马匹一起参赛,他还会想办法把奖金从2万美元增加到5万美元。这不是霍华德想要的结果,但他觉得还不必太急,便请史瓦普照这个方向推进,如果有进展,他们可以作进一步的讨论,史瓦普同意了。

在圣阿尼塔马场,大家都对"亚特拉斯伯爵"的犯规愤愤不平,记者怀疑这是蓄意的阴谋,便建议调出监视录像带来看。结果,竟清楚地看到伍尔夫鞭打约翰尼·亚当斯的臀部。伍尔夫一口就承认了,因为他一直在挡"海洋饼干"啊。最后伍尔夫被判禁止在该赛季出赛,亚当斯反倒没事。

霍华德简直气疯了,严词抨击马场评审处置不公,但对方置之不理。如此一来,霍华德得再找个骑师,而且马上就要,因为他已经答应让"海洋饼干"参加蒂华纳的比赛。蒂华纳因为墨西哥在1934年禁赌而没落,后来赌马虽然合法化,却已不复往日繁华。负责经营阿瓜卡连特马场的金·诺米便想到恢复举办负重赛，并且邀请"海洋饼干"前去参加。墨西哥赛马当局并不规定负重一定要在 100 磅以上，所以他们可以给"海洋饼干"130 磅，必要时给其他马匹低于 100 磅。经过史密斯的首肯，霍华德雇请了史贝克·理查德森来当骑师。

"海洋饼干"的队伍阵容盛大，8 辆别克大礼车载着霍华德的 30 位好友，他自己则搭乘第一辆车。"海洋饼干"随后出现，赛马迷如雪花般旋绕在它四周。门扇拉开，这匹骏马现身了，镁光灯立即此起彼落，群众争相上前瞻仰它的英姿。"海洋饼干"昂首走入人群，摆个漂亮的姿势，然后维持不动。它拍照次数多到似乎已经知道记者想要什么，以至于记者们都尊称它是"电影明星"。一如往常，它尽责地抬起头，摆摆耳朵，甩甩尾巴，看到照相机举起就站定不动。听到快门的咔嚓声后，才放松下来。马场摄影师要求拍张侧面照，可是他每次要拍时，"海洋饼干"都会转头过来正视照相机。摄影师于是叫助手引开"海洋饼干"的注意，自己则躲到树丛里拍，但"海洋饼干"还是转头看着他。忙了 8 分钟，史密斯才掏出一根胡萝卜，解决了这个问题。

波拉德的身体终于恢复到能够旅行了，回到这个他曾经施展驭缰绝技的地方，赫然发现这里已残破不堪，昔日宏伟的马场也一片倾颓。城里少数兴盛的事业之一，是曾经热闹的沙龙，如今却变成了令人伤感的离婚事务所。可是，至少在 1938 年春天的一个下午，"海洋饼干"为蒂华纳和阿瓜卡连特马场带来了重生。早在"海洋饼干日"之前，美国人就一拨拨涌入，火车还为此频频加开列车。地方当局紧急拓宽道路、开辟停车场，但再怎么做也如杯水车薪，简直看不出差别何在。3 月 27 日比赛那天刚破晓，第一辆车的头灯就照过了边界。到了中午，那条通往地狱的路已经挤满了"海洋饼干"的赛马迷。增辟的停车场早已爆满，赛马迷们于是把车停在路肩、高尔夫球场甚至私人草坪上。马场涌入了有史以来最高纪录的观众，光是在后场区的观众，人数就比前一天马场总观众数还多。

赛马迷们扫光了马场餐厅里的所有食物，创下最高投注金额纪录，也因为"海洋饼干"而让该马场出现最低的一次赔率。观众席很快就挤得水泄不通，以至于开赛前竟有些赛马迷被挤落栏杆,掉到场内。由于没办法把他们塞回去,马场只好让他们待在场边。

比赛在开始的瞬间就结束了。"海洋饼干"率先冲出闸门,立即奔离它的对手。因为太无聊了,它的头开始转来转去。据理查德森说,"海洋饼干"每次经过摄影师旁边,都会竖起耳朵翘高尾巴,直到骑师提醒它究竟在这里是干吗的。它迎着热烈的欢呼掌声,蹄声"嘚嘚"地奔过终点。理查德森为了让它停止奔跑转回优胜区,可着实吃了一番苦头。

观众再度涌向马路,中途停下来吃光西泽餐厅的所有食物。直到深夜,汽车都还塞在通往边界的路上,这个城镇花了两天才把一切清理干净。

两天后,3月29日,"海洋饼干"的专属车厢驶入了坦弗兰,有好几百位赛马迷在场迎接。霍华德继续转往湾原,在那里收到史瓦普的电报,捎来了令他意外的惊喜。史瓦普信守承诺,说服贝尔蒙特马场的主管约瑟夫·卫登纳让"海洋饼干"和"海上战将"都参加5月30日纪念日的郊区负重赛,并把奖金增至5万美元。既然此议已有进展,贝尔蒙特马场开始着手准备,霍华德感觉现在自己可以来硬的了,便拿起话筒打电话给史瓦普。

在为这场比赛苦思焦虑了如此之久后,霍华德却对史瓦普的提议说不,并且提出一连串的要求。他要一对一的对抗赛,在贝尔蒙特举行,距离在一又四分之一英里以上,但纪念日那天不行,因为那天"海洋饼干"已排了行程。他建议比赛日期选在9月15日到10月1日之间,两匹马应承载相同负重,他虽然提出126磅,但愿意听听瑞都想要多少,只要负重一样即可。而且,奖金还要多很多,当史瓦普听到霍华德的数额时,一定当场脸色发白。

10万美元。

霍华德并不是在开玩笑,如果史瓦普没办法弄到那么多,霍华德说,他大可以带"海洋饼干"到西部出赛,那里有些马场已经提出了如此高的奖额了。霍华德一直感觉自己因东岸对西岸赛马界的歧视而深受其害,现他反过来利用这一点,"全国首屈一指的贝尔蒙特马场,"他说,"至少也应该愿意拿出那样的数额。"

多么不要脸的表演,他简直是在要求国王的赎金,而且还是在吹牛。好莱坞马场确实提过 10 万美元,但霍华德知道瑞都绝对不会带爱马去西部比赛,他全指望史瓦普对此内情浑然不知。

霍华德知道他得设法引起瑞都的强烈兴趣,所以做了准备功课,以市场操作手法打动瑞都,投其所好地研拟建议方案。马匹都各有自己特别喜欢的跑道类型,而贝尔蒙特是"海上战将"的家乡马场,也是它多次优异演出的场地。一又四分之一英里是最适合"海上战将"的距离,而霍华德获悉瑞都和他一样,也想在本赛季结束前打破"阳光公子"迄今仍屹立不倒的奖金总额纪录,因此 10 万美元的奖金便深具吸引力。而且,他知道瑞都非常在意马匹的负重磅数。在卫登纳负重赛之前,"海上战将"从来没负重超过 128 磅,并且瑞都还设下了 130 磅的上限。现在霍华德同意接受瑞都的任何负重提议,对形象从来不佳的瑞都也有好处。因为他如果接受霍华德的一切条件,就俨然是个很有风度地对啰唆对手让步的好人,虽然从中获利的是他。最后,霍华德的条件也给瑞都留下一个预设的借口。万一"海上战将"输了,瑞都总可以辩称是因为霍华德主导了比赛条件。那实在是很难拒绝的提案。

要开出这些条件,恐怕也是很困难的决定。霍华德是在拿爱马的机会当赌注,其实他比较希望到西岸进行比赛,去贝尔蒙特的话,"海洋饼干"就得忍受长达 5 天的 3200 英里铁轨长征。贝尔蒙特马场还意味着另一个问题,"海洋饼干"只在那里出赛过一次,当时它仍在菲茨西蒙斯手下,而且受到了羞辱。史密斯警告过霍华德,贝尔蒙特一又二分之一英里的跑道实在太长,比赛时只会跑一个弯道,不像美国其他马场都要跑两个弯道才能达到一又四分之一英里的距离。擅长弯道是"海洋饼干"的一大利器,而在只跑一次弯道的贝尔蒙特出赛,将自废一项重要武功。如果霍华德用这些条件来确保对抗赛能够实现,那么有非常大的可能,他的马会因为过度自缚手脚而无法获胜。这是极为大胆的一搏,但霍华德觉得这是他仅有的机会。

史瓦普必定接受得万分勉强,因为霍华德已经营造出一种局势,若他拒绝将会付出重大代价。尤有甚者,协商消息已经走漏,无疑是霍华德透露给新闻界的,而全国各地反应热烈,为此赛叫好的电报如雪片般飞进赛马委员会,报上全是有关这场对抗赛的报道和漫画。史瓦普办公室的电话铃根本没停过,贝尔蒙特马场当局甚至已经和CBS电台洽谈转播事宜了,预估届时会有2000万台收音机收听。赛事如果夭折,贝尔蒙特将成为众矢之的。最后,霍华德还提醒他,这场比赛可能为贝尔蒙特带来创下历史新高的观众纪录。

落入陷阱的史瓦普只能低头,白纸黑字地接受了霍华德的条件,甚至同意把奖金增至10万美元,胜者全得。史瓦普急着要把此案敲定,连忙找瑞都磋商,瑞都却没有马上回复。既然约瑟夫·卫登纳已经表示支持,命令马场正式提交提案,那就只剩下过C.V.怀尼那关了。怀尼是主管贝尔蒙特马场的惠斯奇斯特赛马协会的主席,卫登纳曾在4月6日拍电报告知他此事,但他出海去百慕大钓鱼,没办法联络上。这一耽搁,事情就复杂了,全国各地的马场获悉后,纷纷提出举办对抗赛的建议案,大家的目光都转向瑞都,逼得他总算愿意谈了。4月6日,他用船把"海上战将"送到贝尔蒙特,但又和艾灵顿马场联系,好像在脚踏两只船,甚至说何不分别在两个马场各举行一场比赛,顿时把史瓦普急坏了。瑞都还发电报给霍华德,盛赞纽约马场之佳、气候之温和乃至美景处处,霍华德回电话提醒他,要么10万美元,要么拉倒。于是瑞都终于坐下来与史瓦普协商。正如霍华德所预期的,他从心坎里爱极了那些条件,唯一的建议是在9月之前比赛,否则两匹马的体能状况可能已经开始走下坡路。史瓦普要再作考虑,瑞都则叫艾灵顿马场继续等消息。

关键性的4月12日逐渐逼近,怀尼成了大家关注的焦点,压力也随之而至。新闻界不断指出,如果拒绝此案,纽约将损失多少盈利,他又会激怒多少引颈期盼的赛马迷。

2个月前才一起躺在圣阿尼塔跑道上,接着被送去急救的雷德·波拉德和"红粉武士",从霍华德阴暗的马厩再度现身,迈出重返赛马场的第一步。史密斯费尽九牛二虎之力,才治好"红粉武士"背部暂时性的瘫痪,在轻松的跑步练习时，它的动作仍然僵硬而犹豫，不过总算已脱离险境。同样，波拉德也小心翼翼。虽然他摆出一副完全康复的样子，但几乎没有动到左手臂，他的肋骨也还绑着绷带。史密斯让他自己作决定，并把他搁到"海洋饼干"背上小跑一番，这位骑师安然待在上面，表现可圈可点。

12日当天，怀尼终于出席赛马协会的会议，而霍华德则远在加州等候消息。表决结果是一致支持该提案，但有一项条件做了更改：依循瑞都的意愿，将比赛时间从9月改到5月30日的纪念日。霍华德同意吗？他回电表示同意。但提出了一项新的条件：一定要由波拉德来骑。如果波拉德不能骑的话，比赛就取消。他们因此而无法正式敲定此案。

那天深夜，通过电话，瑞都和史瓦普把事情都摊开来谈，最后瑞都是大吼着表示同意的。"你知道得很清楚，"他对史瓦普咆哮，"我的马会把他痛宰一顿。"次日，波拉德接受X射线检查，霍华德请了几位医生仔细检验，发现骨折处已经愈合。在这种前提下，这位骑师或许可以于5月上马参赛。

霍华德拿起话筒，将他的首肯传达给史瓦普。新闻立即传遍了全国，这场被预期为赛马史上最重要的比赛，终于要开跑了。

交战之前还有另一场比赛，湾原马场在4月16日为残疾儿童举办了一场慈善赛，"海洋饼干"负重133磅，创下加州纪录。唯一高兴的是伍尔夫，患有糖尿病又被禁赛的他最近大啖牛排，结果胖到了128磅，加上鞍具刚好就凑齐了负重磅数。

仿佛全世界的赛马迷都涌进湾原马场来看"海洋饼干"了，创下空前纪录的观众被彼此挤得动弹不得。看台上一片帽海，节目单没多久就售罄，卖热狗的用光了长面包，必须拿燕麦面包代替，最后赛马迷只能拿报纸或报废的马票包热狗。虽然马场当局拉长了"中场"休息时间，但投注窗口还是大排长龙，以至于许多赌客根本没机会看到窗口长什么样子。"有位不幸的市民，"一位记者写道，"排在第六列队伍想下注赌'小蛋糕'，结果一阵混乱后，气急败坏地带着一根热狗离开了第七列。"而停车场甚至直到次日凌晨才全部清空。

但是这些都完全值得。"海洋饼干"狠狠吃下整座马场的赛马,把马场纪录减去了 1.4 秒。赛马迷们疯狂叫好,欢呼声响彻云霄:"叫'海上战将'来!叫'海上战将'来!"

对伍尔夫而言,这次的胜利是悲喜交集的。他相信,这是他最后一次坐在这匹小矮马的背上。他溜下鞍,取下"海洋饼干"脖子上的花环,挂在自己肩上。相机的镁光灯在他的脸颊闪烁,波拉德正从记者室俯视着他。伍尔夫将马交还给他,然后走回骑师室,脱下霍华德马厩的骑师制服,挂衣而去。

几天之后,"海洋饼干"一行浩浩荡荡向东出发,当火车启动后,"海洋饼干"突然变得焦躁不安,不断在车厢里绕圈子。史密斯没办法让它停下,最后拿起一本杂志大声念起来。"海洋饼干"开始听他念书,不再绕圈子。在史密斯的念书声中,它走到草堆里躺下,终于沉沉入睡。史密斯拉来一张凳子,坐在旁边陪它。

这位驯马师心中有个阴影。自湾原负重赛以来,他就一直隐隐感觉到"海洋饼干"有点不对劲。虽然"海洋饼干"轻而易举地赢得胜利,但在比赛时,它的速度很早就变慢了,伍尔夫得催促它才能让它跟上领先者。霍华德觉得这是因为负重磅数太高,没什么好忧心的,但史密斯却很不安,不只为了马的状况,也为了对抗赛的制胜策略。

当年他为欧文照料接力赛和对抗赛的马匹时,对于一对一的比赛有一项体会:如果能很早就取得决定性的领先地位,那么就几乎稳赢不输。因此很明显,优异的出闸速度,可谓对抗赛里的胜利王牌。和一般马匹相比,"海洋饼干"的初期速度已经够快了,但"海上战将"不是一般的马匹,它的出闸速度为赛马界至今所仅见。赛马界向来认定,马天生的奔跑风格是改不了的,可是要争取任何对抗"海上战将"的机会,史密斯知道,他得把习惯跟人脚步的"海洋饼干"调教成出闸火箭。

当火车蜿蜒东行时,史密斯也突然改变了计划。他不让"海洋饼干"参加原本排在行程上的狄克西负重赛,因为他需要时间为对抗赛做准备,并且去发掘那个隐隐不对的感觉来源,看看到底是哪里出了问题。于是,"海洋饼干"直接前往贝尔蒙特。

史密斯一边坐在凳子上摇摇晃晃,一边开始研拟新的训练计划。"我们得尽早把那家伙的肩章扯下来,"他大声说,"拔掉它帽子上的鸵鸟毛、折断它的宝剑,否则我们就连接近'海上战将'、给它水手式告别的机会都不会有。"

几乎没人认为他做得到。

▲ "海洋饼干"和"海上战将"比赛前在贝尔蒙特公园拍摄了一系列照片。图为臭脾气不肯合作的"海上战将"。

(© BETTMANN / CORBIS 提供)

▲ 以遥望地平线的姿势5分钟没动的"海洋饼干"

(© BETTMANN / CORBIS 提供)

"海洋饼干"的状态出问题了

4月26日,"海洋饼干"完成了比赛生涯中24265英里的火车旅程,翩然抵达纽约。门拉开了,它探出头,在场迎接的200人立即一拥而上。当镁光灯闪个不停、摄影机辘辘转动时,它从容站定,摆好姿势让大家拍。

赛马迷中夹杂了好几位记者,正以审慎的眼光盯着这匹马。早在"海洋饼干"到来前,民意调查就开始进行了,几乎东部所有记者和驯马师都认为,"海上战将"会证明自己是"海洋饼干"的主宰。纽约的投注代理人甚至因为找不到肯为"海洋饼干"下注的人而大伤脑筋,95%的投注是押"海上战将"赢。只有奥斯卡·欧提斯认为"海洋饼干"会得胜,其他媒体都预测"海洋饼干"将被"海上战将"痛扁一顿。

史密斯把"海洋饼干"牵到后场区,途中经过"海上战将"的马房,附近墙上有个纪念战人和凌云(它的父母)的小坛,两匹马的照片下,挂着一幅字:"它们送给我们'海上战将'。""海上战将"的驯马师乔治·康威在马房闲晃,他是个高个子、穿着开襟羊毛背心的老头,拘谨而安静。"海洋饼干""嘚嘚"走过时,"海上战将"静静站着,两匹马并没有照面。"海洋饼干"

进驻 43 号马房，168 平方英尺的空间，高耸如大教堂，才刚重新漆过。霍华德获得特别许可打掉隔间，让"南瓜"照例住到旁边陪着它。波拉德在 4 月 28 日抵达，随即前去探视"海洋饼干"，伍尔夫也在那里陪它。虽然霍华德坚持由波拉德上场，但伍尔夫仍是以防万一的备选。

对波拉德而言，伍尔夫的存在不断提醒着自己岌岌可危的处境，其实他并不需要提醒，报纸上满是对他能力及状况的质疑。记者聚集在跑道边看波拉德的表现，对他显而易见的疼痛僵直提出批判，并开始大声质问霍华德的脑袋里在想什么。"霍华德或许是基于情感才把波拉德摆进驾驶舱，尽管这也可能是个好主意，"记者杰克·杰姆士写道，"但目前看来，恐怕我们的小朋友'海洋饼干'，又得承受糟糕的负重了。"

从波拉德抵达马场的那一刻开始，艰苦的练习随即展开。由于当时的闸门没有门扇，马匹唯一的开跑信号是铃声，史密斯必须提高"海洋饼干"对铃声的反应度。于是他拼拼凑凑自制了一个开赛铃，把波拉德推上"海洋饼干"，拿起铃和马鞭，没一句解释，就领着他们到练习场。波拉德以为他们要去闸门，但史密斯过门不入，来到跑道上叫他们站好，自己则退后几英尺。然后，史密斯挥鞭打在"海洋饼干"屁股上，同时按下铃。铃声大作，"海洋饼干"立即拔腿狂奔，如此反复练习了许多次。

这是典型的驯马手法，"海洋饼干"和所有被猎动物一样，臀部被鞭子扫到时会本能地往前冲，因为那很像被猎杀动物抓到的感觉。史密斯把这种感觉和铃声联结起来，建立一种制约反应，让"海洋饼干"对两者都产生相同的反应：跑！"海洋饼干"用实际行动证明了自己是个优秀的学生，练了几次之后，反应竟已快到史密斯还来不及挥鞭它就跑了。现在这匹马反应敏锐、活力四射，全身上下每个部分都回应着它的骑师。波拉德可以感觉到它，因为电流正一波波传过他的双手。同样，这位骑师也需要调整一下状况。为了使波拉德能应付突然快速的起跑，史密斯派他参加霍华德其他马匹的比赛。胜负并不重要，史密斯要的是迅速的起跑和尽量快的初期速度。马儿虽然输了比赛,但波拉德遵嘱在每场都领先冲出。此外,他的手臂也日复一日地松缓,自从与"红粉武士"一起跌落以来,他终于又变回了原来那位骑师。

看到波拉德逐渐恢复正常,史密斯再度调整策略,把他和"海洋饼干"带到闸门。传统的闸门训练都是让马学会站定、忍耐、等待,但针对只有"海上战将"一个对手的比赛,等待不会是问题。如果"海洋饼干"在闸门里放松的话,就只能呛在"海上战将"留下的尘土里了。所以,不是要增加它的耐性,而是要减少。史密斯叫波拉德驱赶"海洋饼干"穿越闸门,只暂停片刻,然后就要继续跑出来。波拉德听命而行,"海洋饼干"也都如愿奔过闸门。几次之后,"海洋饼干"玩心大起,兴冲冲地跑过闸门,然后便立即掉转回头再跑一次。

练了十来次之后,该测试一下了。这次波拉德要它在闸门里停下,"海洋饼干"停了片刻,铃声一响,一人一马便冲了出来,"海洋饼干"全力跑了十六分之一英里后,波拉德才拉缰绳叫住它。史密斯对它能了解自己的任务非常满意,而"海洋饼干"蹦蹦跳跳地回马房时,一位旁观者形容:"显然心情绝佳。"

到了5月11日,史密斯开始第三阶段的出闸特训。马匹这种群聚的动物对危险征兆很敏感,因此容易传染惊惶的情绪。"海上战将"在闸门里就像头暴怒的狮子,史密斯担心"海洋饼干"看了也跟着抓狂,为了先让"海洋饼干"习惯,他找了一匹也爱在闸门里发脾气的马,让"海洋饼干"长长见识,直到他认为"海洋饼干"已经见识过任何"海上战将"可能耍的把戏为止。

5月4日那天,"海洋饼干"和"海上战将"都被带到一片草坪上,前面有开着粉红花朵的树丛,供一整连的摄影师拍照。"海上战将"先现身,真是漂亮,鬃毛和尾巴都用黄色缎带编好。但它脾气不改,马夫拿着马鞍过去时,它立即直立起来踢出前腿,三番两次把马鞍甩掉。穿着瑞都黑黄制服的骑师查理·可辛格终于上马了,但"海上战将"拼命又蹦又跳,可辛格咬牙硬撑在鞍上,摄影师不禁抱怨。"它只是生性活泼。"驯马师康威虚弱地说。

突然间，远方传来火车鸣笛声，"海上战将"愣了一下，抬起头倾听，雄伟的躯体全然舒展。可辛格趁这暂时的静止转头露出僵硬的微笑，所有摄影师连忙按下快门。

可辛格终于获得假释，"海上战将"退场，轮到"海洋饼干"上场了。它大摇大摆地走来，一位记者写道："仿佛那是它的地盘。"穿着霍华德红白制服的波拉德也和它一起亮相，两匹马的对比真是再鲜明不过了。虽然"海洋饼干"身高算到迎鞍骨比"海上战将"略矮，身长也短了近半英尺，但相比之下，"海洋饼干"仿佛是个沉重的巨人。体重1040磅的它，比"海上战将"重了80磅，肚带一圈6英尺，胸膛也明显更为宽阔，但这副硕大身躯却栖息在足足比"海上战将"短了2英寸的腿上。它的脖子厚实、头颅沉重、尾巴粗短，拳击手套般的膝盖略屈着。马夫已经尽力替它梳洗打扮了，但编好的鬃毛却仍竖得像刺猬。这匹马脚叉得开开地站着，好像永远在对抗强风。

但疲累至极的摄影师却如蒙大赦，因为在上鞍过程中，它一直乖乖站好。波拉德跳上去，"海洋饼干"竖起耳朵，摆出遥望地平线的姿势，就这样维持了近5分钟，一丝肌肉也没动过，任摄影师绕着它从各个角度左拍右照。甚至连嘈杂的摄影机都举到鼻子前了，它也纹丝不动。

从抵达纽约的那天起，史密斯就现了原形，纽约的记者就是八棍子也打不出他一个屁来。也许是因为霍华德坚持，只有在一种状况下他才肯合作：记者可以到马房里看马，但驯马师不作解说。这其实已经比乔治·康威略胜一筹了，因为他也同样是个闷葫芦，曾有记者形容他"高瘦冷漠"，而他甚至不准记者靠近马房。其顾虑倒情有可原，因为他担心镁光灯会吓到神经质的"海上战将"，害马儿撞到头。相较之下，史密斯还算比较友善，所以记者群简直住进了43号马房。

但到了5月14日，蜜月期结束，史密斯同样把记者踢了出去，连一向亲切的波拉德也不再对记者讲话。"海洋饼干"团队完完全全消失了,没有人能再看到那匹马。

其实,3天之前练习时,"海洋饼干"竟然需要1分48秒来跑完1英里。尽管那天跑道有点松软,但"海洋饼干"到了史密斯手下之后,就一直能够在1分36秒内奔越1英里。纽约那年春天特别多雨,可是跑道状况不足以解释这么迟缓的速度,这匹马似乎出问题了,但史密斯一直找不出原因。距离比赛还有充裕的时间,不过他还是越来越忧心。他知道,有关"海洋饼干"出了状况的任何信息,都只会让记者追得更紧,因此他只字不提,而且越发努力隐瞒"海洋饼干"的练习,在清晨4点就带它去晨操。此招一直有效,直到有一天他离场的时间稍微晚了点,一群在4:30抵达的计时员看到他牵着气喘吁吁的"海洋饼干"回马房,此事才曝光。史密斯便把练习时间改到晚上8点,这次暂时没被人发现,但记者都知道他在耍他们了。

纽约的新闻界于是群策群力,将媒体与史密斯的对抗命名为"长岛之役"。如果史密斯要保持沉默,那好,他们也以一个字都不写的方式回敬。这招很大胆,但却是下策,读者大起反弹之心,此议只能作罢。于是,他们组成了一个战略联盟,自名为"聪明小子帮",由一群记者和计时员联手合作,旨在当场逮到"海洋饼干"的练习。有人持续监视史密斯,每位记者都分派了不同的驻守时地;计时员在练习场24小时轮班,43号马房周围则以同心圆的方式部署监视人员,据报道,其中有些人甚至还藏身树上。他们规划了严密的监视网,并定期相聚汇整情报,如一位记者所回忆的,俨然是"一场间谍行动"。

聪明小子帮最棒的点子,是去查访任何知道史密斯秘密训练史的人,随之获悉他曾进行夜间练习,时间是晚上8点,他们终于找到他作法的时间了。

一位勇敢的计时员自告奋勇,于5月17日晚上偷偷爬上看台屋顶,躲藏在阴暗处,一手抓住屋顶一手拿着秒表。8点整,史密斯出现了,先到看台各处查看是不是有间谍,然后拿手电筒朝马房闪两次,"海洋饼干"就奔腾而来。次日全国的报纸都刊登了"海洋饼干"的练习速度,速度很慢,但没有一家提到它练习的时空环境,仿佛它是在一般标准状况下练习的,史密斯还是什么都没说。

"聪明小子帮"士气大振,《旧金山纪事报》的乔利·罗吉特记录下佳绩:"分数:记者1分,汤姆·史密斯0分。"

　　史密斯旋即发动侧面攻势,几天之后,出乎记者与计时员之意料,他竟在大白天带着"海洋饼干"出来了,朝比赛场旁边的练习场而去。就算是梦露在十六分之一英里的标杆那里三点全露地跳艳舞,记者室也不会出动得更快了。聪明小子帮认为史密斯已经投降,我方即将大获全胜,都抓起秒表迅速上车驶向练习场。他们气喘如牛地坐在那里相互道贺,静候史密斯领着"海洋饼干"进场。可是,时间一分一秒过去了,"海洋饼干"始终芳踪杳然,等到他们明白自己遇到什么状况时,一切都已经结束。狡猾的老史密斯看到自己让计时员区和记者室成功清场后,已经带"海洋饼干"转回比赛场练习去了。

　　史密斯知道不能故技重施,便使出最天才的一招:大隐隐于市。白天的比赛结束后,他让"海洋饼干"紧接着在比赛场练习,因为他知道,计时员和记者绝对不相信他会这么明目张胆,反而不会注意到。

　　由于贝尔蒙特马场规定在比赛后练习必须提出申请,史密斯得先征询马场评审的意见。电话铃响时,评审正在开会,有位叫艾迪·法瑞的记者正巧在旁边,便接了这通电话。史密斯请求比赛后使用跑道,法瑞简直不敢相信自己的耳朵,他回头转告马场评审,对方说可以,他转达后,立刻奔向记者室通报。这真是走运,那天比赛后,22位窃窃发笑的记者和计时员蹑手蹑脚来到看台最高处,潜身躲入记者室里,连灯也不敢开,大家都从观景窗偷看。他们雀跃地看着史密斯让"海洋饼干"练习了一又八分之一英里,次日的报纸全是这则报道,但仍旧未提练习环境。"分数:记者2分,汤姆·史密斯0分。"乔利·罗吉写道。

　　可是似乎有些不对,若干计时员注意到一项极不谐调的细节:史密斯竟显得很开心。乔利·罗吉后来也猜疑,那匹马到底是不是"海洋饼干",并且想到应该在加州的"烈酒"已经很久没露脸了。难道史密斯知道接电话的是记者吗?"我不知道在这样的对抗赛里谁是赢家,一个印第安斗士的直觉,还是运气那个狡猾的老小子,"罗吉后来写道,"我自己的感觉是,'海洋饼干'和直觉。"

5月20日的破晓阴郁地罩下，波拉德带"海洋饼干"去跑道小跑一会儿让它热身，再牵它到练习场的闸门。大家马上就看出"海洋饼干"确实不对劲了，它在闸门里乱蹦乱跳，不肯安静下来。铃声一响，它就射了出去，波拉德扎实地练习了一英里，前一段还好，但逐渐地，"海洋饼干"的速度开始变慢。在四分之三英里跑了25.4秒后，波拉德拿鞭子打了它一下，没有响应，速度仍然一直减慢。以27.6秒跑完最后四分之一英里后，波拉德拉住了它。

秒表清清楚楚地显示，"海洋饼干"花了1分42秒才跑完1英里，而且是在强力催促之下。最糟糕的是，这还是它来到贝尔蒙特之后最好的成绩。记者有次终于捕捉到了它的练习情况。"该有人去告诉它，它是要和'海上战将'交手的，"有人如此分析，"如果它用这种方式上场和'海上战将'较量，它会被打得很惨。"

谣言随之传开，计时员和马师间的耳语突然转化成民众嘈杂的指责："海洋饼干"出问题了。记者将相关报道连篇累牍地撒向全国报纸，到处都有人对史密斯抛出怀疑的询问。此时史密斯需要一点霍华德控制形象的功夫，但求助无门，因为霍华德夫妇去百慕大了。5月初，霍华德曾在出发前过来探视"海洋饼干"，觉得它看来状况极佳，"从来没这么好过"，没想到离开后会出问题。但尽管记者再三询问：马的状况还好吗？史密斯仍旧坚称："从来没这么好过。"

比赛前1个星期，波拉德骑上"红粉武士"，参加汉斯平负重赛。这是"红粉武士"受伤3个月后第一次上场，没有人认为史密斯能把它调养回比赛状态。结果一出闸门，他们即取得领先，原本可能一起殒命的波拉德和"红粉武士"，如今轻而易举地奔回终点赢得冠军。波拉德已经准备好上场了。

但"海洋饼干"没有准备好。它的速度不见了，而史密斯不知道原因何在。此事被当成丑闻处理，《纽约每日镜报》要求赛马场当局出面调查它的身体状态，要么取消比赛，要么就向关切的大众保证"海洋饼干"情况良好。史密斯的辩护越来越难以令人信服，最后，显然是为了安抚光火的新闻界，他再度允许摄影师进入马房。如果"海洋饼干"状况不佳，他说，他就绝不会让"海洋饼干"出来练习。记者想在日光之下看看"海洋饼干"，但神经已经紧绷到临界点的史密斯，竟说了番不吉利的话，暗指不会有对抗赛了，然后把"海洋饼干"牵走。

好像很少有人像史密斯一样注意到一件事："海上战将"看起来比"海洋饼干"还糟。5月17日那天，它拖拖拉拉花了1分49秒才熬完1英里，甚至比"海洋饼干"还慢；4天之后，则气喘如牛地以2分零8.2秒跑完比赛的一又四分之一英里。到了5月23日，它在闸门里呈现出罕见的恍惚状态，旁观者评论道："你会发现那是匹又呆又蠢的领队马，而不是那个向来神经兮兮的动物。"根据很多报道，瑞都和康威当时正在衡量要不要退出比赛，但他们都抱着希望等待"海洋饼干"先撤出，以免他们因为造成民众莫大失望而受到责难。史密斯则得到相互矛盾的信息，有些人叫他继续比赛，因为"海上战将"的训练进行得非常糟，"海洋饼干"即便状况不佳，也可以杀它一个片甲不留；有些人却警告史密斯，"海上战将"的训练情形可能是为了欺敌，让史密斯无法获悉它真正的状况。他不知道该怎么办，而记者们依旧絮絮不休地追问他。

必须做出定夺了，但霍华德夫妇远在几百英里之外。于是史密斯拍发紧急电报到他们船上：速回贝尔蒙特。

霍华德夫妇无法相信他们在贝尔蒙特看到的情形，荒谬的指责到处都是，包括白纸黑字地指控史密斯是故意让马跑慢，以拉高比赛的赔率。每个人都想知道那匹马到底会不会参赛，霍华德私下非常沮丧，但面对公众时仍摆出一派镇定自信的神态。为了让怀疑者停止声讨，他做出承诺，大家可以在5月24日下午3点半亲睹"海洋饼干"练习整整一又四分之一英里，亦即比赛的距离。

那天早上，史密斯带"海洋饼干"出去小跑一下，为下午的公开演练做准备。他仔细研究"海洋饼干"的动作，最后目光锁定了马的膝盖。

就是那里：一点微微的肿包。似有若无，但确实在那里。

霍华德面对着一个可怕的决定。"海洋饼干"也许可以参加比赛，最好的状况是，它很可能会输。而最坏的状况则是：它也许会受伤。霍华德倾向于退出，但其可能造成的后果却令人胆寒。

贝尔蒙特马场已经花了3万美元在宣传和各项准备上，竖起来几乎和帝国大厦同高的观众席早已被预订一空，另有几百万人下注，银匠也雕塑了一座华丽的奖杯，新闻界的报道更是如火如荼，把其他重要新闻全挤到了一边。全世界都正全神贯注地等候这场比赛。

如果霍华德决定退出，他知道，这只会证实了"海洋饼干""跛脚"的长期流言。"这么多次以来，终于有一次，这个批评似乎对了，"霍华德苦涩地说，"但竟是在如此重要的比赛之前。"

下午，史密斯来到"海洋饼干"的马房，开始准备送它出去。霍华德前往马场秘书的办公室，并请怀尼、卫登纳和史瓦普过来。跑道边，观看这次练习的群众开始聚集。

史密斯领着"海洋饼干"走向跑道，而霍华德则向史瓦普和怀尼解释目前的问题，也听取他们的意见。几分钟之后，他走了出来，一群记者立即蜂拥而上，他开口了，声音有些颤抖。

比赛取消。

在马场秘书的办公室，霍华德向每个人郑重致歉，然后带玛赛拉回他们下榻的饭店，因为她不想公开落泪。

霍华德对他造成的严重后果痛心至极，也很担心爱马的状况。"我不知道那个肿包会不会痊愈，"他说，"我们不会硬要它上场，让努力想赢的它心碎。"他想到带"海洋饼干"回"瑞奇屋"退休养老，但史密斯摇摇头，这匹马还没到功成身退的时候，它的腿疾可以治愈。霍华德相信他的话，两人于是开始筹谋计划。

此时霍华德已经陷于进退维谷的窘境。他在贝尔蒙特安排对抗赛的努力不但落空，而且将来再度为两匹马举办对抗赛的可能性也因此大幅降低。向来就不太热衷此事的瑞都，现在大可宣称他曾想进行对抗赛，但是霍华德退缩了。到了赛季结束时，"海上战将"可以依既定时间表退休，也不会有任何人指控他回避了最重要的比赛。贝尔蒙特马场当局一朝被蛇咬，对此事再也提不起兴趣。霍华德竭尽所能地劝说他们另行择期举办对抗赛，甚至把迄今最大心愿——打破"阳光公子"的奖金纪录暂且搁下。忘了10万美元吧，他说，只要"海洋饼干"康复，他将乐于在贝尔蒙特进行一场纯运动的比赛。贝尔蒙特高层不甘不愿地同意考虑看看，于是谈定了改在秋季赛季举办。

瑞都让此事做了终结。贝尔蒙特当局为了挽救那个周末，打电话给瑞都，协商让"海上战将"参加郊区负重赛。虽然给"海上战将"的指定负重是132磅，但瑞都接受了。那天有2.5万名观众前来观赛，其中很多原本是要看那场世纪之战的，结果，到了最后1秒钟，毫无预警地，瑞都和康威拒绝让"海上战将"出赛，而且未做解释。大部分记者和观众认为他是对132磅的负重不满，也不在乎什么运动精神，观众耐心已失，看台上响彻云霄的嘘声和喝倒彩声足足持续了2分钟。一位旁观者写道，"除了暗杀林肯和经济大萧条外，大家把太阳底下的每件事都怪到瑞都头上了"。

怀尼听在耳里，气在心里。有人问他是否同意改期举办"海上战将"与"海洋饼干"的对抗赛，他登时撂下重话："就算我能用1毛钱买它们一打，我也绝对不再同意这种事了。"

目睹了贝尔蒙特的遭遇，其他马场高层也大概不愿重蹈覆辙。此时又有谣言传出，说"海洋饼干"的腿疾是为了避免输给"海上战将"而造假的，还真有很多人相信。看来，霍华德只剩下一个机会了。如果没人肯安排对抗赛，那他就得跟着"海上战将"的赛程表，在群体赛里让"海洋饼干"和"海上战将"碰头。

下一场适合的比赛，是6月29日的马萨诸塞负重赛，"海上战将"已经报名参加，虽然萨福克马场并没有邀请"海洋饼干"，但霍华德也已为它报名。"海洋饼干"可以有一整个月的时间复原，时间充裕得很，史密斯说，要治好它膝盖上的肿痛绝对来得及。

也许瑞都感受到千夫所指的刺痛，6月6日那天，尽管他的马扛了132磅负重，他还是让"海上战将"参加了阿圭达马场的女王郡负重赛。"海上战将"赢得冠军，随即被送往萨福克，为马萨诸塞负重赛进行准备。6月14日，史密斯和霍华德跟随"海洋饼干"前往萨福克，波拉德和经纪人雅米也同行。伍尔夫留下来没去，波拉德身体状况既然已恢复完美，他想他们就不需要自己了。

被命运捉弄的傻瓜

6月23日，在一片金黄瑰丽中，波拉德迎来了那一天的破晓。他的生命巨轮再度扬升，而他无法压抑自己的亢奋。他的骑驭状况良好，万事妥当，骨折已愈，时间也配合得刚刚好。那天早晨他骑着"海洋饼干"，透过缰绳的张力和胯下的律动，他可以感觉到史密斯施展了魔法。这匹马的状态"像罗斯福钱币一样坚实"，而且简直要从皮肤里跳出来似的渴望奔跑。波拉德在急促的节奏中"嘚嘚"飞越标杆，"海洋饼干"以1分12.2秒轻取八分之六英里，速度快得令人惊叹。这匹马如火花般闪过1英里，然后又再跑了八分之一英里，即使如此，它迫切想继续奔驰下去的心仍然灼烧着波拉德的手臂。

一抹笑容闪烁在史密斯脸上，离马萨诸塞负重赛还有6天，放"海上战将"过来吧。

在马房，波拉德看到一个以前在蒂华纳的老友，是马主伯特·布鲁。布鲁遇到麻烦了，本来有个骑师答应骑他2岁的"现代青年"进行刚出道的生手练习，但这名骑师一直没有出现，现在已经找不到别的骑师，而这次练习又非常重要。心地善良的波拉德向来慷慨热心，立刻跳上"现代青年"扬长而去。不幸就在

▲ 一次训练后,"海洋饼干"和降热夫拜访波拉德

(© BETTMANN / CORBIS 提供)

这时发生了。"现代青年"中途受到惊吓，转头冲出栏杆朝马房狂奔，波拉德没办法制止它。当"现代青年"终于撞到马房墙角倒下时，刺耳的叫声随即响起，是波拉德，正不停地发狂尖叫。

他的右脚从膝盖以下几乎全断了。

后场区的人急忙赶过来，发现波拉德躺在地上痉挛着缩成一团，右小腿的皮肉撕开，骨头都露出来了。波拉德的脸在痛楚中扭曲，嘴唇咧开，阵阵剧痛不断碾过他的身体，低沉的嘶吼从他口中逸出。

本来该在马场待命的救护车还没到，史密斯接获通知后，立即打电话叫救护车。为了抢时间，马场的人干脆把波拉德扛上马场的一辆小货车，直接送他去医院。虽然温斯洛普医院只在 5 分钟车程之外，却因为没人知道确切方位，又碰上塞车，一直耽搁在路上，而波拉德痛得惨叫连连。就这样煎熬了 45 分钟之后，搭马场救护车赶来的史密斯才终于找到这辆车。他发现波拉德已经痛疯了，"比冒烟的手枪还烫"，连忙把波拉德搬上救护车，但还是不得不跟着河岸路堵塞的车阵。

波拉德疯狂大叫，说他受不了了，叫车子停下来，声音大得连对岸的行人都转头来看发生了什么事。史密斯震慑于他的坚持，便要司机停车。

波拉德坐起来，搜索车外的建筑物，找到了一个目标。"就是那里，"他指着一间卖"烈酒"的店，"汤姆，我跟你说，要是你不到那里帮我买瓶啤酒的话，我没办法活着到医院。"

史密斯一辈子滴酒不沾，非常反对波拉德喝酒，当时可能摆手否决了这位骑师的哀求。但经纪人雅米去医院时，还是偷偷带了酒给波拉德。看到波拉德的脚，雅米吓坏了，小腿两根骨头全断，雅米知道这伤势意味着什么，不禁哭了起来。有人打电话到旧金山通知霍华德，他立即动用所有关系，几乎马上就召集了一组全国最好的整形外科医生飞往波士顿，费用全由他负责。他们检查了波拉德的脚伤，想尽办法终于不必截肢，但那只是个空洞的胜利。

他们宣布，波拉德可能永远也无法行走了。他的骑师生涯至此宣告结束。

史密斯打电报将这个消息告诉在纽约的伍尔夫，请他立刻赶过来，于是伍尔夫匆匆北上。

波拉德稳定下来了，而在霍华德的马厩里，一切还是得继续运作。史密斯正在替"卡雅"做准备，这匹马来了以后，他交给他所知的最佳高手、他儿子吉米负责驯服与初期训练，显然儿子承袭了父亲的直觉，"卡雅"重回他手上时，已经温驯得像只小猫咪，并展露出巨大潜力。6月10日在阿圭达马场第一次出赛时，它仅以些微差距屈居第二，史密斯开始认为它日后将大有可为。

"海洋饼干"很能接受伍尔夫的指挥，它的练习表现优异，膝盖的肿痛迹象已经完全消失，动作也流畅无碍。有天早上，史密斯让"海洋饼干"进行八分之三英里的练习。他把"海洋饼干"摆在八分之三英里标杆处，50码前再摆一匹马，然后让它们同时出发。"海洋饼干"以令人无法置信的速度歼灭了对手，11秒就跑完第一个八分之一英里，23秒跑完四分之一英里，再以36秒完成八分之三英里。"如果这还不叫跑，"史密斯后来说，"那我就完全不懂马了。"

而与此同时，"海上战将"还是那副火爆脾气，在马房里翻江倒海，练习时拼命发飙。有时，没有伴它就不肯跑，还曾经退到篱笆边，然后就杵在那里拒绝移动。到最后，康威唯一能让它稍微动一动的方法，是把它转向跑道的反方向。

6月26日，"海洋饼干"要进行赛前最后一次练习。外头一直下着倾盆大雨，霍华德夫妇预定下午要来看练习，所以史密斯把练习时间延后。霍华德夫妇在4点半抵达时，跑道已经不忍目睹。若在平时，他们不会再让"海洋饼干"练习了，可是在面对"海上战将"之前，"海洋饼干"禁不起错失任何一次练习，于是照旧上场，以1分12.4秒完成八分之六英里，快得足以赢得国内任何比赛。

6月28日，比赛的前一天，暴雨依旧下个不停。上午10点半以前要把参赛单送到,"海上战将"的参赛单9点半就送了。康威信心十足,他在抵达萨福克时告诉记者:"它能打败任何四条腿的东西,如果它最终失败,那我们就只能说是奇迹发生了。"至于"海洋饼干",他说:"不过是另一匹蹄下败将罢了。"

那天晚上,NBC请戴维·亚历山大到病房访问波拉德,并且与在波士顿播音间的伍尔夫连线。亚历山大看到波拉德躺在床上,断腿拉高以进行牵引,一位叫阿格尼丝的长腿护士大大舒缓了他的苦楚。由于担心口无遮拦的波拉德会讲出什么话来,亚历山大事先替两位受访人准备好讲稿,让这位骑师丰富的想象力或有待斟酌的词语无从发挥。

访问起先进行得很顺利,伍尔夫和波拉德各自照本宣科。但当伍尔夫问到该如何骑"海洋饼干"时,波拉德手上的稿子突然掉下撒了一地,亚历山大弯身拾起,抓着一叠纸抬起头时,恰巧看到波拉德开口讲话。在波拉德眼中,亚历山大看到了"一股邪恶的光芒"。

"还用说吗?乔治小子,"波拉德对着全国急切的耳朵说,"踩镫上马,面朝前方,两腿放在马的两侧,叫人家牵你到闸门,然后,就像你平常那样干啊!"有那么片刻,听众只听到短短的一声"咻!",当时电台工作人员正纷纷扑向控制钮。伍尔夫不可遏制地放声大笑,亚历山大努力想继续访谈,但笑翻了的伍尔夫根本停不下来。

到了早上,雨势终于停歇。"海洋饼干"到跑道上进行最后练习,跑得漂亮极了。史密斯把它牵回马房,检视它的腿,很干净,触手清凉,便帮它绑好绷带。中午之后,7万名观众如水般自旅馆和特别列车中源源溢出,倾入了马场,这次赛马会成了北美洲迄今人数第二高的赛马会。瑞都也在其中,当时他的健康状况很差,费了一番周折才来到马场,医生还随侍在侧。

霍华德和史密斯要对是否参赛做出最后决定了。他们从终点走到弯道，泥浆淹没了他们的脚踝，但泥浆很稀，找不到粘脚的"吸杯"现象，于是在截止时间 15 分钟前，他们决定参赛，"海洋饼干"的号码立即闪现在告示板上。史密斯对自己的马从来没有这么充满信心过，他通常不是个会下注赌博的人，但这次他掏光了口袋，全押在"海洋饼干"的鼻子上。

出场前 40 分钟，史密斯走进"海洋饼干"的马房，解开绷带，伸手抚过关节和肌腱，而在一只前腿上，沿着小腿的骨头和软组织往下，史密斯停住了。"海洋饼干"缩了一下，史密斯仔细审视那个地方，皮肤没有伤口，毛也都平摊着。他再摸摸那里，感觉到有一条细细的灼热，从脚踝延伸到膝盖，这条腿受伤了。史密斯领悟到，"海洋饼干"一定是早上练习时踢到了自己。由于表皮没有割伤，发热速度慢，以至于他未能察觉，但他不能让这匹马出赛了。

可是退出时间已经过了 5 分钟，包括"海上战将"在内的其他马匹都正陆续进场。史密斯必须紧急提出特别申请，便抓起退赛单跑到马场评审办公室。当他宣布后，大家都不相信他的话，可能因为听过传言说"海洋饼干"其实在贝尔蒙特并未受伤，评审们决心不上当，每个人都认定史密斯是想回避"海上战将"，所以用受伤做借口。史密斯坚持退赛，因此和他们大吵了一架，最后气得撕碎退赛单冲了出来。他斩钉截铁地说，没有人能强迫他让一匹受伤的马出赛。

评审们坐在办公室里，思索着怎么处理这件事。外面的观众感觉到出了事，因为除了"海洋饼干"以外，其他马都亮相了，有几个人开始发出嘘声。

他们找霍华德过来，评审希望他能推翻驯马师的决定。霍华德知道，让"海洋饼干"再退赛一次，将引来雪崩般的抨击，但他不愿和史密斯唱反调，便提出一个妥协方案：请马场兽医来判定。评审们同意了，急急忙忙找了一阵，请来两位兽医，他们到马房检查之后，做出了判决。

史密斯是对的，"海洋饼干"左前腿后方有一条韧带拉伤了。这匹马，兽医还说，可能永远无法再跑了。

告示板上，"海洋饼干"的号码关灯消失，观众开始喝起倒彩。有家全国广播电台的广播员宣称"海洋饼干"的比赛生涯已经结束,而现场的马场播报员则在人海中声嘶力竭地解释"海洋饼干"的状况。他才刚说几个字,倒彩声就越来越激烈,观众决心淹没那可怜的播报员,害得他越来越狼狈。到了最后,他是怒吼着向麦克风大叫:"而这绝对是事实!"

霍华德听到这阵叫嚣,吓得心头发寒。他连忙冲进记者室,想挽救一下形势,却发现那里充满敌意。观众反对、评审生气、记者又毫不同情,霍华德的魅力完全帮不上忙,只能黯然回到包厢。渐渐地,喧嚣停止了。霍华德觉得非常丢脸,但并不后悔。"如果我那天让它出赛,"他后来回忆道,"我会永远毁了它。"

场上比赛即将开始,"海上战将"好几次提前冲出闸门,然后才和马群一起出发。途中它踩到一个洼坑,差点跌个狗吃屎,最后带着被割伤的马蹄继续跑。它远远落在领先马之后,洒血奔回终点,然后又在终点摄影中输掉季军之衔,这是它第一次没有得到奖金。瑞都起身离去,霍华德不禁对他和他的马感到一阵同情。"好像每件事情都不对劲,波拉德住院了,'海洋饼干'又受伤了,"他说,"可是,话说回来,瑞都现在的感受可能比我们更糟。"

次日早晨,史密斯为"海洋饼干"的腿敷上膏药,把它和霍华的其他马匹都打点妥当,一起上路离开了波士顿。

"我的马我自己知道"

"海洋饼干"的车厢"咔嗒咔嗒"地一路向西,往芝加哥近郊的艾灵顿马场而去。他们希望能在那里找到一些平静,但没有。

门拉开了,"海洋饼干"探出头,史密斯正在月台上等它,周围是一群充满敌意的记者。已经两个半月没出赛了,这匹马严重精力过剩,焦躁地把头摆来摆去,史密斯叫唤它:"喂,小子,放轻松点。""海洋饼干"看到他了,随即放松下来,以惯常的轻松自在走下步道。

听说了之前的种种传闻,记者一见到"海洋饼干"安然无恙地现身,四条腿走得好端端的,便毫不保留地质问它是否确实受过伤。还有记者主张,在"海洋饼干"参加下一次比赛,即7月4日的星条旗负重赛之前,艾灵顿马场应该请史密斯先让"海洋饼干"在他们眼前试跑一下,以确保不会作弊。其实"海洋饼干"受伤确实不假,只是伤势没有兽医说的那么严重。在史密斯的照料下,它很快就完全复原了。

霍华德的马厩受到极大的舆论压力。看到"海洋饼干"健康地走下火车,当地有位记者宣称它伪装受伤之事已获"证实",还有记者要求马场评审叫霍

▼ 1938年7月16日,好莱坞金杯赛

(© BETTMANN / CORBIS 提供)

华德确保"海洋饼干"一定参赛。艾灵顿马场当局倒是先警告大众,如果下雨的话,"海洋饼干"很有可能退出比赛。虽然马场和新闻界都抱持怀疑态度,赛马迷们却没有,他们纷纷预订观众席座位,并且汹涌地挤上火车,以创纪录的人数,来看这匹他们口中的"伟大的旅行家"。

果不其然,比赛那天,大雨把艾灵顿马场淹成了沼泽。"海洋饼干"的指定负重是130磅,比最轻的对手足足多了25磅。它将奔跑在一条显然没时间恢复干燥的跑道上,史密斯唯一来得及给它的练习,是一次缓慢的跑步及接着短短半英里的快跑。从4月中旬的湾原负重赛赋闲至今,"海洋饼干"现在简直肥成了一栋房子,没机会在星条旗负重赛里获胜了,而团队里每个人都知道这点。可是评审和记者的压力实在无法抵挡,霍华德还是宣布,只要比赛当天没下雨,他的马就会参赛。

雨停了,"南瓜"、霍华德和史密斯把"海洋饼干"带去马场。霍华德点点头,伍尔夫便骑着"海洋饼干"在5万观众面前出征。他们先被马群堵在最后,然后又无望地在弯道绕得太远,"海洋饼干"的脚在泥地里打滑,但还是超越了8匹马而抢得亚军。见到这个结果,观众悄然无言。"'海洋饼干'的神话,"一位记者写道,"已经幻灭了。"

史密斯再将"海洋饼干"送上车厢,伍尔夫和霍华德也爬了上去,他们要回加州了。

他们的目的地不是圣阿尼塔,而是新开张的好莱坞马场,该马场为首届好莱坞金杯赛提供5万美元的奖金。这里还有熟面孔,平·克劳斯贝和黎恩·霍华德的"里嘉若提"终于达到巅峰状态,也报名参赛了。"海洋饼干"输掉星条旗负重赛的同一天,这颗"阿根廷跳豆"改写了美国负重赛纪录,并击败了被公认为仅次于"海洋饼干"的加州第二高手"慧奇星"。虽然给"海洋饼干"的负重是133磅,比对手多了13到28磅,霍华德还是同意接受。"海洋饼干"的形象日益恶化,霍华德阵营没有人还有任何信用可言,而且许多人揣测这匹马已经开始走下坡路,所以"海洋饼干"必须参加一场重要的比赛,而且得赢。

比赛定于 7 月 16 日举行,史密斯抵达加州后只有 1 个星期的准备时间。其实在旅途中,他已经尽量找机会带"海洋饼干"活动筋骨,而赛马迷们更是大批簇拥在每座月台边,为"海洋饼干"欢呼打气,甚至连印第安保留地的居民也来了。史密斯牵着"海洋饼干"走路时,一位印第安老人家探过身来,仔细看着这匹马。

"比赛马啊?"他问。史密斯点点头。

"我看它倒像牧牛马哩。"

史密斯听了很开心。

谣言也跟着他们来到西岸,好莱坞马场的后场区飞短流长,什么说法都有,主要是说"海洋饼干"跛了。马场评审闻之忧心,生怕也和贝尔蒙特及萨福克马场一样,被"海洋饼干"放鸽子。1938 年 7 月 11 日,史密斯带"海洋饼干"去跑道进行首次练习,一见到跑道的模样他就很不喜欢,深洼很多,还遍布粗糙土块,至少可以把速度拖慢 1 秒。"看样子他们想在跑道上种玉米。"他说。

当着 500 名旁观者的面,"海洋饼干"在伍尔夫的驾驭下翩翩奔过 1 英里,完全未曾显露任何跛足的迹象,史密斯因此宣示它已经准备好参加金杯赛了。然而,有关"海洋饼干"脚有问题的谣言仍旧继续流传,害得马场评审越来越紧张。2 天之后,史密斯把包括伍尔夫在内的 133 磅堆到"海洋饼干"身上,让他们进行练习。在伍尔夫用力拉缰下,"海洋饼干"跑得既平顺又稳健,状态好得连计时员都不禁赞叹。

这两次练习应该足以令谣言不攻自破了,结果却没有。马场评审决定派兽医去霍华德的马房,把"海洋饼干"拉出来检查一遍,以查证史密斯有没有说谎。这是前所未有的动作,没人见过评审对驯马师摆出这么荒谬的不信任态度。

但史密斯和追踪者玩了太久的捉迷藏，马场高层对他的不满终于爆发了。

马房里的史密斯，站在状态完美的爱马身边，对这个消息真是瞠目结舌。"我不准任何人来检查这匹马，"他坚决地说，"如果我不认为它是处于良好状态，它不会出场；如果我们不认为它是处于良好状态，更不会千里迢迢把'海洋饼干'送来。现在既然它已经到这里，没有任何计时员、记者或兽医可以插手告诉我该怎么训练我的马。"

抗议无效，不管史密斯同意与否，兽医还是前来马房准备检查，史密斯于是一夫当关，不让他们进入。"除了我以外，没有人可以检查'海洋饼干'！"他咆哮着，并且当着兽医的面甩上门，他们只能束手离去。

评审找不到霍华德，便请史密斯让"海洋饼干"在评审眼前练习一次，还在7月14日下午第三场和第四场比赛的空当为他清出跑道。当时来了一大群计时员到场观看，他们坐在那里等了半天，可是除了一个空荡荡的比赛场之外，什么也没看到。马场总经理杰克·麦肯济急忙跑到包厢找霍华德，但霍华德同样不见踪影，而且毕生也终于有这么一次，竟然联络不到他的人。

那天晚上，史密斯总算率"海洋饼干"从马房现身。马场人员一路紧随，睁大了眼睛寻找不存在的跛脚迹象。双方的冲突在比赛前一天趋于白热化，史密斯派经纪人桑尼·格林柏把参赛单送到马场秘书办公室。麦肯济看了那张参赛单一眼立刻暴跳如雷，因为史密斯在上面写了"多疑的开赛评审"。麦肯济把格林柏踢出去，说要见史密斯，但史密斯叫格林柏再送张纸条过来："另有行程"。七窍生烟的麦肯济让两腿酸疼的格林柏传话回去："'海洋饼干'要么明天一定出赛，要么我们就拒绝它参加。"几分钟后，格林柏又蹒跚地带回史密斯的要求：不准任何人来检查他的马。到这个时候，评审才不得不让步。近黄昏时，办公室的门开了，竟是史密斯亲自光临。评审坐在那里，眨着眼看着他。"好吧，"史密斯说，"涂掉参赛单上的'多疑的开赛评审'好了，'海洋饼干'会参加的。"

马房里，格林柏终于能让酸痛的双腿歇歇了，却看到史密斯哈哈大笑。"他们越生气，他就越高兴，"格林柏回忆道，"他这么做只是要维护自己的荣誉。"

7月16日，创纪录的6万名观众塞进了好莱坞马场，要观赏"海洋饼干"争夺金杯，全国更有数百万听众收听NBC的实况转播。比赛之前有15分钟的播报时间，而广播员竟花了14分钟谈"海洋饼干"。观众都纷纷议论着一个问题："海洋饼干"还是4月离开加州时的那匹马吗？

"海洋饼干"一踏上跑道，赛马迷立即欢呼叫好。进入闸门后，它静静站定，而一号马房的快马"指定"却开始抓狂，还猛踢旁边照料它的人。它的负重只有109磅，骑师韦恩·赖特为了不超重而拼命减重，几乎减去了半条命，现在浑身虚脱无力，脑子也昏昏沉沉的，很难控制住胯下之马。指定的马主是巴特·拜隆尼，他确信"海洋饼干"的脚已经跛了，因此信心满满地为自己的马押注5000美元。

在烈日下扛着133磅，"海洋饼干"静静等待。几分钟之后，指定终于站定不动。开赛评审亚蒂·汤莫斯伸手去敲铃，就在铃响的前一瞬间，指定突然往前冲出，赖特拉不住它，而汤莫斯在千分之一秒后敲到了铃，指定等于是提前偷跑，但比赛已经开始了。几个跨步，指定就跑到了距马群六个马身之前。

"海洋饼干"起步速度迟缓，落入了马群的后段。转第一个弯道时，它身后只有一匹马。伍尔夫请"海洋饼干"往前移动，但是没有回应。站在终点前直道旁的史密斯盯着"海洋饼干"，紧张得牙关紧咬，正如他所预见的，跑道像沙土一样在马蹄下崩解，伍尔夫可以感觉到"海洋饼干"正拼命和跑道表面作战，他看得出来，目前这个阶段他们已无法超越前面的马匹，于是他改变比赛策略，暂且放松下来等待。赛马迷逐渐担心起来，"海洋饼干"越来越落后，半英里之后已经差了十二个马身以上，而且差距还在继续扩大。伍尔夫却什么动作也没有，下巴搁在"海洋饼干"的鬃毛上，眼睛注视前方的马匹，双手静静歇着。看台上的观众不禁恳求伍尔夫，拜托动一动吧。

这位"冰人"并不担心，"让它们用尽力气吧，"有人听到他对着"海洋饼干"的耳朵说，"路还长得很呢。"

到了后直道的尽头，伍尔夫把"海洋饼干"拉向外圈，绕过"慧奇星"，看到前面那匹马的骑师是用左手持缰。伍尔夫知道当地只有韦恩·赖特是左撇子，所以那匹马必然是指定了。细瞧赖特的手，他正松松握着缰绳，并且拍打着指定的脖子。伍尔夫知道，这表示指定已经达到了最高速，精力毫无保留，一定很快就会衰竭下去。伍尔夫开始催促"海洋饼干"，但还没有要它使出全力，"海洋饼干"慢慢追上来，不过至少仍落后八个马身，而时间正点滴流逝着。

转过弯道，伍尔夫再看了指定一眼，简直无法置信，那匹马的四蹄仍然翻滚不已。一阵惊惶蹿过伍尔夫全身，万一他没办法追上指定怎么办？他立即压低身子，用鞭子打了"海洋饼干"两下，再朝马耳"咯咯"一叫。"海洋饼干"突然摇晃了一下，地表在它蹄下碎裂，下一瞬间，惊人的转弯速度出现了。它把身体弯成弧形，用力踩向大地，在直道口冲出马群。指定仍在四个马身之前，"慧奇星"则在它的外侧。"海洋饼干"看见了指定，耳朵顿时向后摊平，伍尔夫已不需要告诉它该做什么，它往前一跃，向指定发射出去。

伍尔夫觉得自己仿佛在飞行，于是放下鞭子。"除了让它自己来，我已经不用做什么了。"他后来说。离指定的臀部越来越近，接着，"海洋饼干"疾风一扫，解决了指定，一马当先奔回终点，打破了马场纪录。在优胜区里，霍华德获颁了4英尺高的金质奖杯，伍尔夫则挂满了花环。"我以为会很容易，"他说，"果然不出所料。"俏丽的女星安妮塔·路易斯颁奖给史密斯时，他一反常态的腼腆反应成了报纸的头条：沉默的汤姆笑了！

健壮、急如雷电、准备得毫无瑕疵的"海洋饼干"，已经为史密斯做了最好的发言。记者确实错了，幸好他们已经明白，大家都在记者室里待到很晚，噼里啪啦打出赞美与致歉。马场内观众的喝彩声此起彼落，一波接着一波。

最后一场比赛结束了。暮色渐深，人去灯稀，只有史密斯独自站在"海洋饼干"身边。"计时员跟我说，这马有点不对，"一个路人听到这位老驯马师自言自语，"负重评审也说它的状况不好。"

"可是我的马我自己知道。"

恶战一触即发

黎恩·霍华德向来要什么有什么，但近来事情却不太顺心，而对此他颇不习惯。他渴望在赛马中狠狠击败父亲，并且挫一挫"海洋饼干"的锐气，他相信里嘉若提可以做得到，信心坚强得让他投下了足以关闭银行户头的赌金，包括私下和父亲的打赌，而那些将远远超过他的财力。好莱坞金杯赛真的让他无法释怀，里嘉若提已经掐到"海洋饼干"喉咙了，竟被另一匹马撞飞了得胜机会，只得到第四名。但过了一个星期，它又在好莱坞一场奖金赛里痛宰"慧奇星"，西岸第二好马的地位至此屹立不倒。

平·克劳斯贝和黎恩相信，只要有适当的负重差距和良好的跑道环境，里嘉若提确实可以和"海洋饼干"一搏。但霍华德却不以为然，比赛后他口袋里一直揣着剪报，碰到谁都拿出来炫耀，恐怕对儿子也毫不客气。他对黎恩调教里嘉若提的成绩非常骄傲，但也很喜欢不时拧一下儿子，甚至有一年圣诞节送了一本《你对马了解有多少》的册子给他，里面全是空白页。

好莱坞金杯赛过后不久，有天晚上，黎恩和父亲、平·克劳斯贝在餐厅吃饭，黎恩想到了一个点子，提议让"海洋饼干"与里嘉若提对决一次。霍

▲ 史上最疯狂、最具争议的一次赛马,"海洋饼干"(A)和"里嘉若提"在戴玛赛马场终点前直道疾驰,"里嘉若提"背上的史贝克·理查德森一直纠缠着"海洋饼干"背上的乔治·伍尔夫。

(SAN DIEGO UNION-TRIBUNE 提供)

华德原本嗤之以鼻，但克劳斯贝大为兴奋，因为去年他投资了60万美元在圣迭戈海滨附近兴建壮丽的戴玛赛马场，现在生意正需要一些激励，两人便不断游说霍华德。

霍华德也开始认识到这场比赛的好处了。首先，一笔可观的奖金将拉近"海洋饼干"与"阳光公子"的奖金纪录差距，目前它还落后8.5万美元；此外，史密斯可能也乐于让自己训练的马和儿子训练的马较量较量，一如霍华德乐于和黎恩比个高下，于是他同意了。

克劳斯贝立刻出去联络，随后带回了很不错的协议，戴玛赛马场愿意提供2.5万美元的奖金，胜者全拿。"海洋饼干"负重130磅，里嘉若提115磅，比赛预定8月12日举行，距离是一又八分之一英里。伍尔夫骑"海洋饼干"，史贝克·理查德森骑里嘉若提。霍华德和黎恩掷铜板决定跑道位置，霍华德赢了，他挑靠内圈。

比赛之前一个星期，霍华德接到了一通很不寻常的电话，打来的是一位马场评审，对方说，纽约有一位赌客已经送来5000美元押里嘉若提，看霍华德敢不敢和对方赌1.5万美元。一个陌生人下这么大的注，当然令霍华德啧啧称奇，但他不是会对挑战退缩的人。他花了好一会儿才领悟到，原来他被骗了，那个神秘的"纽约赌客"其实就是黎恩。

与此同时，黎恩和克劳斯贝则全力以好莱坞式的手法来操办这场比赛，除了积极动员亲朋好友造势外，还任命戴夫·巴特勒（影星秀兰·邓波儿的制作人）当啦啦队长，更用"里嘉若提"的粉底白点标志做了400面小三角旗。克劳斯贝广做宣传，全市到处贴着海报，上面写着："查尔斯·霍华德对黎恩·霍华德，父亲对儿子，"冰人"伍尔夫对史贝克·理查德森，美国对阿根廷，一场空前绝后的对抗赛。"

新闻界却持保留态度，体育记者指出，这场多金的活动不过是为了让"海洋饼干"的存折更加丰厚而设计的闹剧。戴玛当局了解到霍华德和史密斯都可能有利益冲突的问题，决定不接受民众下注。尽管如此，赛马迷们仍热情不减，到了那个闷热的比赛日，大家还是如巨潮般涌至，为马场塞满2万名观众。还来了许多克劳斯贝的电影圈朋友，包括克拉克·盖博，都拿着粉底白点的小旗子就座。

快要开赛时，伍尔夫和理查德森约定，无论谁获胜，他们都会一起把奖金"存起来"或对分。

比赛一开始便是令人激狂的纯粹极速，在观众兴奋的尖叫中，"海洋饼干"和里嘉若提并肩飞出闸门。双方阵营都没什么讲步骤、分阶段的制胜策略，两位骑师均想立刻取得领先，结果是由"海洋饼干"获得领先，往第一个弯道奔驰时，它的头超越了对手，但始终无法甩掉里嘉若提。它们转过弯道，紧紧锁住彼此，长腿翻飞疾驰在后直道上。一寸一寸地，里嘉若提逐渐拉近距离，然后马鼻超越了"海洋饼干"。几步之后，"海洋饼干"又抢回领先。在八分之六英里处，它们已经比马场纪录快了 0.2 秒。1 英里的标杆在蹄下飘过，告示板上亮出速度：1 分 36.2 秒，马场纪录当场被刷新了 2 秒。

看起来，它们似乎不可能再维持这样的步伐了。在观众的跳跃呐喊中，两匹马扫过第二个弯道，直向终点冲来。理查德森打出手上所有的牌，对着伍尔夫的耳朵大吼大叫，想让他分心，或使他发火犯规而被判出局。

距终点还有八分之一英里时，理查德森感觉到里嘉若提开始不行了，这匹马向内一晃，肩膀和臀部都挤向个子比较小的"海洋饼干"。夹在里嘉若提与栏杆之间的"海洋饼干"无路可走，有那么可怕的一瞬间，它几乎要跌倒在栏杆下。但它随即稳住了身子，坚守自己的地盘，始终维持领先，而理查德森还是不断吼叫。

理查德森心里已经明白，"海洋饼干"打败里嘉若提了，情急之下，他使出了古老的"丛林战术"，伸手抓住"海洋饼干"的鞍布往后扯。伍尔夫简直不能相信，"史贝克，你在做什么！"他大叫，但理查德森死不放手。

现在"海洋饼干"是拖着里嘉若提跑了，伍尔夫无法摆脱它。以理查德森的手为舵，里嘉若提逐渐借力赶上"海洋饼干"，两匹马再度比肩，一步紧似一步地全力奔驰，但"海洋饼干"的头还是领先一些。而在它们的背上，伍尔夫和理查德森正殊死相搏。离终点 70 码时，理查德森突然放掉鞍布，抓住伍尔夫持鞭的手，伍尔夫在马鞍上拼命扭动，想挣脱理查德森。就是在这里，理查德森后来说，他伸腿勾住了伍尔夫的腿。如果"海洋饼干"往前冲，伍尔夫就会被扯下来，狠狠摔到跑道上。这场霍华德家的运动竞技，已经沦落为暗巷掐架了。

只剩下几码，伍尔夫急得抓狂，"海洋饼干"正拼了老命奋战，但被理查德森牢牢抓着，它没办法甩开距离。终点线横跨前方，而里嘉若提正奋力争夺领先地位。当时的赛马还没有防止犯规的上方和两侧监视摄影，所以里嘉若提如果先过终点的话，很可能也不会被取消冠军资格。伍尔夫既然不能把"海洋饼干"往前移，他就必须把里嘉若提往后推。

离终点 20 码处，伍尔夫终于挣开手，右手立刻抓住里嘉若提口衔之上的那段缰绳。飞越终点线的同时，他把里嘉若提的头向左后方拉高，而"海洋饼干"的头则向前一伸，"海洋饼干"先过终点了。扛着 130 磅，外加里嘉若提和理查德森，它仍以 1 分 49 秒完成一又四分之一英里，以 4 秒领先改写了马场纪录，相当于约二十五个马身。

在贵宾室里，奥斯卡·欧提斯神情怪异地望着终点线，因为他看到里嘉若提的头在终点前突然反常地抬起。他四周是一片欢庆之声，几乎没人注意到有什么事不对。记者都兴奋得不得了，有人称之为"长眼睛以来所见过最激烈的一场恶斗，真是杀得风云变色啊"。可是评审们站在内野终点线前的看台上，却什么都看见了。告示板上亮起"审查中"。

下马之后，理查德森立刻三步并作两步，跑去向评审指控伍尔夫犯规。评审于是召唤伍尔夫过来，一如向来的直率作风，"冰人"对他做的每件事都坦承不讳，但也解释了原因。评审叫两位骑师都出去，开始研商如何处理此事，而困惑不已的观众则在场内嗡嗡议论。

评审做出了判决，马场不能容许犯规行为，但比赛结果不受影响。记者询问评审到底有什么事情需要审查，但评审们拒绝说明，显然是出了事情，因为伍尔夫和理查德森都接到指令,在评审进一步开会决议之前,不得安排任何赛程。

两位骑师气冲冲地回到骑师室,相互破口大骂,好奇不已的记者一直跟着他们,于是听到理查德森骂伍尔夫拉他的勒口,伍尔夫也反控理查德森抓他的鞭子。伍尔夫还说,要是理查德森能暂停一下叫喊专心骑马,他的马搞不好还可能赢。

在优胜区里的克劳斯贝深感不妙,颁奖仪式一结束,他便赶去找伍尔夫和理查德森,赫然发现他们在骑师室里濒临开打,而且还是在众目睽睽下。他绝对不想要负面新闻,立即站到两人之间,叫他们住嘴。

次日早上,评审把伍尔夫和理查德森叫来,发表了惩处判决。不仅两人本赛季都不得参赛,评审还建议加州赛马委员会禁止他们参加加州任何马场的比赛,直到1939年1月1日。判决之严厉,已足以要求给出解释,但评审还是守口如瓶,因为担心以往赛马舞弊的不良行为再度复苏,他们想隐瞒这件事。

但原本就多疑且渴望丑闻的新闻界,见状反而更感兴趣了,他们认定评审隐瞒了什么了不得的大事,各种揣测因此出现。这种情势必然招致指控,而且也确实出现了。

比赛后4天,《圣迭戈太阳报》在头版上大肆报道内幕消息,匿名的报道指称,伍尔夫承认奉指示不要赢太多,让比赛"看起来惊险"及"竞争激烈"。报道还说理查德森知悉此事,便试图趁机赢得胜利,使他为"里嘉若提"押下的1500美元赌金能大赚一票,于是伍尔夫不得不使用肮脏手法来击退理查德森。

乍看之下,这则报道会引起如此的轩然大波,着实令人意外。因为只要伍尔夫想争取胜利,让比赛稍微惊险一点也无不当,而理查德森想赢更是没什么不对。可是在一个对赛马黑幕记忆犹新的年代,这已足以撼动视听。广播马上跟进,将之传送到全国各地。

漫天争议随之而起,理查德森和伍尔夫一致否认报道内容,但此次比赛已经被指为"套招"和"暗盘"了。霍华德看到报道，怒火骤然引爆，长期以来，他一直忍受外界对他赛马策略的不当指控，但这次却是对他名誉的打击，而且企图把他和以往那些赛马舞弊者归类成一伙，是可忍孰不可忍！

于是他请记者到下榻的旅馆大厅来，第一次，也是唯一一次，他在公众面前失去了往常的亲切镇定，几乎无法控制住怒火。他断然否认自己或史密斯曾做出该项指示，这则肮脏报道已是严重的诽谤。最具说服力的，是他最后强调的论点：以"海洋饼干"不论是部分还是全程都打破多项马场纪录的事实而言，所谓放水之说完全是荒诞不经。"如果"海洋饼干"或任何我的马不能以实力取胜，我今天就退出赛马界。"

戴玛赛马场的高层也支持霍华德，并指责该报道极为荒谬，但他们无法让洪水般的指控停息。开始有人主张不发给霍华德奖金，或者此次获胜不正式列入"海洋饼干"的优胜记录。

加州赛马记者协会认为，之所以会引发如此荒谬的局面，原因即在于缺乏官方信息，于是要求马场评审澄清事实原委。霍华德召开记者会的次日，戴玛高层终于发表书面声明，详细解释比赛时的状况：理查德森先抓住伍尔夫的鞍布，再抓他的鞭子，然后伍尔夫拉住里嘉若提的勒口。他们也强调，评审一致认为，即使没有犯规，"海洋饼干"还是一样会赢得胜利。

虽然外界的指控随之平息，霍华德却陷入了困境，因为他已经没有骑师可用。由于不知道接下来该怎么做，他只好取消"海洋饼干"的所有行程。

黎恩无意中为他的父亲解决了这个问题。他坚信理查德森对伍尔夫的犯规情节没有严重到足以今年都禁赛，而且发现有人曾用摄影机拍下比赛过程，便买下影片，自己没先看，就请评审和记者到索拉娜滩的一家戏院一起观赏。大家很高兴终于可以知道真相了，于是来了一大群人。灯光熄灭，影片开始播放。

黎恩的脸顿时一片通红，影片清楚显示，除了没开枪把伍尔夫射下马以外，理查德森简直把所有犯规动作都做齐了，伍尔夫明显是基于自卫才做出响应。记者于是纷纷主张取消对伍尔夫的惩处，而加州赛马委员会则以该场比赛并未开放下注、未对公众权益有所蒙蔽为由,在戴马赛马场的赛季结束后,取消了两位骑师的禁赛令。

通知一到,霍华德就立刻联络伍尔夫。"收拾行李,"他说,"我们要去东部找'海上战将'了。"

对抗越艰难，
斗志越高昂

1938年的夏天让位给了秋天，透过波士顿温斯洛普医院的病房窗户，波拉德望着天色逐渐昏暗。他并没有好转，医生为他的断腿反复进行了手术，但它就是不肯愈合。虽然他受伤已经快4个月了，却还是无法站立。原本强壮的拳师躯体简直萎缩成了一副骷髅，体重只有86磅，面容一下子衰老了好多，那年11月他庆祝29岁生日时，可以轻易地让人家以为他50岁了。他虚弱得连做最基本的动作都需要费尽吃奶之力，在朋友面前，他摆出勇敢的表情，向他们保证他会继续骑马，但他们并不相信，他自己也是。

他爱上了他的特配护士阿格尼丝·康伦，她是医院里每个小伙子的注目焦点，出身于一个重视门第的古董商家族，和只念到中学又没有固定住址的骑师判若云泥。但每天下午她来照料他的腿伤时，他不断以爱默生的诗句向她示爱，显然还告诉了她最隐蔽的秘密——他瞎了一只眼，因为他全心全意信任她。

不久后波拉德向她求婚，把阿格尼丝的家族吓得半死。"就像你突然决定和马戏团里的人结婚一样。"他的女儿诺拉·克里斯琴森说。当时波拉德根本是

▲ 1938年10月26日，适应了汤姆·史密斯自制的铃所发出的开赛铃声后，伍尔夫和"海洋饼干"在皮姆利科跑道上训练，并以火箭般的速度飙射而出。

(MORGAN COLLECTION/ ARCHIVE PHOTOS 提供)

奄奄一息的状态，阿格尼丝以为他没办法活下去，可是他有某种特质非常吸引人。后来认识他们的人说，波拉德让她从自己身上获得解放，似乎她内在有一部分渴望和他一样狂野，阿格尼丝也果然做了一件疯狂的事。

在艾蒙顿波拉德的老家，波拉德寄来的信翩然滑入信箱，阿格尼丝答应了。

才刚度完蜜月的范德比尔特也没闲着，这位26岁的皮姆利可赛马场负责人，一直没放弃为"海上战将"与"海洋饼干"举办对抗赛的计划。当贝尔蒙特和萨福克的努力都功败垂成时，他又重新琢磨起这个计划，并且花了一个夏天来等待，等待两匹马达到体能巅峰，也等待要求双方一决高下的呼声再起。

1938年9月，时机似已成熟。当"海洋饼干"一整个夏天都在劫掠西岸时，"海上战将"也以连续4场胜绩横扫东岸。然后瑞都做了一件非常不像他个性的事：9月中的一个社交晚宴上，他宣布愿意为他的马和"海洋饼干"的比赛押2.5万美元。霍华德闻讯雀跃不已，但他知道瑞都的怪脾气，因此他没有直接找瑞都协商，转而透过新闻界施压，声称时间地点都可以由瑞都指定，"海洋饼干"随时候教。范德比尔特觉得现在该让他的皮姆利可赛马场掺一脚了，但他的筹码有限，上次贝尔蒙特马场提出了10万美元的奖金，可是皮姆利可只拿得出一小部分。而且瑞都的气还没消，因为去年皮姆利可的开赛评审吉姆·米尔顿对"海上战将"动夹子，所以瑞都仍然坚守不到那里参赛的誓言。

范德比尔特认为他可以说服瑞都放弃纠葛，可是正要联络时，瑞都又似乎完全收回了自己的提议，宣称不会让任何比赛干扰"海上战将"的竞技生涯时间表，它现身于贝尔蒙特的骑师俱乐部金杯赛后，将再以新英格兰两场7500美元的比赛为它的赛马生涯画下句点。然后这匹4岁的马将金盆洗脚，从此退隐山林。

霍华德已经把"海洋饼干"带来贝尔蒙特了，原本希望能安排对抗赛，闻讯不禁满心郁闷。他和史密斯都不想参加骑师俱乐部的金杯赛，因为他们从来不喜欢在群体战里和"海上战将"遭遇。霍华德想说服贝尔蒙特马场再办一场对抗赛，但他们毫无兴趣。之后，霍华德让"海洋饼干"在狂风暴雨中扛着128磅参加曼哈顿负重赛，它获得季军，浑身湿透，从头到脚全是泥巴，狼狈得一塌糊涂，令贝尔蒙特高层更加兴趣欠缺。至此，霍华德觉得举办对抗赛的最后机会恐怕已经流失，几乎所有人都有同感，除了范德比尔特。

他是位精力充沛的外交家，认为自己可以敲成这项协议，便独自穿梭于双方阵营进行游说。他挖空心思，通过各种途径，终于和瑞都接上头，接着对瑞都大加奉承："还用说吗？'海上战将'当然一定会把'海洋饼干'打得满地找牙嘛。"范德比尔特也提出了一个合理的初步方案：他会让享誉马界的皮姆利可特别赛改成两匹马的对抗赛。因为"海上战将"曾赢得1937年的皮姆利可特别赛，他知道皮姆利可的条件足以吸引两位马主，因为两匹马都曾在皮姆利可一又十六分之三英里的跑道上缔造胜绩。范德比尔特还建议避开周末，将比赛日期定在11月1日，星期二，以期观众不致超过马场的负荷能力。

至于奖金，范德比尔特知道两人都想要10万美元，但他积极劝说他们，强调金额低的奖金比较好，因为这样赛马迷就能了解这场比赛纯粹是为了运动。"我告诉他们，"范德比尔特说，"你不是为了钱而跑，而是为了能参与一场最受欢迎的竞赛盛事。"瑞都和霍华德都听进了这番话。范德比尔特最多只能提出1.5万美元，而为了对彼此表达诚意，他还要求双方均缴纳5000美元的押金。

瑞都终于回应了，"如果他们同意我开的条件，我就参加比赛，不过我不认为他们会。"他的条件是接受奖金的金额，只要两匹马都负重120磅。此外，他要开赛评审吉姆·米尔顿滚出去，改聘贝尔蒙特马场的开赛评审乔奇·卡西迪。最后，瑞都坚持采用那种没有门扇、可以直接穿越的古董闸门。

第一项要求毫无问题，霍华德当然欢迎比较低又对等的负重；第二项比较困难，但米尔顿获悉后，主动请求回避那场比赛；第三项似乎无法实现，因为在对抗赛里,初期即取得关键领先地位的马通常可以获胜。观察家认为,即使在一般的闸门里,和开跑速度慢得可以名留青史的"海洋饼干"相比,如子弹出膛的"海上战将"已具备相当优势了,如果又是在可以直接穿越的开放式闸门起跑,那么"海上战将"无异于如虎添翼。大家公认,只要"海上战将"是从开放式闸门起跑,之后必然能一路领先。

霍华德对开放式闸门抱怨了半天,史密斯考虑之后告诉他,如果用开放式闸门,就要用铃声来开跑,而不只是以传统的旗子标示,而且不要司闸员。范德比尔特同意了,霍华德签了约,附上 5000 美元。

好了,现在还差一人。范德比尔特带着合约到纽约旅馆找瑞都,他却已经去火车站了,范德比尔特再赶去车站拦住瑞都。瑞都仍然犹豫不决,范德比尔特坚持不签就不让他上车,最后瑞都让步了。范德比尔特回到马里兰时,马场的人莫不欢声雷动。全国瞩目的 11 月 1 日皮姆利可特别赛即将开锣,这次,没有任何事情能阻挡了。

范德比尔特注意到一件奇怪的事:霍华德虽然对闸门的事公开发牢骚,私下却好像很高兴。"霍华德爱死它了,"他回忆道,"爱得要死。"原因就是汤姆·史密斯,他一直暗自期盼瑞都要求使用开放式闸门,而且似乎也指示过霍华德先略作抗议再勉为同意,这样就不会有人对他的策略起疑心了。大家以为他顶多是要让"海洋饼干"在初期把落后差距缩小到合理范围内,但史密斯的野心远胜于此,他对朋友说:"我要给他们这辈子最大的意外,我会让'海洋饼干'一开始就领先。"

波拉德正躺在病床上和戴维·亚历山大聊天时,电话响了,是伍尔夫打来请教他要如何骑"海洋饼干"。"冰人"和几乎所有人一样不认同史密斯,认为老天爷赐给"海上战将"的速度就是比"海洋饼干"快。但波拉德出乎他意料之外地说,如果铃一响他就把"节流阀"踩到底,"海洋饼干"保证在第一个弯道前就可以领先"海上战将"。他告诉伍尔夫,率先超前之后,在后直道要伍尔夫和史密斯再三重复这样的训练，那个自制的铃效果完美无瑕，"海洋饼干"逐渐能以爆炸般的力量冲出起跑线。

接下来的那个月，整个国家的心都吊在半空中。"海上战将"和"海洋饼干"的名号挂在每个人嘴边，相关的报道占满了报纸版面，而双方支持者的对立也愈演愈烈，深化成狂热的东西大对抗。连罗斯福总统也被炽热浪潮所席卷，但他始终不透露支持哪一边。"整个国家已经分裂成两个阵营，"《旧金山纪事报》的狄佛·包恩写道，"一辈子没看过赛马的人现在也选边了，如果比赛再延迟一个星期，支持'海上战将'的美国人就会和支持'海洋饼干'的美国人爆发内战了。"

后场区的压力逐渐升高，大家都越来越焦躁紧张。到了抽签的时候，双方都希望抽到靠内圈的位置，因为如果一直待在那里，就保证能抢到跑道上最短的距离。如果"海洋饼干"抽到内圈，专家相信它便可能有一丝获胜的机会。如果"海上战将"抽到，那么他们相信，比赛还没开始就已经结束了。

"海上战将"抽到了内圈。

对波拉德来说，那些日子是悲喜交集的。戴维·亚历山大来看他，发现他极为开心，正沉醉在爱河中，也正打算开始尝试走路，而且院方告诉他，他或许可以在11月初出院。

订婚带回了波拉德往昔的乐观，他深信自己将能再度骑马，虽然只要对他床单下棱角突出的瘦弱身体看一眼，就会得出相反的推论。他说话时，处境之痛苦溢于言表，"也许我是在自夸，也许不是，但还是没有人能像我一样骑它，"他说，"我没办法告诉你为什么，我只知道就是这样，它想为我跑。即使我得挂着拐杖，我还是可以骑'海洋饼干'；也许我再也不能骑别的马了，但只要有人推我上鞍，我还是可以骑它的。"

压制"海洋饼干"的速度,当可辛格让"海上战将"发动冲刺时,波拉德说,伍尔夫要做一件所有人完全料想不到、恐怕也是前所未有的事——让"海洋饼干"追上来。

这是一个令人目瞪口呆的计划。"也许你可以称之为马的心理学,"波拉德向亚历山大解释,"一旦别的马给了'海洋饼干'好看,它会激发出前所未有的力量。领先的话它可能有时候会吊儿郎当,以为自己稳赢了。可是战况愈艰难,它的斗志就愈高昂。"波拉德深信,"与其想一直保持领先,不如让'海上战将'挑战它,'海洋饼干'反而会跑得更快更拼命。"

这个结论基于两项假设,除了"海洋饼干"阵营以外根本没人会认同:"海洋饼干"拥有足以打败"海上战将"的速度,以及足够的斗志,在骑师牺牲了它的领先优势后还能反攻制胜。伍尔夫很快就同意了第一项,对第二项却比较难认同。但他承认,他的朋友比他更了解"海洋饼干",便也接受了波拉德的观点,将这场比赛视为对坚忍意志的考验,而他从来没见过不屈不挠如"海洋饼干"的马。"'海洋饼干'就像一块钢,坚不可摧,"他曾说过,"它是不死不休的。"

比赛协议敲定次日,史密斯来到皮姆利可赛马场,试了几次铃,再回马房,用木板、电话、闹钟等材料自制了一个铃。

通常"海上战将"会比"海洋饼干"先到场上晨操,无可避免地,总有几百人散布在场边瞻仰这位"三冠王"得主的风采。康威把"海上战将"牵回战人昔日的马房,接着再回来看史密斯和"南瓜"陪着"海洋饼干"和伍尔夫上场。

史密斯把马带到起跑的终点前直道顶端,旁观者看到他自制的铃,不禁窃窃议论,带着疑惑的表情,望着史密斯来到马身边,退后一步,然后按铃,让"海洋饼干"如火箭般飙射而去。

伍尔夫灵巧地催促它,通常只让它快跑一段后就回头再练一次。日复一日,亚历山大告辞前，这个红发小子向他做了预测。'海洋饼干'，"他说，"会以四个马身获胜。"

"海上战将"阵营仍然信心满满，康威默默加强爱马的持久力，并且每天去栏杆边看"海洋饼干"独特的喂饲方式，观察它的动作，不发任何评论，又回到"海上战将"身边。瑞都马厩的人都知道史密斯想提高"海洋饼干"的起跑速度，可是大家根本无法想象还有别的马出闸比"海上战将"快。霍华德马厩的人宁可让对手继续保持这样的想法，因此对比赛策略讳莫如深。

比赛前一天，全部训练都已大功告成，似乎让人家知道他们的想法也无妨了。于是，霍华德坐在皮姆利可的贵宾室，在记者的围绕下直截了当地宣示："'海上战将'没办法打败'海洋饼干'，它跑不赢它，也打不败它。"接着是一阵尴尬的沉默，有人礼貌地改变了话题。

稍晚，伍尔夫收到一封电报，是波拉德拍来的："有一个办法一定可以让'海洋饼干'赢，那就是你骑'海上战将'。"

那天，全国的记者陆续接到了纯种马年度风云榜的选票，大家都把选票上的年度风云赛马栏空着，要等到星期二晚上才填。

比赛前一天晚上，一场场兴奋狂热的赛前庆祝会，令巴尔的摩为之闪耀喧闹。而在皮姆利可的大门内，一切悄然，一个瘦长的身影走来，手持一支手电筒，是伍尔夫。跑道上的雨水并没有干透，他担心"海洋饼干"要和潮湿的土地对抗，因为如他所说的："'海洋饼干'喜欢听到自己的蹄声。"一面走，这位骑师一面用手电筒来回探照跑道，寻找最干最硬的路径。

在终点前直道的顶端，伍尔夫停下了脚步，试踩着下面的土地。在土表之下，他可以感觉到一条比较坚实的路，是最近驶过跑道的牵引机留下的车辙。伍尔夫发现，这条车辙绕了整条跑道一圈，就在离栏杆几英尺的位置。

现在他知道次日下午铃响后他该怎么做了,他后来回忆道:"我就想,伍尔夫,到这条路上,然后一直沿着它跑。"在黑暗中,乔治·伍尔夫一遍遍踏过,直到把路径完全记熟,接着默默离开跑道。

"我知道那条路,"他后来说,"就像驾驶员知道电台的电波一样。"

▲ 1938年11月1日,公认的史上最伟大的一次赛马,"海洋饼干"和"海上战将"通过终点前直道,冲向终点。

(© BETTMANN / CORBIS 提供)

再战一次！

霍华德接到了一封电报："请帮我押 200 美元，我们的马会赢五个马身。波拉德。"霍华德依言替他下注，自己也押了 2.5 万美元进去。

他来到后场区，和伍尔夫一起散步，途中遇到了菲茨西蒙斯，便停下来聊这次比赛。菲茨西蒙斯很喜欢波拉德在初期争取领先的策略，可是和史密斯、伍尔夫和波拉德一样，他也认为这场比赛不会取决于速度，真正起决定性的因素是决心。其中有一匹马会在终点前直道上崩溃，另外一匹则将以毫无争议的全美冠军马地位返回终点。

上午 10 点，早在开赛前六个半小时，大批观众就砰砰拍打着马场栏杆要求开门。范德比尔特一开门，人群就如洪水般涌入，来自全国各地的车龙堵塞在通往马场的每条马路上，观赛外国贵宾的人数竟是平常日子的全部观众数。观众席到处人头攒动，范德比尔特不得不让观众进入内场。下午三点半比赛马匹亮相，披着白毯、尾巴扎着黄缎带的"海上战将"滴溜溜地打转，"海洋饼干"披着红底绣白色 H 字样的毯子继而登场。观众席和贵宾席里有 3 万名观众，内场还有 1 万人待在距内圈栏杆约 10 英尺的围篱区域内。另外更有数十名赛马迷爬上障碍赛的栏杆，压得它们不住晃动。但仍有约 1 万人无法进场，只好攀上马场外的每个屋顶、篱笆、树干和电线杆，希望能看到一点动静，这道人墙绵延长达 1 英里。

两匹马来到上鞍区，迎接它们的是紧张的脸孔。霍华德焦躁不已，瑞都显得又瘦小又衰老，可辛格的表情活像在祈祷。玛赛拉上前把一个照护旅行者的圣徒徽像别在"海洋饼干"的鞍布上，"这会带给你好运。"她低声说。那天是万圣节。

在这个紧绷的场景中，如和风般吹来了乔治·伍尔夫。"冰人"一派怡然，和现场每个人都呈现出耀目的对比。他脸颊上鼓着一坨口嚼烟草，轻盈地跨鞍上马，然后吐出烟草。

突然出现了紧张的骚动，开赛铃坏了，没有其他选择，马场人员只好商借史密斯自制的铃一用。史密斯说好，有人便把那个怪模怪样的红木盒子拿来给卡西迪。几年之后，《赛马日报》的记者彼得·派德森注意到，当回忆这次事件时，"汤姆的眼睛就像两面发亮的镜子。"让人不禁猜想这个老牛仔和那只铃的霉运有没有什么关系。

4 点钟，两匹马分开一汪人海，在全场紧绷至极的注视下迈上了跑道。"海上战将"先行，一路打转，头不断上下点动。身材粗短的"海洋饼干"沉重地尾随在后，头垂得低低的，一度抬头扫视观众，然后又再低头。《华盛顿邮报》的雪莉·波维奇认为它展现了"彻底、全面且强烈的淡漠"。

外表其实是骗人的，伍尔夫可以感觉得到。他已习惯了亮相时"海洋饼干"平稳的行进，以及小心放下马蹄的温柔步伐。但今天伍尔夫感觉到前所未有的东西，在他下方，集结了一种像弹簧般的东西，这匹马正在蜷缩蓄势。

NBC 的广播员克雷·麦卡西想回到贵宾室播报，却根本挤不过汹涌的人潮，只好抱着麦克风爬上马场外栏直接进行现场转播。他的声音传向了 4000 万名听众，白宫里的罗斯福总统也听得入迷，比赛结束后才出现，让一屋子的顾问苦候大驾。记者成群挤在栏杆边和记者室，"海上战将"是大家的最爱，约95%的人看好它，只有一小群好战的加州记者倾向"海洋饼干"。场上的忠诚分野则较为模糊，"海上战将"在投注中大受青睐，但混在人群中的记者发现，大多数来观赛的观众却始终支持那匹暂处下风的马。

包厢里的格拉迪斯·菲浦骄傲地俯视"海洋饼干"，她对"海粮"的信心终于验收了。"海洋饼干"在史密斯手下开始获胜后，一度礼貌但坚定拒绝"海粮"的克雷伯牧场改变了心意，把"海粮"的配种费从零提高到可敬的250美元。当"海洋饼干"风暴席卷东岸时，他们又把配种费加倍。如今，在"海洋饼干"挑战"海上战将"之际，"海粮"的配种费已跃升到1000美元。

就在她附近，菲茨西蒙斯也正望着这匹马，手里拿着一张马票，押的是"海洋饼干"。

由于跑道圆周是1英里，而比赛距离是一又十六分之三英里，因此起跑点设在终点前直道的顶端，马大概要绕跑道一又四分之一圈。当"海上战将"走向司旗员和开赛评审旁边的起跑线时，伍尔夫则对准"三冠王"著名的纤细神经下功夫，让"海洋饼干"进行一场漫长而慵懒的热身，先是翩然飞越敏感的对手身边，接着又往与比赛相反的方向跑。卡西迪命令他把马带过来。"卡西迪先生，"伍尔夫心情极佳地回道，"我奉命开赛前要先让'海洋饼干'热身一下啊。"

跑到八分之五英里标杆处，伍尔夫才拉住"海洋饼干"，将它转向观众席。有很长一段时间，一人一马静静站在后直道上。"海洋饼干"一面凝视人群，一面在阳光下轻轻动着身体。伍尔夫仔细审视"海上战将"，看着它在起跑点上发飙转圈。

伍尔夫让"海洋饼干"小跑回去，到"海上战将"旁边停步。司旗员举起手，卡西迪的手指放在史密斯的铃钮上，"海洋饼干"和"海上战将"一起向前走，两位骑师都盯着卡西迪，万千观众吸了一口气。

在最后关头，伍尔夫觉得有点不对，右缰一拉就把"海洋饼干"带出。可辛格也拉住"海上战将"，后者则气得不住踹来踹去。它们再度比肩齐行，但这次是可辛格把马拉开,两匹马于是再回头。试第三次时,伍尔夫高声对可辛格说:"查理,这样是没办法开始的,我们不能同时看开赛评审和马,不如我们一起看着马前进,头一对齐我们就自己开跑,卡西迪看到了一定得跟着打铃。"

可辛格点点头,双方第三次一起前进,两位骑师都望着对手马的鼻子。伍尔夫拉紧左缰,把"海洋饼干"的头向左弯,让它看清楚自己的对手。两匹马现在完全齐头,伍尔夫知道就是这次了,他突然冒出:"查理,小心啊,'海洋饼干'很能踢,我可不想你或你的马受伤了。"

可辛格一听傻了眼,困惑地瞪着伍尔夫,然后重整心神,将视线拉回到"海洋饼干"的鼻子。司旗员的手高高挥起,在包厢里的玛赛拉紧闭住眼睛。

两只鼻子一起通过起跑线,旗子挥下,整座噤声不语的马场随着史密斯的铃声哗然而起,就在同一瞬间,"海上战将"和"海洋饼干"冲出了起跑线。

伍尔夫先前在"海洋饼干"身上感觉到的那种蜷缩,释放成了巨大的下压力量,从背到臀到腹部,一条条肌肉在奋力鼓胀,将抽击传入他的衣服底下。伍尔夫往前倾,脚向后伸,把自己当成压舱重量。"海洋饼干"伸腿迈步,马蹄抓住面前的土地,然后往后推。在它旁边,"海上战将"也正撕扯着跑道,全力向前飞奔。"海洋饼干"的前腿将跑道拉过身下,再抛到身后。伍尔夫把它向内拉,使它靠近"海上战将",也让它看着对手。40码了,两匹马并肩疾驰,锐利而不规则的步伐逐渐变成极长的跨步,速度不断加快。

一股震惊横扫了观众,使尽所有力量的"海上战将"竟然开始落后了。"海洋饼干"的鼻子超了过去,然后是它的喉咙,然后是整个脖子。麦卡西的声音突然变得战栗,"'海洋饼干'超过它了!""海上战将"全力扬蹄,拼得后腿都快踩到肚带了,却仍然无法追上。

可辛格瞬时领悟到一件令他无法置信的事:"海洋饼干"更快。在记者室里,加州帮发出了震耳的吼声。

过了十六分之一英里,"海洋饼干"已经超前半个马身。观众迷了心神,竟有几千人突然越过内圈围篱,跑到"海洋饼干"的路径上又鼓掌又挥手。耳朵摊平、目光直视前方的"海洋饼干",似乎根本没看到他们。

伍尔夫也没有。他的眼睛锁定在那条牵引机的车辙上,但"海上战将"跑在它上面,伍尔夫必须把距离拉开到足以绕过"海上战将",于是他让"海洋饼干"继续飞驰,当他们第一次通过终点线时,已经领先了两个马身。伍尔夫回头看看左右,左缰一拉,让"海洋饼干"滑入"海上战将"的路径,直到感觉踏上了那条坚实的车辙。接着他打直背脊,下巴压到"海洋饼干"的鬃毛上,飞向弯道。

后方的可辛格陷入了震惊,不禁咧开嘴咬紧牙关,仅仅几秒之内,伍尔夫和"海洋饼干"就偷走了他的跑道,令他的跑道优势和神速起跑的传奇烟消云散。可辛格并未惊慌失措,"海上战将"虽然被超越了,但还是跑得很好,而且拥有"三冠王"的持久力。康威花了几个星期训练出它的斗志,而史密斯却没有对"海洋饼干"的持久力下太多功夫。对如此漫长的距离而言,"海洋饼干"跑得太快、太快了,不可能持续下去的。于是可辛格拟定了新的作战策略,让"海洋饼干"在领先过程中耗尽精力,然后他们再超越它。他让"海上战将"紧跟在"海洋饼干"之后,鼻子接上"海洋饼干"的尾巴,就这样等候着。

两匹马进入第一个弯道时,伍尔夫想起波拉德的建议,便把缰绳略微放松,感觉到马的身体升高了、跨步也缩短了。他的动作只略多于一点点轻微的手势,但却意味着可辛格不是得放慢速度,就是得移到靠外的跑道。可辛格选择了后者,将"海上战将"转向外侧。"海洋饼干"以领先一个马身的优势转入后直道,伍尔夫一直把它的下巴往下拉,"海上战将"紧追在后,鼻子在"海洋饼干"右臀后方上下点动。

栏杆边的模糊脸孔越来越浅淡,最后完全消失,群众的喧闹也淡化成遥远的隆隆声,只剩下"海上战将"和"海洋饼干"独自对决。除了漫长的后直道,前方什么都没有,伍尔夫开始执行波拉德的指示,回头向可辛格喊道:"嘿!

跟上来啊！我们应该要来场比赛的嘛！你在后面拖拖拉拉干什么啊？"

可辛格研究了一下状况，担心走内圈会被伍尔夫卡在栏杆边，于是把"海上战将"拉向右侧。在 23 场比赛的显赫生涯中，包括"三冠王"大赛和每场令人口沫横飞的比赛，从没人真正见过"海上战将"火力全开，现在可辛格请它使出全力。还有八分之五英里，他伸手往"海上战将"屁股打了一鞭，"海上战将"立即衷心响应，以巨大的冲力向前腾越，削去"海洋饼干"的领先差距。群众响起叫声："它来了！它来了！"伍尔夫听到声浪，明白发生了什么事。几个跨步，"海上战将"就抄到他身边，头部追上"海洋饼干"的肩膀。再几步，它就追平了。可辛格心想：我要赢了。整个观众席都在颤抖。

伍尔夫放松手指，让缰绳溜出一两寸，"海洋饼干"随之拉开缰绳，低下头，开始加速。波拉德的策略、伍尔夫的机智和史密斯的训练，在一场原本赢不了的比赛里，给了"海洋饼干"一个机会。从这里开始，就全靠它自己了。它把一只耳朵转向对手，听着它，看着它，拒绝让"海上战将"通过，战火正式引爆。两匹马跨出长腿，它们的步伐完全同拍，跨距均长 20 英尺，肩膀和臀部相磨，头部一起扬起和伸出，长腿和谐无间地同时屈起和打直。标杆"嗒嗒"掠过，在骑师的眼角余光中一闪而逝。这种速度根本是不可能的，在 1 英里标杆处，一项屹立 15 年的速度纪录陨落于它们脚下，以将近 1 秒的差距被打破。

它们呼啸扫过后直道，彼此挨着身体进入最后弯道，步伐仍然同步起伏。可辛格开始对他的马叫喊，声音立即飞落身后，他伏向"海上战将"的脖子，身体挂在马的右侧，铆足所有力量骑驭。"海上战将"四蹄疾如挥鞭，将自己的潜能越掏越深。观众席已经沸腾了，有个又叫又跳的记者差点从记者室窗口摔下去，还有数十位观众已经激动得昏倒。

它们继续奋战，转过弯道向观众冲来。伍尔夫静止不动，眼睛锁定"海上战将"的头，他看到"海洋饼干"也正直视着对手，"海上战将"回瞪它，眼睛睁得大大的。伍尔夫看到"海洋饼干"的耳朵摊平，明白菲茨西蒙斯所说的时刻快到了，有一匹马会崩溃。

在 4 万声呐喊的驱策下,"海上战将"找到了新的力量,它的头超前了。

伍尔夫看着"海上战将"美丽的身体,如镰刀般划过空气,从这匹马镶着深红与白色边眼罩下的琥珀色大眼睛里,他可以看到"海上战将"奋力的深度。"它的眼睛在眼眶里一直转,好像非常痛苦。"伍尔夫后来回忆道。

一瞬间之后,伍尔夫感觉对手出现了一丝轻微的犹豫,一点点的动摇。他再看看"海上战将",这匹马的舌头已经挂出嘴角,"海洋饼干"打垮它了。

伍尔夫当下压低身子,朝"海洋饼干"的耳朵叫唤,请它拿出所有压箱底的本事来,而"海洋饼干"也果然照办。"海上战将"试图响应,紧攀着"海洋饼干"跑了几步,可是没有用,它从"海洋饼干"身边滑落,仿佛重力将它往后拉。"海洋饼干"的耳朵再度竖起,伍尔夫随即挥出小小的手势。

"再会了,查理。"他铸造出了一个骑师将沿用数十载的名句。

贴地奔驰的"海洋饼干"如风飞掠,由于观众涌进内场,前方的跑道愈显狭窄。内场有道障碍栏杆被压垮了,一群人突破警方警戒线,现在都站在终点线旁的内圈栏杆边,为"海洋饼干"加油打气。麦卡西的声音嘶哑地灌入麦克风,"'海洋饼干'领先三个!'海洋饼干'领先三个!"他从来没听过如此的欢呼。"海洋饼干"摆着耳朵如风袭来,简直令人不敢置信,观众万臂挥舞,众口齐张,内场伸出了几千只手,想摸摸快闪而过的它。

当再也听不到"海上战将"的蹄声时,伍尔夫回头,看到约 35 英尺之外的那个黑色身影,仍然努力想追上来。他对"海上战将"估量错了,"海上战将"是有斗志的,伍尔夫感觉到同情的刺痛。"我在'海上战将'的眼里看到某种让人怜悯的东西,"他后来说,"它看起来好像全碎了,我想它再没办法好好面对其他比赛了。马啊,先生,就跟人一样会心碎的。"

"冰人"打起精神奔向终点,脸压得低低的。"海洋饼干"以四个马身的领先差距,取得了历史性的胜利。

"海洋饼干"似乎在身后造成了无法抵挡的真空,将赛马迷吸了过来,成千上万的男女老少纷纷跳过栏杆涌进场内,在它后面跟着跑,无视警察的制止,他们疯狂地又跳脚又拍手。

玛赛拉泪水盈眶,霍华德起身欢呼,瑞都则放下望远镜,转向霍华德,露出虚弱的笑容,双眼因震惊而张大发亮。接着他匆匆走出包厢,"一场很好的比赛。"他说。霍华德冲出包厢,和每个人握手,来到优胜区,他马上就被摄影机淹没。史密斯和范德比尔特也来了,3人在记者和赛马迷的推挤中拼了命才能站稳脚步,霍华德无法控制自己的狂喜,开心得和赛马迷一起跳上跳下。

告示板亮出比赛纪录,令群众再度欢声雷动,"海洋饼干"以1分56.6秒跑了一又十六分之三英里。自从南北战争结束以来,皮姆利可马场多彩而传奇的历史中,几千场比赛里,没有一匹马曾在这段距离跑得这么快过。

伍尔夫将"海洋饼干"掉头,小跑进入人群,他完全虚脱了。"上气不接下气,"麦卡西说,"而且脸色几乎跟袖子一样白。"伍尔夫在观众席前停下马,群众立刻包围了他们,高叫着:"乔治!乔治!"几百只手触碰着伍尔夫的腿、抚摸着"海洋饼干"的罩袍,但这匹马只静静站在混乱当中,尾巴高举,肋骨在喘息下缩陷又鼓出。史密斯在警察的帮助下排开人群,脸上带着骄傲与冷静,把他这匹尊贵的小马牵往优胜区。霍华德见到"海洋饼干",开心地拍拍它的鼻子,整个人顿时神采奕奕。

史密斯将黄菊花做的花毯披在"海洋饼干"脖子上,尽管周围形同暴动,"海洋饼干"却完全不受影响,开始从花毯上扯下花朵吃起来。霍华德拔了一朵别到衣领上,观众于是也要求拿一朵当纪念。史密斯自己拔了一朵,接着将整个花毯抛向群众,这是他极为罕见的狂喜时刻。一阵高兴的呼喊后,花朵消失无踪。

可辛格指挥"海上战将"绕过这些庆祝活动,来到观众席前停下,接着垂头丧气地坐在鞍上。"海上战将"已经跑出毕生最精彩的比赛,也写出至今这段距离的最佳纪录,可是它还不够好。康威挤过赛马迷,来到爱马面前检查它的腿,既完好又清凉,接着便转身走开。有记者请他发言,"不要!不要!"

他说,"没什么好说的。"随即消失在人群中。

可辛格勇敢地露出笑容,滑下马鞍,站在那里看了马一会儿,低声对着马耳朵说了些话,然后走开。在三五位赛马迷的寂寞掌声中,低着头的"海上战将"被牵回了马房。

史密斯终于允许自己露出一点笑容了,伍尔夫转向他说:"要是波拉德今天能看到'海洋饼干'跑就好了。"

"是呀,"史密斯回道,脸上的笑容逐渐消减,"不过我觉得那个红发小子好像始终是和你在一起的,乔治。"

史密斯回马房察看"海洋饼干",伍尔夫换好衣服之后,也站在门边看"海洋饼干"安顿下来。这匹马精神奕奕,在马房里到处走动玩耍,伍尔夫觉得它看起来好像还没比赛似的。

在整整2个月后,"海洋饼干"将满6岁,对赛马而言算是年纪比较大了,大部分的马此时已经开始当种马。记者想知道霍华德是不是准备让他的马退休,霍华德摇摇头,击败"海上战将"一直是次要目标,查尔斯和玛赛拉最大的心愿是让"海洋饼干"赢得圣阿尼塔负重赛,因此这匹马将继续接受训练。

霍华德终于放他们走之后,记者们回家填上年度风云马的选票。终于,"海洋饼干"成为年度风云赛马了。

戴维·亚历山大前来向波拉德道贺,"你觉得怎样?"他问。

"我知道它会这样。"波拉德说。

"会怎样?"

"把'海上战将'变成'海上败将'啊。"

伍尔夫来了信,里面是1500美元,骑师奖金的一半。

▲ 1939年2月14日的圣阿尼塔,"海洋饼干"扭伤左前腿之后,霍华德(右后方)和它的马夫正在给它做护理。

(© BETTMANN / CORBIS 提供)

第三章

SEABISCUIT
An American Legend

重生 坚不可摧

跛脚的骑师，
受了伤的马

波拉德在 11 月中拄着拐杖出院，此时的他已今非昔比，肢体伤残、面容衰老，骑师生涯告终，无家又无钱。霍华德夫妇要他到"瑞奇屋"和他们一起生活，波拉德接受了，并向阿格尼丝承诺，一旦他重新站稳脚步，就会来和她结婚。她望着他一拐一拐跳上飞机，不知他是不是能活着回来见她。

在"瑞奇屋"安顿下来后，波拉德决心让自己尽早痊愈重持缰绳，便丢下拐杖试图行走，这是一个错误，他踩到草地上的坑洞，结果脚又骨折了。巴布科克医生检查他的脚时，发现马萨诸塞的医生并没有把他的骨折处理好，只好再把脚截断重接。波拉德感觉，这次应该会真的痊愈了，因此毫不迟疑地接受了治疗。

严冬隆隆碾过马里兰州，带来一片冰霜，皮姆利可马场的跑道简直成了溜冰场，史密斯于是减少了"海洋饼干"外出的次数。冰霜一直不融，"海洋饼干"的体重也随之增加，已经 10 天没有在背上感觉到马鞍的存在，它在马房里焦躁不安，又肥又不耐烦。史密斯和霍华德商量之后，决定将"海洋饼干"送到南卡罗来纳州的哥伦比亚，在温暖的气候及安全的跑道上进行训练。

即使在那个荒僻地方，"海洋饼干"依旧人气鼎盛，一车车狂热的赛马迷长途跋涉而来，只为了看它晨操，还在一旁高声叫好。12月底，"海洋饼干"在练习时踢到自己的左前腿，撞伤了悬垂韧带，腿因此有点肿，史密斯于是让它暂停练习，"海洋饼干"的体重随之再度飙升。

记者来来去去，看到"海洋饼干"从膝部以下都缠上绷带，便询问史密斯缘由，而且问了一遍又一遍。史密斯也一遍又一遍地解释，那些绷带只是为了保护。接近圣诞节时，当地众多小报的众多记者再度提起这被问过无数次的问题，史密斯脸色不变地说："它四条腿全断了。"

记者们大惊失色，立即冲去报告编辑，并且噼里啪啦打出这条大新闻："海洋饼干"四条腿全部骨折，再也无法奔跑了。次日，全国各地的报纸都跟着报道了这则惊人事件。

霍华德刚从东岸来到加州，"海洋饼干"令他知名度如日中天。平·克劳斯贝和他一起去坦弗兰看赛马时，这位艺坛巨星发现自己竟被抛弃了，因为影迷和讨签名的人全围着霍华德。霍华德在晚报上看到史密斯说的话，但耸耸肩不以为意，因为如果"海洋饼干"真出了事，史密斯一定会马上打电话给他。第二天，史密斯一走出马房，就被大批急躁的记者团团围住。他一次又一次否认"海洋饼干"脚跛了，但花了两个星期，正确的信息才开始流传。

圣阿尼塔马场指定134磅给"海洋饼干"，这让霍华德很难接受。圣诞节过后次日，史密斯和霍华德通电话讨论此事，这位驯马师希望不要等希亚雷赛马场公布指定负重，先把"海洋饼干"从南卡罗来纳带回家。虽然"海洋饼干"的腿伤并不严重，甚至毫无跛态，但史密斯一直担心左前腿的那条悬垂韧带，因此希望在问题出现以前，它能回到它的老巢。

第二天晚上，沉沉夜色中，哥伦比亚全市都集结起来为"海洋饼干"送行。对一段总计已在铁轨上奔波了5万英里的竞蹄生涯而言，这将是最后一次的越州之旅。汽笛声响，赛马迷挥别，火车向西走了5天，所到之站莫不陷入赛马迷及记者的人海。在旅程中的某处，1938年悄然结束。这一年里，没有任何人在名声与人气上可与"海洋饼干"匹敌。从新闻数据可以发现，那匹小矮马在1938年吸引到的新闻报道，甚至超过了罗斯福等任何新闻主角。它与"海上战将"的对抗赛，可说是该年最重大的新闻，也是该世纪最重大的运动盛会。"这匹不会讲话的棕马竟能如此打动人心，"记者艾得·苏利文写道，"实在是最惊人的事了。"

赛马迷簇拥在圣阿尼塔的月台上，迎接"海洋饼干"一行的到来。霍华德旋风般扫了过来，"汤姆！"他简直是在吼叫，"它看起来棒极啦！新年快乐！"史密斯和霍华德一起走出去，焕发着骄傲神采。他们有理由得意，"海洋饼干"现在是既健朗又快乐，毫无跛脚迹象，速度也越发精进。唯一的麻烦是体重，足足增加了30磅，于是史密斯为它披上发汗罩，带它到圣阿尼塔马场去。现在史密斯已不再隐瞒爱马的练习状况，"我们认为它是大家的马，所以会公开训练它。"大家也确实爱死了这个做法，"海洋饼干"每次练习，都会有1万或更多的民众到场旁观。

而他们也如愿看到了精彩的演出。史密斯从来没见过这匹马有这么好的状态，它的练习是这个赛季的最佳速度，转弯时身躯在狂放神速中向内倾倒，角度大得害史密斯以为它就要飞出去了。随后他带"海洋饼干"回马房，取下4个蹄铁，霍华德拿它们铸成银质烟灰缸送给记者，史密斯则特别设计出转弯时抓地力强的蹄铁，因为"海洋饼干"的转弯扭力已经强到必须往外侧移一点位置了。

此时"卡雅"也大放异彩。史密斯打一开始就知道，这匹阿根廷公马将是"十万之马"。他想让"卡雅"参加"十万大赛"，但刻意不让马场评审看到太多，所以之前只让"卡雅"参加了8场中等层级的比赛。赢了其中6场的"卡雅"

进步神速,甚至能于晨操练习时与"海洋饼干"恶斗一番。

史密斯保密之功奏效,"卡雅"的指定负重只有 110 磅,负重宣布后,他不必再藏宝,便让"卡雅"参加一场预赛。结果竖起耳朵、摇着尾巴奔跑的"卡雅",差点打破了一项马场纪录。进入 1939 年圣阿尼塔负重赛的史密斯,现在简直连牙齿都武装好了。

该是让"海洋饼干"参加预赛的时候了,可是总有临时状况发生。有一次是跑道大得离谱,而且它抽到的位置边缘得就像从停车场起跑;第二次是雨水导致跑道湿滑。1 月变成了 2 月,负重赛是在 3 月,时间不多了。

2 月中,他们让它参加一英里的洛杉矶负重赛。比赛那天,习惯了比赛日那种忐忑不安的史密斯,突然有一种更阴暗的感觉,不安一波波向他袭来。他想,也许他给一匹上了年纪的动物太多工作了,这个念头整个下午都挥之不去,他开始考虑撤下"海洋饼干"。但霍华德坚持不让圣阿尼塔马场和赛马迷再度失望,史密斯讲不出具体的退赛理由,只好咽下自己的焦虑,选择继续参赛。

伍尔夫出闸如箭,随即冲至领先位置。"今日",1938 年的宿敌,在外侧紧追不舍,两匹马齐头飞越后直道,决斗僵持不下:八分之一英里,四分之一英里,二分之一英里,一段段里程逐一掠过,眼看着就要打破马场纪录了。"海洋饼干"的腿曾在圣阿尼塔漫长的后直道上伸出无数次,击入尘土,然后屈回腹下。每一步落地,都有约 2000 磅的力量落在前腿的骨头和软组织上。"今日"与"海洋饼干"兀自以创纪录的步伐倾身转入弯道,"海洋饼干"在此时改变领导脚,因此左前腿承受了最大力道。每跨一步,它都伸腿为轴,以近 40 英里的时速绷住转弯路径。伍尔夫完全不知道胯下的情形,要出事了。

在弯道中途,"今日"开始超前,"海洋饼干"全力奋战,但却逐渐落后。"今日"领先了一整个马身,然后移入内圈。伍尔夫把"海洋饼干"往外拉,要它绕过"今日",并用鞭子打了它一下。"海洋饼干"猛然一冲,左前脚重重落下。

伍尔夫听到一声尖锐的"啪"!

"海洋饼干"踩了一个怪异的滑步,头突然向下扯,伍尔夫以全身的重量往后倒,拉紧缰绳,硬把"海洋饼干"的头抬高,此时"海洋饼干"也伸腿稳住身躯,然后重整旗鼓再度飞奔。伍尔夫静静观察了好几步,看是不是有跛脚的感觉,可是完全没发现。也许,如果那天在马背上的是波拉德,他会感觉到节奏中的轻微滞塞,一如纸牌卡到了车辙,可是"海洋饼干"的步伐很难判读,伍尔夫并没有感觉到什么不对,以为"海洋饼干"只是绊到了跑道坑洞。

伍尔夫暂且放松下来,决定等进入直道再超越"今日"。他弯入终点前直道,走外侧以绕过"今日",接着犯下了他比赛生涯中最大的错误:他伸手向后,用鞭子打了"海洋饼干"的臀部。

"海洋饼干"立即加速,而他身下有什么东西突然崩断。伍尔夫现在可以感觉到步伐里的凝滞了:痛!他立刻在马镫上站起身,开始拉住"海洋饼干"。"海洋饼干"通过终点,以略多于2个马身之距获得亚军,"今日"刷新了纪录。

"海洋饼干"继续跑过跑道,伍尔夫希望让自己的体重离开马背,可是速度太快,如果现在跳下去,"海洋饼干"会服从马匹摆脱疼痛的本能,很可能会遍扫跑道而使伤势更加恶化。伍尔夫必须控制这匹马的减速,等跑到弯道时,他已经把速度降低到可以下马了,便一跃而下,拉紧缰绳让"海洋饼干"停下脚步。

他低头察看,腿上没有血迹,四条腿的结构看来都很正常。他牵着"海洋饼干"往前走几步,马的头不断上下点,左前脚举起在半空中。马夫慢慢把"海洋饼干"牵向观众席,伍尔夫则单独走回去。史密斯和霍华德都已经三步并作两步地赶过来,"海洋饼干"仍然举着脚,史密斯弯腰下去检查,伍尔夫站在一旁看着马,唇白如纸。霍华德奔来,看看"海洋饼干",然后转向伍尔夫,几乎要发狂了。

"你为什么那么做?"他大叫,"乔治,你为什么那么做!"

伍尔夫喃喃地说以为马只是绊到脚,他根本不知道马受伤了,接着他回到骑师室,心痛欲绝,取消了下一场出赛。

他们牵着"海洋饼干"走向马房,每走一步,它的头都要点一下。史密斯在后面观察,他看得出来,是脚踝出了问题。

霍华德的马厩乱成一团,马夫忙着拿冰块、药盐和膏药来敷"海洋饼干"的腿。降热夫牵着它绕圈子,无论受伤与否,它刚以接近世界纪录的速度跑完1英里,现在必须降温,但"海洋饼干"仍然一直点头。

"别忘了,"史密斯对霍华德说,"它在贝尔蒙特也跛过。"

"是的,"霍华德回道,"可是我从来没看它这样停下来,从来没有。"

史密斯没有回应,充满哀伤的安静笼罩了马厩。"海洋饼干"体温降低之后,史密斯察看它的腿,没有逆毛,没有破皮。他们牵它回马房,它的脚已经不跛了。兽医来进行检查,但并未做出判决,只说需要再过一段时间才能确定伤势,状况有可能糟到骨折或悬垂韧带拉断,也可能轻微到踢伤瘀血。无论是什么,兽医认为史密斯错了,出问题的是膝盖,他说,而非脚踝。

霍华德和史密斯整夜都跪在马房里,轮流为"海洋饼干"的腿倒上冰水。晚上"海洋饼干"在他们身边躺了下来,沉沉坠入梦乡,腿伸得直直的,他们仍继续为它冰敷。

当"海洋饼干"的眼睛在早晨睁开时,霍华德和史密斯还在。这匹马抬起头,把重量移到胸部,打算站起来,霍华德和史密斯都屏住了呼吸。"海洋饼干"弓起腰,伸出前腿,一撑,瞬间就起身了。它如常站在自己的伤脚上,将头埋进饲料桶。接着,"海洋饼干"低头吃地上的干草,它的习惯是吃的时候要立左腿、屈右膝,这样嘴巴才碰得到地。他们看着它低下鼻子,弯曲右膝,完全一如往常,然后它靠向左侧,用伤脚撑住身子,霍华德和史密斯吐出了一口气。

他们带它出去走走,"海洋饼干"没有一步出现跛态。接着史密斯要它向左急转弯,这是测试悬垂韧带的一招,但"海洋饼干"顿了一下。果然史密斯是对的,问题出在脚踝,不是膝盖。兽医拍的 X 射线片还要一阵子才会洗出来,现在大家只能等了。霍华德的时间都花在整理赛马迷拍来的关切电报上,有些还附上了治疗处方。

X射线片来了,没有骨折,伤处在悬垂韧带,可能已经拉断,但也可能只是瘀伤。兽医认为韧带断了,这匹马的职业生涯已经终结,时间自会揭晓答案。

一天天过去,"海洋饼干"大有改善,不但步行时不见跛态,连急转弯时都没有。3天之后,已经完全找不到曾经受伤的迹象。几天之后,史密斯带它去马场慢慢长跑一段,不用骑师,他骑在"南瓜"背上牵着"海洋饼干",在场有几百人旁观。霍华德站在栏杆边,透过望远镜观看。这匹马仍然显得很健朗,史密斯便逐步恢复练习,让它进行简单的跑步。看起来,它只是拐到脚,并没有导致更深的伤势。他们宣称,"海洋饼干"将如期参加"十万大赛"。

2月23日,史密斯带"海洋饼干"去跑道继续练习。它飞奔过跑道,步伐平稳均衡,接着又脚步一顿。骑师急忙站起,以全身重量扯住缰绳,"海洋饼干"的头再度上下点动。史密斯和霍华德不必对彼此说太多,他们都明白了。

"海洋饼干"的悬垂韧带已经拉断,霍华德失望得肩膀低垂,站在贵宾室的栏杆边,告诉记者,他们不会参赛了。

过了一个星期,由史密斯护送前往圣阿尼塔马场的是"卡雅",而不是"海洋饼干"。几分钟之后,"卡雅"飞弹般射过直道,赢得1939年圣阿尼塔负重赛冠军,玛赛拉和霍华德不禁喜极而泣。有人请霍华德发言。"哇,天呐,太棒了,"他回头,对着亲近的朋友说,"'卡雅'是匹很好的马。"他低声又说:"可是,它不是'海洋饼干'……"

圣阿尼塔马场把冠军奖杯颁给霍华德,另外也给了"海洋饼干"一个纪念杯。"我深以爱马为荣,"霍华德谈到"卡雅","可是我不得不说,如果是'海洋饼干'获胜的话,我会更高兴。"

漫长而痛苦的重生

阿格尼丝·康伦于1939年4月10日加入了雷德·波拉德的奇异世界。巴布科克医生终于把波拉德的断腿摆放到适当位置，他开始逐渐复原，初春时即跛着脚出院了。巴布科克郑重警告他：他的腿禁不起骑马的激烈动作，如果再赛马，他可能将一辈子跛脚，所以绝对不可以再上马了。

波拉德笑笑："那么我想，我得找人推我上马啰。"

波拉德住进"瑞奇屋"之后，随即要阿格尼丝过来完婚。他把手头上那一点点钱寄过去，要她挑一块她最想要的钻表作为结婚礼物，但她没买表，反而多买了张机票，让母亲能看到她出嫁。她本来想穿姐姐的华丽礼服，可是既然他们俩口袋空空，便必须一切从简。所以她带了一套简单的深蓝条纹套装、帽子和系带凉鞋，登上飞往加州的旅程。迎接她的是一次惊喜，波拉德给了她一个美丽的婚礼，无疑是在玛赛拉的赞助与策划下，牧场花团锦簇，波拉德的朋友也都来参加，害得阿格尼丝有点为自己带的深蓝套装发窘。

煦煦阳光下，阿格尼丝与波拉德一起迎接结发相伴的新人生，接受好友们的祝福。站在她身边的波拉德，受伤的那只腿尖锐地突了出来。

▲ 玛赛拉和查尔斯·霍华德在"瑞奇屋"看望"海洋饼干"

(LT. COL. MICHAEL C. HOWARD 提供)

史密斯要带"卡雅"去东岸,就把"海洋饼干"送来"瑞奇屋"给波拉德照料。这匹马还没准备退休,它已经和包括"红粉武士"在内的 7 匹母马交配过,但情绪并未因此提振,反而变得很别扭,跛着脚一直在围篱边走来走去。

霍华德以前每天早上都会去赛马场,现在完全不去了,他和玛赛拉大部分的时间都待在马房陪"海洋饼干"。报纸提到"海洋饼干"时会加个"已退休"字眼,但霍华德不肯用这个词,因为他始终没有放弃一个念头:这匹马或许还会再出赛。

度完蜜月后,断腿骑师波拉德开始了一段他称之为"漫长而艰苦的奋斗"的人生历程。他来到马房,为"海洋饼干"挂上绳索,再牵它到草地散步。波拉德疼痛万分地拄着拐杖摇晃而行,"海洋饼干"则跛着脚陪他一起走。"我们是一对跛子,"波拉德说,"都被淘汰了,可是,我们就是知道,我们绝对会东山再起的。"霍华德的朋友站在山丘上,望着这两位遭到自己身体背弃的运动员,不禁摇头叹息。桑尼·格林柏来看过"海洋饼干"的腿,也认为不可能再让它回赛马场了。

一开始的时候,波拉德衰弱得无法走太远,但他逐渐加强了持久力。时复一时,日复一日,波拉德和"老爸"一起练习步行,当波拉德累了,他就把"海洋饼干"牵回去交给新马夫哈里·布莱萧。布莱萧是后场区的一则传奇,对治疗跛脚有神奇绝技,曾经有人要买他照料的一匹马时,坚持非要把布莱萧也纳入交易的一环才肯买。史密斯下了一番特别功夫才请到他,接着谆谆指示他如何照护这匹马。布莱萧非常认真,从早到晚都待在马房里照顾"海洋饼干"的脚踝。

阿格尼丝和波拉德也开始了他们的婚姻生活。对阿格尼丝而言,每一个相守的片刻都是偷来的,因为波拉德那么虚弱,她仍然担心他随时会活不下去。她发现他已经酗酒甚深,也获悉他减重时如何虐待自己的身体。赛马害得他既跛脚又有酒瘾,现在他却要再回去赛马。

慢慢地,痛苦地,马和骑师都痊愈了。波拉德没多久就摆脱了拐杖,改持一根手杖,并穿着加重的鞋子,以锻炼荒废已久的腿部肌肉。他的腿骨极为脆弱,因此得夹上皮毛镶边的金属架以免弯曲,但它们终究还是挺住了,而"海洋饼干"走路时的跛态也已经消失。

有一天,冲动再也无法遏抑,霍华德和波拉德为"海洋饼干"上了鞍,霍华德轻轻把波拉德抬上马鞍,这个红发小子还衰弱得无法拉住马,于是霍华德骑上另一匹叫"滴答"的马,牵着"海洋饼干"一起走过草地,接着逐次增加行走的距离和速度。

不久,霍华德就在谷底平坦处清理出了一个八分之三英里的小跑道,开始带领"海洋饼干"和波拉德去那里进行缓慢的长程步行。

"海洋饼干"的身心状况开始好转,练习了几个小时后,它就知道怎么奔跑,自此速度便是它生命的刻度。它知道跑道是做什么用的,而那绝对不是用来散步的。它疯狂地渴望奔跑,整个身体都在口衔后面集结起来,像脱落的电线般乱跑乱跳,恳求波拉德松开束缚。跑道中央保留了一块长满树丛的区域,有一天早上,里面的鹿群看到有人和马过来,吓得跳出来逃往山上,正好就从"海洋饼干"的身边跑过去。

"天呐!"霍华德回忆道,"它才看到一只鹿,就以为比赛开始了!""海洋饼干"立即挣开缰绳,一跃而向鹿群追去,还模仿它们跳跃式的脚步。波拉德总算攀着没掉下来,霍华德则一直抓住绳索,最后才终于让"海洋饼干"停下脚步。

波拉德从史密斯那里多少学了一些驯马的招数,他小心翼翼地恢复"海洋饼干"的状态。初夏时,慢步转成了温和的跑步,先是1英里,然后2英里,然后3英里。"海洋饼干"一直往前拉缰绳,但波拉德从不让步,因为小跑道的弯道太弯了,而"海洋饼干"的脚则太脆弱。霍华德每天去马房时腹内都隐隐发颤,担心"海洋饼干"再度受伤,但这匹马却越来越强壮健康。"瑞奇屋"的人现在都觉得霍华德和史密斯可能是对的,"海洋饼干"或许能再出赛。于是每个人都再加把劲,布莱萧替"海洋饼干"包上镶毛边的口罩,让它减掉多余的重量。听说有马夫偷偷喂"海洋饼干"吃胡萝卜,史密斯气得拿草耙赶他出去。"海洋饼干"饿得受不了,一天到晚又跺脚又哀号,哀鸣声传出马房钻入每个人的神经,可是大家团结一致,没人屈服。

到了夏季结束时,"海洋饼干"已经有了惊人的进步,现在每天能扎扎实实地完成 5 英里的练习。而它在波拉德胯下,也出现了新的变化:"海洋饼干"蜕变出了新的步法。它奔跑时前腿不再往外戳,以前这会造成一种奇怪的跛鸭步,以致许多人以为它是跛脚,可是现在它腾身而起时,会干净利落地收起腿,所有动作都集中于向前与向后,而不再有左右摆动。那是一种美丽而流畅的步法,可能也比较稳定。如今"海洋饼干"已处于战斗状态,结实得像颗岩石;波拉德虽然依旧惨不忍睹,却至少已有掌握"海洋饼干"的力气了。

玛赛拉去马房时,也注意到了一个新的变化:"海洋饼干"会在马房里一直走来走去,一如当年在菲茨西蒙斯手下时。偶尔停下脚步,它会凝望远方地平线,心思远扬。霍华德知道那意味着什么,"你知道它想再出赛,"他说,"这是它最最渴望的一件事。"

霍华德在秋季时叫史密斯回来,这位驯马师回到牧场,一语不发地注视穿着冬衣而一团臃肿的"海洋饼干"在他面前奔跑。史密斯把它从头细细看到脚趾,对波拉德的努力成果大为激赏。他们都在想同一件事:"海洋饼干"已经准备好再去圣阿尼塔走一遭了。

这个想法非常离奇,如果成功,这次复出将是史无前例的。从没有一匹精英马在如此严重的创伤及漫长的闲置之后,还能重回顶尖梯队。虽有少数极优秀的马匹在超过 5 岁或出赛 40 场后,仍然能继续比赛,但再过几个月,"海洋饼干"就要满 7 岁了,是大多数未来对手年龄的两倍以上,何况它已经出赛过 85 场。这个消息一传出,霍华德团队会成为大家嘲笑的对象,可是史密斯、霍华德和波拉德相信它做得到。波拉德想和它一起努力,当阿格尼丝怀孕后,这个渴望越发迫切。对波拉德而言,妻子怀孕的消息让他喜忧参半,他仍然依赖霍华德的善心过活,没有钱、没有家、没有事业,他只有"海洋饼干"。

波拉德告诉霍华德,他想和"海洋饼干"一起回赛马场,霍华德闻言非常为他担心，巴布科克医生说过波拉德绝对不可以再靠近马，只要撞一下、扭一下，他就会永远失去行走的能力，所以霍华德只同意让他一起跟来。于是，1939年秋末，在某个清冷的日子，波拉德和"海洋饼干"出发上路，去追寻那一度逃脱他们的梦想。

让一个男人心碎，
不如让他断腿！

  1939年12月的某一天早晨，"海洋饼干"一行热热闹闹抵达圣阿尼塔，不仅加装音乐喇叭、头灯和照射灯的车队阵仗惊人，更有几百名赛马迷自黎明起即陆续涌入38号马房欢迎这位老战士。伍尔夫也在其中，"海洋饼干"还特地走到房门口，用脸磨蹭他的帽子。

  史密斯知道此番复出势必引起争议，便把"海洋饼干"牵出来面对群聚的记者，要存疑的人仔细看一看，并请摄影师拍摄左脚脚踝的特写，"如果有谁认为我在训练跛子，"他说，"我希望这些照片可以提供反证。"

  1940年的"十万大赛"定于3月2日举行，史密斯有3个月的时间准备。"海洋饼干"现在重1070磅，超重了20磅，他们便每天晚上给它戴口罩，以免它大啖自己的床垫。"海洋饼干"奋起反抗，但马夫都坚持戒律绝不让步，而且终究没折损任何一根手指。在群策群力之下，它肋骨旁的赘肉逐渐消失了。

  到了12月19日，史密斯感觉它已经准备好接受测试，便带它去进行受伤以来的第一次快跑练习。憋了几个月的"海洋饼干"飞也似的越过看台前，简直要把跑道都磨焦了，跑完以后仍然一派健朗，在旁屏住呼吸的马夫都松了

▲ 1939年12月,在"海洋饼干"的马厩前,雷德·波拉德等候查尔斯·霍华德的决定。
(USC LIBRARY, DEPARTMENT OF SPECIAL COLLECTIONS 提供)

第三章 | 重生 坚不可摧

一口气。但这个情绪并没有维持太久,那天下午史密斯去马场评审办公室看圣阿尼塔公布的指定负重,他实在不敢相信自己的眼睛:在闲置1年没有出赛后,"海洋饼干"的负重居然还是堂堂130磅,而"卡雅"是129磅,再往下,其他马匹最多也不过扛114磅,气得史密斯大发雷霆。

1940年随着厚重的乌云一同降临,高山飞雪飘飘,马场上却只有雨水和滑溜的泥浆。史密斯不得不让"海洋饼干"待在马房里足不出户,但日复一日,大雨依旧滂沱而下,令练习一延再延。

外界的压力随之而来,"海洋饼干"已经报名参加多场比赛,每一次必须退出时,观众都会大喝倒彩,新闻界也对霍华德和史密斯严词批判。整个马厩都陷入了恐慌,因为"卡雅"在该年度的第一场比赛就遭到痛殴,霍华德旗下没有一匹马获胜。

尽管陷在马房里动弹不得,但"海洋饼干"的人气却丝毫不受影响,它是全国最烫手的名字,赛马迷挤进电影院看《"海洋饼干"传》,这是一部汇整新闻影片而成的纪录片,竟把吉米·斯图亚特的电影挤到了排行榜第二名。风格独特镶有网眼面纱的"'海洋饼干'女士帽",是曼哈顿第五街百货公司里的热卖品,这顶帽子只是无数相关产品的首件,后续还包括了玩具、纪念垃圾桶、柳橙等。从旅馆到洗衣店再到滑稽杂志,莫不借它来进行宣传,这匹马甚至还有专属的室内益智游戏,至少有9种。

赛季开始前,汤米·卢瑟和几个骑师聊到最近有很多骑师受伤,大家动了念头,何不成立一个共同基金,请每位骑师每次出赛就交10美分,每年再交20美元,这样就可以帮助受伤的骑师了。于是大家分头去找其他骑师共同行动,但马场评审却指责这是在搞工会,对他施予1年的禁赛惩处,而且禁赛区涵盖全国。

卢瑟不肯屈服,便鼓动骑师加入反对阵营,伍尔夫、理查德森等人都参与了,但波拉德却拒绝参加。曾两度差点殒命的他,如今身无分文,必须强迫自己冒险上鞍,他原本应该是这个共同基金的代表人,但他现在只顾虑到霍华德和玛赛拉。

由于外界多将这项活动视为组织工会对抗评审、马主和驯马师的行动,波拉德担心加入他们会触怒霍华德夫妇,其他骑师因此对他很不谅解。对波拉德来说,那是充满强烈压力与羞辱的赛季。来圣阿尼塔之前,他试图在坦弗兰重振事业,起先找到了几位愿意帮他重新站起来的驯马师,结果却近乎灾难。他曾跳着离开两匹马,明显处于剧痛状态。他样子看起来非常虚弱,而且每个人,包括记者,都注意到了。

此外,他一场也没有赢过。他来到圣阿尼塔,下定决心要有好一点的表现。依旧忠心耿耿的雅米也来陪他,并且保证要帮他找到出赛机会,可是一个也没有。场上每位驯马师都认定波拉德已经完蛋了,万一他跛了脚怎么办?没人愿意担这个责任。

最大的失望者是霍华德。史密斯希望让波拉德骑"海洋饼干"参加"十万大赛",霍华德也希望让红发小子实现心愿,可是他和玛赛拉又担心其代价。他同意让波拉德骑"海洋饼干"进行和缓的跑步练习,但大部分的快速练习都不让他上马,他参赛的马都不给波拉德骑,1月底才终于同意让波拉德骑一匹小母马出赛,可是后来跑道变得泥泞,他担心马可能滑脚而震伤波拉德的腿,便又撤换了波拉德。自此之后,当霍华德的参赛马匹公布骑师姓名时,波拉德从不在其中,他必定觉得非常丢脸。无事可做的波拉德痛苦极了,他一再向霍华德表示,他参加"十万大赛"绝对没问题,可是毫无效果。事实是,波拉德连自己也无法说服。那只腿在靴子里的感觉不对,骨头好像火柴似的,他相信只要轻轻一个碰撞就能让它们粉碎。

恐惧悄悄潜进了他的脑海:如果霍华德让他骑,而他的腿在比赛中途裂开呢?然后还有伍尔夫。史密斯看到霍华德可能会禁止波拉德骑马,便开始让伍尔夫骑"海洋饼干"练习。许多人猜测,最后骑"海洋饼干"参加这场大赛的,不是伍尔夫,就是"卡雅"的骑师巴蒂·哈斯。圣阿尼塔几乎所有人都认为,谁都可以,就是不该由波拉德骑。

波拉德终于在压力下崩溃了,他拼命喝酒,虽然工作时滴酒不沾,可是其他时间却会大灌黄汤,然后忍受魔鬼般的宿醉,甚至包括幻觉的折磨。雅米吓坏了,如果波拉德喝得太凶,就可能失去骑"海洋饼干"的机会,所以他尽一切努力不让波拉德喝酒。他要波拉德和他一起去洗土耳其浴,但波拉德拒绝了,于是雅米就跟着他到每个地方,24小时掌握他的行踪,也请戴维·亚历山大尽量抽时间陪他。

波拉德不是唯一感受到压力的人,史密斯也紧张得要命。"他全部的生命,"桑尼·格林柏说,"都贯注在'海洋饼干'身上。"同样,霍华德也处于崩溃的临界点,在5年的伙伴关系后,这两个南辕北辙、常有冲突的人,逐渐建立了一种意外和谐的关系,可是"海洋饼干"的比赛和训练时程不断引发他们的关系危机。当处于压力之下时,两人都会变得更想掌控对方,而再没有比1940年冬季压力更大的时候了。有天早上,在圣阿尼塔,霍华德强烈要求史密斯让"海洋饼干"进行一项他还没准备好要做的操练,此举显然是要推进史密斯非常保守的训练模式。当着一马房人手的面,史密斯宣示了他的原则。"让我用我认为适当的方法训练我的马,"他断然说,"否则就另请高明。"听闻此言的每个人都呆住了,屏息聆听霍华德的回应。

霍华德不发一语,转身走开了。

1月将逝,"海洋饼干"仍然不曾出赛,它的对手"慧奇星""飞毛腿"却都已准备停当。雨势不肯稍歇,史密斯无法再枯等下去,便带"海洋饼干"和"卡雅"去练习场好好操练一番。终于有一次,波拉德获准骑"海洋饼干"全力大跑了。在令每个人奔逃走避的暴风雨中,"海洋饼干"和"卡雅"以1分13秒闪电般横扫八分之六英里,马和骑师都安然而返。几天之后,史密斯再度让"海洋饼干"上场练习,它的速度又是超优:八分之六英里跑1分12.4秒,波拉德说这匹马的状况从来没这么好过。

接着,史密斯让"海洋饼干"参加1月30日的圣菲利浦负重赛,并宣布将由波拉德骑驭。不过霍华德又追加了"但是"：只要他状况可以。如果状况不行，霍华德说，就由伍尔夫来骑。至于仅1个月后的"十万大赛"，他只字未提。伍尔夫和波拉德的关系第一次陷入危机。对波拉德而言，最重要的是获得骑"海洋饼干"的机会，因为这意味着财务的纾困、为人夫与为人父的责任、事业的东山再起及漫长公开羞辱的结束，可是伍尔夫也必然深受1938年功败垂成及可能在1939年导致"海洋饼干"受伤之刺痛。霍华德的宣布，无可避免地让两人处于对立态势。有一天，他们为了"海洋饼干"大吵一架，差点动手，友谊也随之破裂。

1月29日艳阳高照，霍华德于是确定让"海洋饼干"参加圣菲利浦负重赛。可是第二天早上，"海洋饼干"出来做赛前最后练习时，脚一踏上跑道，大雨就哗哗而下。下了一阵子之后又放晴，霍华德便前往马场，一路上暗自祈祷。

第三场比赛结束后，戴维·亚历山大告诉霍华德，外头又下雨了。

"不！"霍华德叫了起来，声音很大，"连续3次了！这怎么可能！"望着外面的雨势，他虚弱地说："雨也许会停吧。"

但雨越来越大，最后，告示板宣布了"海洋饼干"退出比赛，观众都不满得大喝倒彩，而阳光马上就露脸了。

这成了笑话。"求职：造雨马一匹，"戴维·亚历山大写道，"姓名：'海洋饼干'，保证为所到之处带来大雨，足以为干旱农场解决所有灌溉问题，大幅降低联邦垦殖计划在缺水区的实施难度……计时员已经不用秒表为'海洋饼干'计时了，他们改用晴雨表。"

雨下个不停，一个星期之后，"海洋饼干"再度被迫退赛。日子一天天过去，距离圣阿尼塔大赛只剩几个星期，而"海洋饼干"连一次都没出赛过。赛马迷们急着想看它，竟有4万人来到马场，只为了观赏它晨操。可是练习并未奏效。"它的体重增加了，"史密斯哀叹着，"而我们喂它的食料，甚至还不够喂饱一只成熟的金丝雀。""海洋饼干"的准备进度严重落后，它赢得"十万大赛"的机会正随着一天天的逝去而逐渐消失，伍尔夫不能再等了，在其他驯马师的要求下，他放弃等待，签下骑"飞毛腿"的合约。

2月9日那天，天空终于为"海洋饼干"放晴，于是史密斯让它参加拉荷拉负重赛。波拉德恳求霍华德给他一次机会，这位马主最后让步了。这是自从1937年以来，波拉德和"海洋饼干"首度携手出征，却不是一次快乐的重逢。"海洋饼干"起步后就陷入重围，波拉德试图催它超前，结果却是遭到包围。

当波拉德在等候可以穿越马群的空隙时，一匹马抄了过去，是由伍尔夫驾驭的"飞毛腿"。波拉德把"海洋饼干"拉到马群外侧，要求它追上"飞毛腿"，却毫无响应。"海洋饼干"最后取得季军，波拉德在观众席前滑下马，泪水夺眶而出。

史密斯前来检查"海洋饼干"的腿，完全没问题，对于这次的失利，他倒并不忧虑。接着，波拉德重新振作起精神，雅米在周末时带他去卡里恩提赛马场，也是波拉德的老巢走了走，这位骑师在那里重拾了信心，并掏出一沓钞票要雅米替他下圣阿尼塔的注。

一周后，"卡雅"和"海洋饼干"在圣卡罗斯负重赛登场，2年前波拉德和"红粉武士"曾一起在这里跌倒。这次的战绩比较好，但并没有好太多，在毫无阻拦下，两匹马甚至都未能与冠军进行胜负缠斗。跑到半英里标杆处，"海洋饼干"突然前脚一顶停了一下，波拉德勉强攀住才没摔下来，可是当他要求"海洋饼干"全速奔跑时，这匹马又没有反应。波拉德蹲在"海洋饼干"脖子上拼命催促，却得不到任何响应，只能无助地望着其他马匹疾驰而过。

一个令人心碎的念头掠过了他的脑海：它已经没有余力了。以前骑"海洋饼干"时，这匹马从来没有给他这种感觉，现在当宿敌"指定"飞向胜利时，"海洋饼干"还辛苦地跑在第六，"卡雅"则在第八，观众见状纷纷发出嘘声，记者也认为"海洋饼干"已经完了。

这次，史密斯真的担心了，他不明白这是怎么回事，难道在努力赶进度的过程中，他一下子丢了太多训练给"海洋饼干"，而它的天赋背弃了它吗？他有两个星期来解决这个问题，但他不确定自己能否做得到。

波拉德绝望地离开跑道，圣阿尼塔四周的人都把"海洋饼干"的败北归咎于他，他一定也有所听闻。可是日子一天天过去后，那场比赛有件事始终让波拉德耿耿于怀,"海洋饼干"在半英里处顿了一下,自从 1936 年在底特律第一次与香桃木对垒以后,"海洋饼干"就没这么做过。在这个动作之前,这匹马看来并无疲态,因此之后突然变得疲惫就很奇怪了。波拉德开始寻思,会不会只是"海洋饼干"在打诨而已。也许,他想,"海洋饼干"这么做是因为心情好想恶作剧。霍华德和马房其他人因此都把这次事件当成吉兆,这也是他们仅能有的想法。

在"海洋饼干"最后一场预赛前不久,波拉德获悉,霍华德寄了 500 美元支票请巴蒂·哈斯来西部,然后让"海洋饼干"报名参加圣阿尼塔负重赛。至于骑师栏,霍华德留下了空白。

门上一阵乱敲,原来是波拉德来找亚历山大,亚历山大从来没见过波拉德这个样子,简直是崩溃了。"紧张、忧虑又痛苦,"亚历山大写道。他试着聊天以纾解压力,谈到平·克劳斯贝的畅销曲《天国来的铜板》。"那正是我需要的,"波拉德喃喃地说,"天国来的铜板,我只要再骑一次就能拿到了。"

"'老爸'怎么样?"亚历山大问。

"'老爸'的腿和平常一样,没什么不对,可是'美洲豹'呢?"波拉德拉起裤管,他的腿是暗紫色的,一条宽阔的缝合痕从中贯穿,亚历山大写道:"像一根焦痕斑斑、节瘤处处的扫帚柄。"

"只要轻轻敲一下,"波拉德说,"一下就够了,可是它还必须再撑一次比赛。"

他耸耸肩,"'老爸'和我,我们一共有四条好腿,"他说,"也许这就够了。"

他们再谈到波拉德害怕的事,腿只是一部分,巴蒂·哈斯即将到来也让他苦恼不已。"我一定要骑那匹马。"波拉德的话带有生死攸关的迫切。

亚历山大答应向霍华德游说,次日便找霍华德谈了。"如果雷德的腿再断一次,"霍华德冷静地说,"他就会当一辈子的跛子。"

亚历山大告诉他,也许,与其让一个男人心碎,还不如让他断腿。

第三章 | 重生 坚不可摧

2月23日是圣安东尼欧负重赛的前一天，霍华德在圣阿尼塔马场走来走去，不住地把玩口袋里一只工作超时的兔脚，这是传说会带来好运的幸运物。离圣阿尼塔负重赛只剩下一周，"海洋饼干"这次一定要有好的表现，否则将注定无缘东山再起。同样，这次比赛也攸关"卡雅"的名声，霍华德整个马厩的人都低迷不振，他从来没有像现在这么怀疑自己的获胜机会，而史密斯也没有说出任何让他重振信心的话。

在观众席与贵宾室的走道上，霍华德遇到了一位马场职员。

"霍华德先生，你身上有没有带兔脚？"

霍华德说有，拿出口袋里的兔脚。

"把那个鬼东西给我，"那个职员说，"这是赛马场上最不吉利的东西。"接着把兔脚丢了。

次日下午，在冬日迷蒙的天空下，史密斯把波拉德推上"海洋饼干"，让他们出场参加圣安东尼欧负重赛。霍华德忧心忡忡，他没有为自己的马下注，而这绝对是破天荒第一次。"海洋饼干"走向起跑闸门，史密斯仔细研究它的动作，看到了一个已经许久没看过的状况，随即靠向霍华德："'海洋饼干'回来了，从头到脚。"

霍华德讶然转向史密斯，然后跳起来，奔向投注亭，把口袋里的钱全堆在职员的手上。

3.5万名观众屏气凝神，铃声响起，"海洋饼干"一跃而出，立即蹿入领先群。马群奔腾越过后直道，包厢里的霍华德坐立不安，观众议论纷纷地等待着。

1分钟之后，马群转过弯道，朝观众席狂卷而来，有一匹马领先在前，如迅风般飞驰空中，是"海洋饼干"，观众立即齐声狂叫。波拉德和"海洋饼干"单独在前领先群马，以平纪录的速度通过终点，"卡雅"则紧随在后，这是自1938年以来波拉德的第一场胜利，霍华德连忙冲下楼梯，跑过去和他握手。观众的欢呼声一波波涌过跑道，持续了15分钟以上。

波拉德回马房查看"海洋饼干",史密斯已经在那里了,正对这匹马赞叹不已,"海洋饼干"的状况是两年来最好的。霍华德看到的已经够了,巴蒂·哈斯将骑"卡雅",波拉德赢得了骑"海洋饼干"的机会。"只要给我们一个坚实快速的跑道就够了,"波拉德说,"我们只需要这个。"

霍华德回家去庆祝。雨,开始落下。

奔腾年代

史密斯每晚都在马房屋顶的雨滴声中入眠,每天早晨又在同样的淅沥声中醒来。气象局那个星期接到了有史以来最高纪录的电话,几乎都是询问"海洋饼干"出赛的星期六会不会放晴。雨势毫无减缓,史密斯没有选择,只能让马在泥地里练习。

练习时,"海洋饼干"故意作弄及嘲笑"卡雅",最后气得"卡雅"竖起耳朵不跑了。回到马房后,显然很挫败的"卡雅"还一度拖着马夫冲向"海洋饼干"。史密斯很满意,因为"海洋饼干"又现恶毒本色,不过以后不能再让它们一起练习了。

雨继续下,史密斯继续练马。"卡雅"对泥地应付自如,"海洋饼干"却不行。"你知道,"霍华德说,"我一直有个愿望,如果能让'海洋饼干'的战斗心装上'卡雅'那四条烂泥腿,那我就所向披靡了。"比赛前两天,天空终于展颜,太阳露出云端,跑道也逐渐干硬。3月2日比赛当天一大早,史密斯独自一人来到马房,"海洋饼干"听到他的声音,便将鼻子伸出门扇,史密斯的手轻抚着它说:"就是今天了。"

霍华德在马房前停车,波拉德已经到了。霍华德忧虑地望着他的腿,支架把靴子塞得鼓鼓的,波拉德要霍华德放心,他绝对没问题。史密斯让波拉德先上马伸伸腿,在比赛前快跑一下作为最后练习。跑道干燥硬爽,史密斯向波拉

▲ 1940年圣阿尼塔负重赛最后弯道,雷德·波拉德和"海洋饼干"被困在马群后,情急之下,从"慧奇星"和"报喜"之间穿过。

(© BETTMANN / CORBIS 提供)

德发出信号,"海洋饼干"立即冲出,在跑道上以灼人视线的22秒狂扫四分之一英里,它已经准备好了。

天刚蒙蒙亮,马场门口就开始有人聚集,到了9点半,停车场停了一堆车子,联邦每个州的车牌在此都能找得到。10点开门后,5000名观众立即涌向观众席和贵宾室,用毯子和外套占位子,10点半观众席就已寸土不留。到了中午,停车场全满,车子溢到马场周边的草坪。对街教堂里一位爱马的牧师特别开放庭院,让赛马迷免费停车,可是车队还是沿着每条道路迤逦而来。火车整个下午不停运转,从旧金山发的那班甚至17个车厢全塞爆了"海洋饼干"的赛马迷。

来自世界各地的记者陆续进入记者室,在接下来的几个小时里,他们将发送50万字的新闻。克拉克·盖博、詹姆斯·斯图亚特等闪耀明星,也都来亲睹盛况。

到了下午,马场已经挤进7.8万人,光是内场就有1万人。在正式记录上,这场赛马的观众数是全美第二,但众所周知,居冠的肯塔基德比赛马会人数其实注了水,因此这次无疑才是第一高。全世界的收音机似乎都转向圣阿尼塔的现场转播,威利兹镇也完全陷入冻结。

午后时分滴答而逝,比赛越来越接近了。

波拉德在家中做最后准备,阿格尼丝把一个保佑旅行者的圣徒徽像挂上项链,交给波拉德,他让它滑入衬衫里。离开前,他答应把冠军花毯上的花带回来送她。

观众的第一波如雷般的喝彩声,发自"海洋饼干"从马房来到上鞍区时。玛赛拉待在马房里不愿过来,"我看过波拉德的腿,"她说,"我实在不忍心去看比赛。"但后来她还是改变主意,跑到场边观赛。波拉德来到上鞍区,巴布科克医生小心地解开他腿上的绷带。在旁的雅米悄悄告诉亚历山大:"我带来了。"

亚历山大问他带了什么,他亮出藏在外套口袋里的一小瓶酒,并且告诉亚历山大,他答应波拉德:要是赢了,就偷偷送酒给他。波拉德大步走向他的马,史密斯上好鞍,玛赛拉的圣克里斯多福徽像在鞍布上闪耀生辉。霍华德则紧张兮兮,他一紧张就话多,一下午嘴巴就没停过,现在又忙着给波拉德一堆不需要的骑术指导。史密斯将波拉德推上鞍,"你了解这匹马,这匹马也了解你,"史密斯眨眨眼,"把它带回来。"

"海洋饼干"和波拉德一步步走过通道,朝跑道而去。霍华德喃喃低语:"我希望他可以,我希望他可以,我希望他可以。"下巴不住颤抖。

"海洋饼干"步入跑道后,先将头往左摆,然后往右,赛马迷们爆出了震耳的欢呼声,把喇叭手的乐声都淹没了。观众的支持对象毋庸置疑,其实马场圈的人也都希望如果不是自己赢,也能是"海洋饼干"赢。记者室里,乔利·罗吉和其他那些"聪明小子帮"的人都已抛下客观立场,连奥斯卡·欧提斯也来为"海洋饼干"加油。亚历山大抬头看波拉德走过,这只"美洲豹",亚历山大后来写道,脸上挂着"一向玩世不恭的淘气微笑"。

铃声响在波拉德耳中,他感觉到"海洋饼干"压低身子向前一推,马蹄朝跑道狠狠一锤,便飙射而出。随之而来的,是7万多人的呐喊、马匹撼天动地的奔腾和疾风与尘土的飞掠,还有重力飞逝的轻盈虚幻感觉。

他们隆隆滚过第一趟直道,波拉德感觉到"海洋饼干"步伐中的正确无误,胯下的节奏顺畅无比。"慧奇星"居于领先,波拉德让"海洋饼干"自己去猎捕它。他们弯过第一个弯道,波拉德始终待在与内圈栏杆隔一条跑道处。前面保持着一条可走的路,位置棒极了。

进入后直道,波拉德可以感觉到"海洋饼干"的步伐炫酷如闪电,这样的速度非常快。可是他知道"慧奇星"有打持久战的斗志,他不能让"慧奇星"溜走,所以必须把"慧奇星"逼到崩溃。于是他让"海洋饼干"待在落后半个马身处,"慧奇星"奋力保持领先,两匹马一起飞跃后直道,以1分11.2秒撂倒八分之六英里。虽然它们是跑马拉松似的一又四分之一英里,但要打破截至目前的这个速度,已足以使世界上最快的短跑马耗尽所有力气。"慧奇星"在内圈栏杆边呼啸而过，努力让自己的头超前，"海洋饼干"则以猎杀式的腾跃紧追不舍。它们奔向弯道，"报喜"尾随在它们身后，就贴在"海洋饼干"外侧后方。它们以 1 分 36 秒碾过 1 英里，比"海洋饼干"和"海上战将"在 1938 年对抗赛中创纪录的飙风极速快了将近 1 秒。"海洋饼干"仍然对"慧奇星"步步紧逼，鞍上的波拉德是一头蓄势待杀的猛狮。

他们向最后一个弯道倾倒，"海洋饼干"拉扯波拉德的手，表明自己已经准备好了。栏杆向左打开，"慧奇星"的臀部在他们身边不断起伏，"报喜"奋起直追，从右侧将自己的影子罩向它们。波拉德维持在原位，和栏杆隔一个跑道，当时机来临时，自己便可以有绕过"慧奇星"的空间。

马群集结追上，他们的空间顿时受到压缩，四周突然全是马匹，每一匹都在使尽全力拉长身体。接着，一瞬间，如群鸟翻飞于空中，它们不约而同地向内挤，报喜逼近"海洋饼干"，把它挤向"慧奇星"后方的栏杆边跑道，前方的通道封闭了。

"海洋饼干"感觉到事态严重，扯紧了缰绳，但波拉德无处可送它去，只能在鞍上略微立高身子拉住"海洋饼干"，断腿在全身重量的压迫下勉力硬撑。"慧奇星"和报喜在前面形成一堵墙，一个恐怖的念头浮现在波拉德脑海：没办法出去了。

马群里有骑师听到一道深沉哀祈的声音，穿透了观众的呼喊凌空扬起。那是波拉德，他高声喊出祈祷词。片刻之后，"慧奇星"出现了动摇，向左落后几寸，此时报喜的冲刺动作正好让它略微偏右，"海洋饼干"前方于是打开了一条狭窄的路线。波拉德在脑子里算计着，它也许够宽，也许不够。如果尝试通过，很可能"海洋饼干"的右脚会碰到报喜，他知道那将意味着什么。因此他需要"海洋饼干"来一次爆炸，而且得用上所有以及更多的速度，他向前倾，大喊一声："'老爸'，现在！"

扛着 130 磅，比报喜多 22 磅，比"慧奇星"多 16 磅，"海洋饼干"发出了惊人的爆冲，刀锋一闪切入那条窄路，身影消失在两个体型较大的对手之间,然后冒出头来取得领先,波拉德的腿差不到一寸就会撞到"慧奇星"。"慧奇星"试图跟上"海洋饼干",波拉德任由自己的马修理它、取笑它,而"慧奇星"终于为之崩溃。接着"海洋饼干"甩开马群,一马当先扫过终点前直道。波拉德低下头,以所有的力量驾驭。

在那个极致的时刻,在所有喧闹嘈杂汇集的旋涡中心,波拉德感觉到一阵平静。"海洋饼干"伸出腿,往后推;波拉德在它脖子上弓身,放松,他们一起呼吸。一个念头压入了波拉德脑中:只有我们了。

12匹正在拼命的纯种马,观众席上的霍华德和史密斯,躁动群众里的阿格尼丝,后方骑着"飞毛腿"的伍尔夫,又叫又跳的记者,在邻居家收听转播的波拉德家人,这一切的一切,都飘落了,整个世界缩小到只有一个人和他的马,正御风扬蹄。

到了直道中段,马群里蹿出一匹马,逼近来争夺"海洋饼干"的领先地位,如一个来自过去的幽灵。那是"卡雅",怒火贲张地追赶而来。波拉德感觉到一下暂缓,这是"海洋饼干"生平最后一次放松下来逗逗对手。"卡雅"赶上来和"海洋饼干"比肩齐头,它背上的巴蒂·哈斯从来没听过观众席和内场震出如此巨涛般的惊雷,它拼了全力对抗"海洋饼干","卡雅"的黑鼻子终于超前了。

波拉德让"海洋饼干"好生品味这最后一个对手,然后再度发出请求。他感觉到突然加速时的甜蜜压制,片刻之后,波拉德和"海洋饼干"再度一马当先,如一把火烧过跑道,"卡雅"被甩到后面,终点线自上方飞掠而过。

世界在圣阿尼塔上空迸裂了,霍华德高举拳头跑出包厢,史密斯也跟着他出来,雅米在优胜区跳上跳下,阿格尼丝伫立在人群中哭泣。他们四周的男男女女都将帽子抛到空中,涌向场内拍打着栏杆,并且互相拍背道贺,当场有几百人喜极而泣。"你听大家叫的!"贺南德兹大吼,"7.8万名赛马迷完全陷入疯狂了,包括在下这位播报员!"

"阳光公子"的总奖金纪录终于倒下,"海洋饼干"又创了一项速度纪录,它将屹立 10 年而不倒:一又四分之一英里跑 2 分零 1.2 秒,是美国赛马史上这个距离排名第二的速度。

跑过后直道,波拉德优哉悠哉徜徉于他和"海洋饼干"的最后独处时光,然后他把"海洋饼干"掉头带回来,在鞍上,他高高挺起身子,神气尊贵地骑回这个世界。他昂起头,面容严肃而庄重,泪水滑下他的脸流到下巴。他带"海洋饼干"穿越疯狂欢呼的赛马迷,进入优胜区,这匹马像拳击手一样昂首阔步。"别以为,"波拉德后来说,"它不知道自己是大英雄。"霍华德迎上前,拍拍他的马,并对波拉德大叫。"卡雅"也被牵到优胜区来了,镁光灯此起彼落,如闪电般游走在它们身上。

冠军的玫瑰花毯盖上波拉德的大腿,在花毯之下,他的手感觉到雅米偷偷把酒瓶塞过来,他弯下身,仿佛在嗅闻玫瑰花香。"这是我喝过的最香的酒。"他后来说。"海洋饼干"一派平静安详,当人家拔它的尾毛当纪念品时,它仍兀自朝花毯上的玫瑰下嘴。波拉德还来不及替阿格尼丝摘几朵花,花毯上的玫瑰就全被拔光了,但他受到赛马迷热烈的欢迎,大家拼命挤过来想和他握手。回到骑师室,伍尔夫也在那里,不管两人过去有什么恩怨,如今均已烟消云散,而他们都知道。伍尔夫的语调中毫无苦涩,他不介意落败。"'海洋饼干'实在太厉害了,"他说,"真是我见过的最伟大的马。"

霍华德夫妇来到马房看马匹降热,霍华德兴奋得团团转,连声高唱:"多棒的比赛!多棒的马啊!太完美啦!"史密斯的视线几乎从未自"海洋饼干"身上抬起过。

黄昏降临,波拉德走了过来,史密斯向他伸出手:"雷德,你今天骑得太好了。"

"很棒的一次,"波拉德说,"有史以来最棒的马给了我最棒的一次比赛。"6年里,"海洋饼干"赢了 33 场比赛,并且在 8 座赛马场里对 6 种距离创下 13

次纪录，它曾在最短的距离——半英里内刷新一项世界纪录，更有斗志以创纪录的速度跑完一又八分之五英里。历史上有许多伟大的马都在128磅或更高的负重下腿软，"海洋饼干"却曾在133磅的负重下刷新两项纪录，并且以130磅负重创下4次纪录，当时与对手还有极大负重差距。要说"一寸'海洋饼干'一寸金"也没错，它确实身价可比等重的黄金，总计赢得创下世界新高的43.773万美元奖金，几乎是它当初身价的6倍。

霍华德对是否继续让它出赛拿不定主意，波拉德力主退休，被问到时，史密斯则表示："'海洋饼干'是霍华德先生的马，我遵从霍华德先生的任何决定。"但稍后有人听到他低声说："我希望它不要再比赛了。"

霍华德很注重驯马师的意向，这段合作关系因而到此结束。

霍华德和玛赛拉开心地参加庆祝酒会，但不见史密斯出现，霍华德准备了一辆别克新车要送给史密斯，于是打电话给史密斯。可是史密斯说自己上床了，霍华德只好作罢。

波拉德、阿格尼丝、戴维·亚历山大和雅米那天晚上都待在伍尔夫住处，大家聚在桌前谈天说地。外头，经济大萧条正逐渐退场，一个深受它影响的世界也随之而逝。战争即将来临，美国已经抬起长期以来一直保持回避的脸孔，向上方仰视，黎明很快就要来了。

▲ 晚年的查尔斯·霍华德与"海洋饼干"

(LT. COL. MICHAEL. C. HOWARD 提供)

结语

再见,再见!

1940年一个柔和的四月天,史密斯牵着"海洋饼干",最后一次走出西泽套房。这段时间他们收到无数邀请,许多活动都希望"海洋饼干"能现身捧场,但霍华德都一一婉谢,该是让这匹马退休的时候了。霍华德将"海洋饼干"送回"瑞奇屋",找来媒体、赛马迷和通讯簿上的每位朋友,办了盛大的欢送会,并向大家引荐"海洋饼干"的第一个孩子,它撑着刚启用的腿还在摇摇晃晃呢。这匹小马让波拉德特别开心,因为它也是个红发小子。霍华德替它取名为"第一饼干"。

史密斯不参加庆祝会,他比较喜欢在马场上道别。他让手指滑入"海洋饼干"的缰绳,领着它走出来,由记者、观众和马场人士组成的一堵墙无言地分开让他们通过。"海洋饼干"停下脚步,望向跑道,史密斯的双眼覆上了乌云。他牵着他的马继续前行,消失在黑暗中,过了一会儿,他独自回来了。

"海洋饼干"身边的那些人静静地各奔东西了。伍尔夫继续闪耀炫目地往上爬,成了全美最佳骑师。1942年他骑着"三冠王"得主"飙旋"打破"海洋饼干"的总奖金纪录时,记者问他"飙旋"是不是他骑过的最好的马,伍尔夫又一次体现了他绝不巧言令色的风格。"'海洋饼干',"他说,"才是我骑过的最伟大的马。"

1946年1月某个工作日,伍尔夫骑入圣阿尼塔的起跑闸门。35岁的他已在赛马界建立了历史性地位,并准备结束这段生涯。当时他正与糖尿病奋战,朋友都注意到那个冬季他特别瘦。当天下午伍尔夫很不舒服,觉得没办法骑马,可是有个朋友需要一位骑师骑"欢喜",伍尔夫便慨然施以援手。由于"欢喜"只是平常日子里的一匹平常马,伍尔夫就把袋鼠皮幸运马鞍留在车厢里。

对乔治·伍尔夫而言,生命最后的光华,是圣阿尼塔的红土和欢喜的颈弯、鬃毛在他手中的粗硬感,马皮的气味和呼吸的深沉律动。当伍尔夫通过观众席前转入第一个弯道时,他突然从鞍上倒下,饮食控制和糖尿病终于向他索取了代价。他滑了下来,一匹没有骑师的马独自奔跑是一幕极不谐调的景象,可怕的速度,对照着可怕的突然静止。当"冰人"伍尔夫的头撞到跑道的声音传入观众耳中,伍尔夫的朋友不禁别过身去。

有1500人来向伍尔夫道别。3年之后,一阵激昂的号角声响遍空荡荡的圣阿尼塔马场,1.5万人集结在此,目睹乔治·伍尔夫纪念像的揭幕。

布幔滑下了。

伍尔夫英俊的脸庞再度眺望着圣阿尼塔,他就像在世时那样站着,手放在臀部,下巴抬得高高的,一派无忧无虑,袋鼠皮马鞍则架在他手臂上。他的视线投向上鞍区的东端,落在霍华德摆设的等比例"海洋饼干"铜像上。

1943年春季,史密斯接受背部手术,之后必须疗养一年,霍华德不得不找人代替他。后来史密斯移居东部,签约成为化妆品大师伊丽莎白·雅顿的驯马师。雅顿的多疑和挑剔人尽皆知,她会命令驯马师把她的美容用品用在马身上,也常以荒谬理由开除员工,她换驯马师就像换口香糖一样,可是一遇到史密斯,她就臣服了。她爱死了他照顾马匹的手法。"史密斯给人一种感觉,"她说,

"会让你很有信心。"对于她坚持马房要香喷喷、马匹要敷面霜,他则幽默以对,仍旧以自己的方式训练马,并且把看得见的奖项全都席卷囊中,很快就成了全国最顶尖的驯马师。

一天下午,史密斯坐在雅顿的包厢,一个苍老的人蹒跚地向他走来,是已闲适下来品味生命余晖的塞缪尔·瑞都。瑞都对"海上战将"败于"海洋饼干"蹄下痛心疾首,以前每次见到史密斯都掉过头去,不跟他说一个字。可是今天瑞都却来到史密斯面前停下,向他说出了比赛以来的第一句话。"汤姆,"他说,"我只被你和那个乔治·伍尔夫打败过。"

1945年11月1日,马场人员看到马夫向史密斯手下一匹马的鼻孔喷东西,经检查发现内含2.6%的麻黄素,史密斯因此惹上了大麻烦。纽约禁止赛马使用任何药物,虽然史密斯当时并不在现场,也没有证据显示他知悉马夫之行为,但依规定他必须负起全责,骑师俱乐部立即对他施予停赛处分。史密斯闻讯大怒,再三强调他是无辜的,专家也作证指出其剂量不足以对马匹的表现产生任何影响,而史密斯的记录也从未有任何污点,但他还是被判禁止参与赛马一年。

在70年的岁月中,史密斯从不知道与马分开的人生是什么样子。他无处可去,便来到圣阿尼塔,但马场不让他进入。他只好在跑道栏杆外的包德温街上坐了一整天,看着他倾注一生的运动撇下他继续运行。雅顿很支持他,替他雇了好律师,还聘他的儿子吉米代理驯马师的工作,并且在1947年他停赛期满的第一分钟就恢复他的工作。而他也马上回报,随即让她的"喷射机驾驶"拿下了肯塔基德比赛马会。

可是伤害已经造成,即使他无疑是有史以来最伟大的驯马师之一,在他逝世40年后,赛马名人堂仍将他拒之门外。马场人员经常跟随他,想活捉他的不当行为,他从此一生抱恨,会故意假装隐瞒了什么而戏耍马场人员。《时代周刊》请他评论赛马委员会时,他秉承了一贯的扼要本色:"那些浑蛋。"

他逐渐走入无名,一如当年自无名中崛起。他与经纪人葛瑞翰分开了,最后沦落到只在圣阿尼塔训练一匹马。他在78岁时中风去世,1957年一个寒冷的日子,在加州葛林岱的林子里,当地人安葬了这位印第安人口中的"孤独的平原人",几乎没人来送别。

波拉德已经为重回圣阿尼塔耗尽所有力量,之后几乎全面崩溃,在和阿格尼丝商量后,他宣布退休。霍华德对波拉德把"海洋饼干"调养到能够重回马场十分感激,便要波拉德出任他的马厩经纪人,希望有朝一日他能接替史密斯的职位。波拉德接受了,后来也领到驯马执照,试图展开驯马生涯,但成果不佳,最后辞职求去。既然没有更好的工作,他只好拿出骑师执照,重新为腿绑上支架,再度回到赛马场。这次他运气不错,在霍华德的关照下,他加入了新成立的骑师工会,并获选成为第一届理事。

几个月后,圣阿尼塔也受到战争的冲击,满腔爱国热血的波拉德立刻决定从军,但由于他受过无数次伤,三个军种都不肯收他,波拉德只好再回去骑马。阿格尼丝受够了居无定所的日子,于是他便搬到东部,在罗得岛的帕图奇买下一栋小房子。他的胜绩越来越少,层级越降越低,最后又落入草莽大联盟。一年里的部分时间他独自风尘仆仆,在一家家汽车旅馆间迁移,其他的时间则在罗得岛纳拉干塞园马场踢马赶马。纳拉干塞园是他和老爸曾经出赛的地方,当时已日渐倾颓,很快就被碾平于压路机下了。

他还是一直受到可怕的创伤,不断地坠马,每次都只得到最糟的医疗。有一天他在纳拉干塞园坠马,送到医院后却没人来治疗,他只好自己起床回家,过了好一阵子,他才获悉自己是拖着骨折的臀部走出去的。1942年在马里兰折断背脊后,人家竟用洗衣篮把他送到医院,那次的伤让他一年无法上马,而且后来有一条腿变得较短。1945年在佛罗里达头部受伤,他不但掉了一大把牙齿,还差点送了性命。他清醒后告诉记者:"我醒来就看到牧师正对着我说:'魔鬼无法侵袭你。'我想我会永远在这里待下去了,和玛士撒拉(《圣经·创世记》中的人物,相传活了969岁。——译者注)在一起。"

他也几乎做到了。但渐渐地,耀眼的红发变灰了,瞎了的眼出现白翳,饱受折磨的身体老化了,但他仍然继续赛马,和小伙子竞争时照样拼搏,绝不手软。晚上回家后,阿格尼丝会给他温柔的照料,但由于报伤的电话接得太多,她后来甚至害怕听到电话铃声。她每天都为波拉德祈祷,但从未向他抱怨,因为她了解,任何其他方式的生活都会让她丈夫窒息。他永远处于剧痛中,却绝口不提,他还是随身带着玫瑰念珠和诗篇,也还是将大部分所得慷慨捐出。孩子们都知道要当心父亲受伤的腿,它从未长到比扫帚柄粗太多。波拉德将他的书本融入孩子的生活中,但并未试图教他们认识马。他从不带他们去马场看他骑马,也不提自己年轻时的故事。

到了 1955 年,他已经快 46 岁,再也撑不下去,终于决心退休,最后落到在马场收发室整理邮件,然后在衣帽间工作,帮骑师擦靴子。他的伤随着年龄渐长而日益恶化,身体成了牢笼;他尽一切努力对抗酗酒,但从来不曾击败它。

在人生最后的衰颓日子里,某一天起,雷德·波拉德停止了讲话。也许是生理上的问题,也许这个聒噪一辈子的人只是不想再讲话了。1980 年,阿格尼丝因癌症住院,尽管当时波拉德才 70 岁,但由于身体有一大堆毛病,孩子们只好把他送到赡养院。他知道那个地方,赡养院就建在纳拉干塞园的旧址上。

"美洲豹"在 1981 年某日溘然长逝,去世时没有吐出任何话语。呼吸停止时,阿格尼丝陪在他身边,他的心跳再持续了几分钟,然后便陷入沉寂,检查没有发现任何致死原因。他女儿诺拉回忆起,当时仿佛"他已经耗尽了他的身体",阿格尼丝逝于两周后。

"海洋饼干"和霍华德在"瑞奇屋"的缓慢旋律中一起老去,霍华德的头发变稀疏了,"海洋饼干"泥褐色的外衣变深了。霍华德在牧场大门外挂起牌子:"瑞奇屋","海洋饼干"的家,欢迎访客。

访客络绎不绝,一年超过 5 万人,最多一次达 1500 人。霍华德特地在场边建起小型看台,请访客入座欣赏"海洋饼干",不过通常"海洋饼干"只是懒洋洋地在树下闲晃,偶尔抬头看看观众,便又低头呼呼大睡。"海洋饼干"繁衍了不少后代,少数如"海权"与"海燕"等也是场上猛将,在比赛中屡创佳绩,大部分都表现平平,但霍华德并不在乎。

"海洋饼干"怡然过着退休生活。霍华德知道它需要活动,便教它赶牛,这匹马高兴极了,如以前折磨"海上战将"和"卡雅"一样折磨这些动物。每天牧场的人都骑着它和"南瓜"一起跑5英里,徜徉于加州山陵,"嘚嘚"地驰过湖畔,间或停步咀嚼山坡上的青草。它变得非常胖,有1250磅,而且快乐得不得了。

霍华德的心脏开始衰弱,限制了他的人生。玛赛拉一直照顾他到最后,他则报之以大量的鲜花和以颤抖的手写就的充满爱意的小纸条。他在马场获得了最后一次胜利,"诺尔"赢得圣阿尼塔大赛并击败"三冠王""褒扬",但当记者对他说"看来你又有一匹'海洋饼干'了"时,瘦弱到站不稳的霍华德立即挺直身子,抬起下巴。"先生,"他严肃地说,"再也不会有另一匹'海洋饼干'了。"

后来,他的心脏已无法承受比赛现场的刺激。他还是会到马场,但却待在车里听转播。离开马场后,他会回"瑞奇屋",和他的马待在一起。风和日丽的日子,他会为"海洋饼干"上鞍,一起步入山间,在红木林里悠然忘我。

1947年5月17日早晨,玛赛拉告诉正在用早餐的霍华德,他那匹长相不太精致的小马已经走了,显然因心脏病发作而死于还算年轻的14岁。曾是脚踏车技师的霍华德悲痛莫名,此时他还不知道,他的心脏也将在3年后背弃他。"我做梦也想不到,"他说,"那老小子会走得这么快。"有人把消息告诉了波拉德,正在萨福克马场的他思绪回到了那些年。"好像才是昨天一样。"他说。

霍华德要人把马的遗体运到牧场一个秘密的地点,在安葬了"海洋饼干"

之后，这位老马主在地上种了一株橡树苗。向来极端好名的霍华德，却隐秘地对"海洋饼干"做出最后致意，只把埋葬地点告诉儿子，并让橡树成为唯一的标记。在曾经是"瑞奇屋"所在地的山丘间，那棵树活过了悠长岁月，一直庇荫着霍华德所挚爱的"海洋饼干"。

后记

无可比拟，永难忘怀

"裸体照片对科学有借鉴意义。"

如果你在1951年春天来到红灯区，手头上正好有25美分的余钱，那么你可以买本《先生！》男性杂志，阅读以上述文字为标题的文章。那份杂志是怪异的混种，它拼命想扮成科学期刊类的养眼刊物，作为一份色情杂志，真是彻头彻尾的失败之作。但我用乔治·伍尔夫的名字在拍卖网站进行搜寻时，发现符合条件的竟然是它。我并不抱太大希望，可是一个既不色情也不科学的骑师怎么会和一本伪科学的色情杂志扯上关系，倒是勾起了我的兴趣。收到杂志后，我连忙打开翻阅，发现在巧笑倩兮的美女和雪人探险故事之中，夹着一堆放浪形骸的丰富掌故：放火烧鞍具、睡在骑师室屋顶、光屁股骑马等。我打电话给伍尔夫的老友查证，他们都确认了，甚至提供了进一步细节。《先生！》终究还是有些价值的。

撰写这本书的4年，相当于在学习"历史如何躲藏在奇怪角落"这门课程。我从最容易想到的地方取得基本架构，例如国会图书馆等地的报纸、马场官方记录、赛马史和杂志，可是这样还是不够完整，我笔下主角的性格、彼此复杂的关系、动机、恐惧、思维和秘密都亟待挖掘，也缺乏能令历史人物形影浮现的生动细节。主角虽已谢世，但我相信总会留下些许雪泥鸿爪，于是我遍寻网络、纪念品拍卖会、不知名的书店，并四处写信及征求信息。

其实，故事并未消失，只是散落于整个北美，塞在后口袋或抽屉角落。有相当多的信息来自纪念物品，一张便条可以让一个人更为立体，有时甚至会提供逸闻或重要的解释。我在褪色的杂志和发霉的报纸堆里找到珍贵的照片、长篇专访及目击者的精彩描述，从音质破碎的录音带上听到骑在"海洋饼干"背上的乔治向雷德呼叫，还发掘了一大堆"海洋饼干"的相关产品。

最重要的信息来源是活生生的记忆。我登的广告招来成堆的信件，于是我一一打电话，并联络了其他约百位可能提供信息的人，通常他们都很乐意配合，热心地将我引入"那些亲切的已逝时光"。

研究有杰出成就者的最愉快之处在于，他们的生命是在众人眼前上演的。有人曾经目睹雷德·波拉德跌落"红粉武士"身下、在骑师室挥拳、在他昔日出赛地的赡养院咽下最后一口气，于是我借着他们的谈话和回忆一路跟随。我找到替菲茨西蒙斯照料"海洋饼干"的马夫、替史密斯操练"海洋饼干"的男孩，以及几十位目击它比赛的人；甚至有位近百岁的老人和我联络，这位当年的马夫显然是地球上最后一位能回溯"孤独的平原人"驯马岁月的人。还有许多人提供了点点滴滴的资料，经对照查证后，发现大都相当精确。终于，我收集到几乎完全未受干扰的回忆记录，而我希望借那些声音、气味、感觉与秘密（如波拉德的盲眼，这终于解答了一个超过半世纪的谜），诉说一个故事。

这本书的完成染着哀伤，因为有几位提供协助的人士在付梓前已然仙逝。其中包括桑尼·格林柏，这位当时的"虫小子"也许没有伍尔夫的技能，却对霍华德马厩里的生活及黄金时期的赛马有明晰的观察。艾尔弗雷德·格温·范德比尔特先生也详细告诉我，他如何构思出美国历史上最引人入胜的比赛，即"海洋饼干"与"海上战将"之争。1999 年 11 月，他人生的最后几个小时都待在马场，在贝尔蒙特公园发送饼干。我永远不会忘记他的健谈、机智与敦厚。

许多人的故事为本书增色，我对迈克尔·霍华德中校的感谢无可名状，他是查尔斯·霍华德的曾孙，黎恩·霍华德的孙子，将家族珍藏的宝物信任地交付给我，包括札记本、照片、卡片、私人笔记和剪报，并且在重建故事时给了我无可估量的协助与鼓励，赋予这则故事色彩与深度。

我曾和海伦·卢瑟及她丈夫汤米联络，汤米是当年最优秀的骑师之一，也是骑师工会的真正发起人。我原本只是希望获得一些有关雷德·波拉德的资料，结果找到了一辈子的故事和一对像祖父母般照顾我的夫妇。我也要向波拉德的女儿诺拉·波拉德·克里斯琴森及她的姐姐伊迪·波拉德·怀尔德致以十二万分的谢意，她们信任地将"美洲豹"生命中私密甚至有时痛苦的细节向我吐露。许多人士提供了宝贵的资料，更有不少人在构思、撰写、整理等过程中大力相助，我都感激万分。

我最后要感谢的是汤姆·史密斯、查尔斯·霍华德和玛赛拉·霍华德、雷德·波拉德和乔治·伍尔夫，为他们丰富而优雅的人生，也为他们带给我们无可比拟也永难忘怀的"海洋饼干"。

2000年9月

劳拉·希伦布兰德访谈录

世界知名杂志《体育画报》王牌记者威廉·纳克对劳拉·希伦布兰德的采访

威廉·纳克（以下简称威廉）：2000年秋天，我在超市购物时，接到了一个来自安德鲁·拜尔的电话。他是毕业于哈佛大学的一位赛马记者，当时就职于《华盛顿邮报》。"我想给你读点东西，"安德鲁说道，于是我靠着一个咖啡研磨器听他开始读："19世纪末，印第安人曾看过年轻的汤姆·史密斯绕着野马群外围驰骋原野，即使是当时，他也总是孤零零一个人……"朗读了一大段关于"海洋饼干"的驯马师的内容之后，他那富有诗意的朗诵是这样结尾的："他周围的人纷纷前行，但史密斯留在原地又待了一会儿，无言地伫立成一个遗迹。"念完之后，安德鲁脱口说道："是不是棒极了？"

这就是我与《奔腾年代》的相识过程。很显然，你创造了一个世界，里面有你独特的抒情笔触和感受。你是在哪里学会写作的？你的文学偶像是谁？

劳拉·希伦布兰德（以下简称劳拉）：童年的一个夏日午后，可能是我想成为作家的开始。那天我游泳时碰到雷电，游泳池被迫暂时关闭，我抓起毛巾，跟其他小孩一起挤在门廊里，等着风暴过去。一个我从没见过的男人坐在我身边的躺椅上，他拿出一本带插画的《古舟子咏》，主动提出念给我们听。大部分小孩都走了，但包括我在内的两三个人留了下来，盘腿坐在他旁边的地板上倾听。在他朗读的过程中，我全身心投入了那个情境，周围的雷雨好像从那些文字中喷涌而来。回家的路上，我的脑海中还一直回响着那首诗。我不知道那个男人的名字，但却从没忘记那一天。

从小到大，我读得很多，也写得很多。我以前总是在笔记本上模仿别人的风格写短篇故事，然后把这些纸撕下来，塞进抽屉里。我不敢给任何人看我写的东西，甚至不敢承认我想成为作家。直到进入凯尼恩学院，我才彻底改变这一想法。凯尼恩学院是作家的摇篮，在那里，我碰到了梅根·麦康伯女士，她是一位英语专业教授，也是一位出色的作家。她告诉我，写作应该成为我一生的事业。这番话对我产生了深刻的影响。她教会我如何运用语言，直至现在还在继续教导我。她是看到《奔腾年代》手稿的头几个人之一，她提的建议让这本书增色不少。

在大部分阅读时间里，我读的都是历史上最伟大的作品。每个新作家都必须站在前辈的肩膀上，学习他们运用语言和叙事的技巧。历史类和文学类我都很喜欢，对我影响比较深刻的书有简·奥斯汀的《傲慢与偏见》、迈克尔·沙莱的《杀手天使》、欧内斯特·海明威的《永别了，武器》和《老人与海》、列夫·托尔斯泰的《战争与和平》和《安娜·卡列尼娜》、布鲁斯·卡顿的《林肯先生的军队》、菲兹杰拉德的《了不起的盖茨比》和查尔斯·弗雷泽的《冷山》等。喜欢的书我会反复阅读，我觉得自己可能读了8遍《傲慢与偏见》，这本书是我读到的用英语写成的最佳作品，每次阅读我都会学到新东西。

在写作《奔腾年代》时，我最重要的参考书是沙莱的代表作《杀手天使》。我努力在自己的书中达到沙莱所达到的境界：用小说的形式再现历史。沙莱在这本历史类题材的书中加插了一些虚构的对话和场景，而我的书则是活生生的历史再现，严格按照有记录的史实和材料来写。但是他的书很好地体现了如何用生动的细节来刻画人物，提示我应该注重挖掘主要人物的细节，这样才能最大限度地体现人物的特点。

威廉：我关注纯种马竞赛已经快 30 年了，所以我听说过"海洋饼干"、汤姆·史密斯、查尔斯·霍华德、骑师雷德·波拉德和乔治·伍尔夫的传奇故事，我也读到过"海洋饼干"和"海上战将"之间的竞赛，但我没想到你可以将他们的故事写得这样丰富、精彩、令人难忘。他们的故事比小说更动人。你是怎么想到将"海洋饼干"的故事写成一本书，又是如何搜集足够的材料来完成这部长篇纪实故事的呢？

劳拉：在写作《奔腾年代》之前，我是一名报刊记者。我一直都有创作的愿望，但一直没有碰到一见倾心的故事。1996 年秋天，当我为一篇文章搜集材料的时候，无意间发现了"海洋饼干"的一些资料。关于这匹马的故事我基本上知道，但对它身边的人却不太了解，以前也从没有人写过他们的故事。那天我找到的资料其实就是几段话，简略地描述了查尔斯·霍华德和汤姆·史密斯的背景，然而这一点点描述却打动了我，我不停地想着他们之间的关联。一个以汽车取代马车作为致富手段的人，怎么会跟一个落魄牛仔携手创造人生伟业呢？这一点很吸引我。

我开始搜集更多文件资料，采访一些人，我的调查挖出了一个精彩绝伦的故事。最打动我的，还是这个故事史诗般的价值。读着这些男人和他们的马之间几乎令人难以置信的传奇，跟随他们的脚步去体验那种久远年代的精彩生活，一路见证"海洋饼干"的辉煌之旅，你会对那个时代的美国生活有全方位的认识。我对它几乎是一见钟情。

我向《美国遗产》(*American Heritage*)提交了关于"海洋饼干"的选题案，很快获得了通过。我做了两周的调查，搜集了很多信息，感觉自己终于等到了要写的书。原先的等待是值得的。

威廉：你非常巧妙地安排了人物的出场顺序，把他们的故事自然地融进叙述过程中。看完本书，我并没有特别偏爱某个人物，每个人都让我着迷，只不过理由不一样。他们在一定程度上体现了旧西部开拓者的精神风貌,剽悍、结实、有胆色、孤注一掷、愿赌服输。

咱们来说说他们吧,我非常喜欢查尔斯·霍华德,他很有远见卓识,你是不是也觉得他特别有魅力?他可真是"海洋饼干"的媒体专员,他自己也跟这匹马玩得很欢。

劳拉:在霍华德晚年的时候,大家给他起了个绰号叫"幸运查理"。霍华德对此很恼怒,他跟一个朋友说,下次再碰到叫他"幸运查理"的人,一定要打他一拳。他认为自己的成功绝不是靠运气,这一点我很认同。霍华德靠的是自己的天赋,他能够抓住转瞬即逝的机会,也愿意为这种机会冒险。他能一眼看到事物的本质。他的故事告诉我们,本质决定潜能。

霍华德可以说是这本书里最重要的人物,是他发现了这匹马、它的驯马师和骑师身上被忽视的伟大之处,把他们组成一个团队,让他们团结在一起并且发挥最大的潜能。对于这一点,我非常欣赏。我也赞赏他对身边人的忠诚和慷慨。是的,我认为他跟这匹马在一起的时光很愉快,他在其他方面取得的成功都不能给他带来这么大的幸福感。

威廉:赛马场上最有风采的人物通常是骑师,你的书中就有两位最有风采的骑师——绰号"美洲豹"的波拉德和绰号"冰人"的伍尔夫。他们给你提供的猛料可不少!波拉德最后落得一身伤病,就像经历了七八场车祸似的;伍尔夫也一样,最后还命丧马场。他们俩的关系很好,一起欢笑彼此鼓励,一起经历赛场的跌宕起伏。是不是?

劳拉:我对他们之间的友情非常感动。这坚不可摧的情谊让我很惊讶,因为他们有太多理由与对方分道扬镳。作为赛场上的对手,他们从青少年时代起就一直站在对立面,其中一个人想赢,必须把另外一个人扳倒。更何况伍尔夫天赋异禀,而波拉德则没有。这就造成了他们赛场内外生活质量的明显差异。但是机缘巧合,波拉德发现了这匹"真命天马",它比伍尔夫这辈子骑过的任何马都要剽悍，于是形势大变，波拉德开始所向披靡。

幸运的是，他们的友谊没有因此受到影响。最让我感动的还是波拉德的慷慨大度，他让伍尔夫骑着"海洋饼干"去参加冠军赛，这不仅体现了他们之间的深厚友情，也体现了他对"海洋饼干"和霍华德团队的忠诚。

在这样一种关系中，我认为伍尔夫和波拉德争夺"海洋饼干"势所难免。骑这匹马参赛对于两人都意义重大：伍尔夫曾让"海洋饼干"受伤，想对此做出补救；波拉德则是一方面想恢复职业地位，另一方面想赢回3年前因严重失误而输掉的比赛。做了10多年对手，成败在此一举，他们之间的紧张氛围不可避免地极度膨胀。然而，最终还是友情战胜了一切。

威廉：雷德·波拉德确实是这本书的核心人物，至少在两条腿的角色里是如此。当然，他也是书中最多面、最精彩的人物。他面对伤痛的勇气，与阿格尼丝之间的爱情，对于"海洋饼干"的信心，戒酒过程中的挣扎，他的幽默与博学……可以看得出，你对他非常喜爱。原因是什么？你从他身上看到了什么？

劳拉：从很多角度来看，波拉德这个角色都很悲惨。他的体型不适合骑马，他的高智商和博学让他和赛场上的人格格不入，而且他总是会出状况。如果不是碰上同样特别的"海洋饼干"，他不可能成为一个伟大的骑师。在失去"海洋饼干"之后，他在赛马场上屡战屡败，备受屈辱。刚开始写他的故事时，我倍感同情，他的雄心壮志远远超出了天资和命运安排的现实；过了一段时间，同情被欣赏取代，最后我简直有点羡慕他了。

虽然经历过各种失败，但波拉德完全按照自己的方式来生活，这一点我们大部分人都做不到。在他身上，我看到了一种高贵的精神，他勇敢地直面恐惧、嘲笑、损失、伤痛和绝对的平庸，拒绝像我们大多数人一样被这些东西打败。他才不管自己是赢是输。他只是喜欢骑马，所以一直骑下去，管他什么后果。虽然波拉德荒诞不经，但他却是我所知道的最自由，因而也是活得最精彩的人。

在我眼中,他不是那个被抛弃的、不切实际的跛子,他在很多方面都比我们现在的人伟大。

威廉:说到骑师,我总是对他们那种饿肚子、洗蒸汽浴等五花八门的减肥法吃惊不已。这本书中的一大亮点就是描述骑师如何与体重抗争,以便继续他们的职业生涯。有一个细节引起了我的注意:他们在马粪堆成的大山边挖个洞,把自己埋进去发汗,以达到减肥的目的,正在发酵的粪山里面比桑拿房还要热。你是如何搜集到这些令人瞠目结舌的骑师故事的?

劳拉:骑师让我着迷。在体育界,他们可能是最不被人理解、最没有得到充分重视的运动员,同时也是最为神秘的。我经常满怀敬畏地观察他们,苦苦思索到底是什么原因,会让一个人这样折磨自己的身体,只是为了参加一项几乎注定会受伤的运动。这种疑问促使我开展了广泛的研究。

我采访了很多来自那个时代的骑师,以及书中提到的骑师的亲戚,我还搜集了关于骑师的所有传记和自传。我每天都上网搜索跟骑师相关的内容,在此期间我淘到不少好东西,包括一篇1906年出版的描写骑师职业生涯的文章。结果,我手头积攒了很多令人心惊或令人捧腹的故事,也了解了几乎不被公众所知的骑师生活状态,很多经常观看赛马的人对此也知之甚少。我有些担心,如果这部分自成章节,会打乱故事的整体叙事节奏,但让读者理解骑师所面临的严峻现实及这份工作对他们的诱惑,也是非常重要的。只有这样,读者才能感受到伍尔夫和波拉德后来所承受的压力。

威廉:汤姆·史密斯就是"马语者"的原型,是不是?在这本书的所有人物中,他是最神秘的一个。他在与人打交道时不善言辞,跟马在一起却显得魅力十足、能言善辩。你把这个人的故事讲得相当精彩。他是不是这些人物中最难理解和刻画的?

劳拉：汤姆是最难把握的一个人物。他差不多一辈子都在鲜有历史记载的地方游荡，也很少跟别人说起他自己是什么样的人，他来自哪里，曾去过何处，以及为什么要做现在的工作。写了这本书之后的几年，我总是梦到他，身穿灰色外套，戴着同色的软呢帽，一语不发地看着我。有时，他的沉默让我沮丧，但我很快意识到，他对私事保持沉默，正是告诉我什么才是重要的。

对于汤姆来说，最重要的不是说过什么而是做过什么，而他做的全部事情就是养马。我认为他很看重世界对他的看法，以及他在历史上的地位，但他让马做自己的代言人，马就是汤姆·史密斯的全部。通过他的马和他为马做的事情，我理解了他这个人。这些动物和它们取得的成就，就是他留给世界的全部，我认为他是有意这样做的。

威廉：你将"海洋饼干"和"海上战将"之间那场比赛描述得相当精彩，充满了悬念、紧张气氛和戏剧效果。这场比赛也是这本书最具美感的部分。自赛前游行开始，好像每个美国人都在听收音机，就连富兰克林·罗斯福总统也在听，让一大群顾问就在他身后等着。你是怎样搜集到这些材料为你所用的？这些材料来自赛马影片，还是同时代人发表的书面言论？好像你对这部分的描写情有独钟。

劳拉：我很喜欢这部分的写作过程。在搜集材料的过程中，我调查了与这场赛事相关的几百个地方，读了那个时代所有与这场比赛相关的主要报纸和杂志，就连很多小报都看过。我反复听麦卡西的收音机播报，最令我难忘的是伍尔夫从"海洋饼干"背上俯下身子，凑到麦克风前说的那句话："我希望是我的老朋友雷德今天坐在'海洋饼干'的背上，而不是我。回头见，雷德。"我找到了关于这场比赛不同角度的纪录片，仔细研究了其中每一个画面。我还搜寻了很多比赛当天拍下的照片文件。

参加那场比赛的人留下了很多相关的证词。我找到了对伍尔夫进行的公开采访，描述了他在比赛前一天在跑道上散步的情形，以及他做的每个决定，经历的每件事情，赛马经历的各种状况。他是一位相当细心周到的人。在很多赛后采访中，他讲述了"海洋饼干"的耳朵在比赛不同阶段的不同朝向，还有对方骑师的手放在缰绳上的准确位置。

赛前和赛后，记者戴维·亚历山大与波拉德相处了很长时间，在伍尔夫和波拉德讨论战术的时候他也在场，并且记录下了一切，所以我能够复述出波拉德在比赛过程中的所思所想。此外，无论史密斯和霍华德走到哪里，都有记者们跟着，把他们所说和所做的大部分内容都记录下来了。

关于这场比赛，还有很多现实的信息来源。我在赛马刊物上登广告，并时常给赛马机构和官员打电话，希望能找到曾亲身参加过这场比赛的人，结果有很多人前来跟我分享那天的生动回忆。有个人给我寄了一张儿时的照片，当时他溜进马仓，去看"海洋饼干"和"南瓜"。

最让人惊异的是，几乎每个接受采访的人都说，那是他们迄今为止见过的最伟大的赛马。当一位历尽沧桑的 90 岁骑师重述自己在那天的见闻时，竟因为太激动而说不出话来。那个场景太令人感动了，我无法用语言来形容。从研究角度看，这场比赛蕴含着无尽的宝藏。我能找到每种角度的描述，赛场上，内场中，正面看台上，记者席上，还有波拉德在医院的房间里，霍华德的包厢，以及总统办公室。我可以采取任意角度来将这个故事讲述得细致入微。

威廉：在写作历史纪实类题材时，你能找到一些还健在的亲历者，比如小艾尔弗雷德·范德比尔特、"海洋饼干"的助理骑师、骑师汤米·卢瑟和他的妻子海伦。他们的观点有没有给你的故事带来一些新鲜特别的补充和活力？

劳拉：很多往事湮灭在时间的长河里，鲜有记载。报纸、杂志和记录簿，因为保存时间长、易于搜索，就成为历史学家盘中的主食。它们是不可或缺的，但是由于它们主要关注基本事实，因而经常有失片面。在这些信息中，历史人物有着一定的共性：对他们言行举止的记载都是干巴巴的，而对他们有趣的个性通常略过不提。

但是若有人亲历过那段历史的话，感受肯定会不一样。我们会看到关于一个人或者一件事的所有细节，可能很少有人会想着把它们记下来，但这些细节对我们理解这些历史人物和他们的行为的确非常重要。也就是说，历史上很多真正有意思、有启发性的东西都只存在于人的记忆中，这记忆只会在事情发生后保持一段时间。在搜索"海洋饼干"的资料时，我想尽可能多地捕捉到这些记忆，在它们消失之前记录下来。

在一些亲历者生命的最后几个月里，我找到了他们，这些人的努力让这个故事有血有肉。没有他们，我们可能也会了解"海洋饼干"职业生涯的基本事实，但可能永远都不会知道蒂华纳那座令人叹为观止的粪山、波拉德瞎了的那只眼睛、法兰奇·豪利的"苗条吉姆"实验、骑师生活中很多骇人的细节，也不会知道1938年那次令人哭笑不得的电台直播专访中波拉德跟伍尔夫说过的话，以及史密斯和霍华德针对"海上战将"的谈判战术等很多事情。这些细节让我笔下的人物和他们的生活变得真实可感，也让这个故事更加生动。当然，记忆难免有错。所有的事情都必须一次又一次地核证，但这些人对这些事件记得如此清晰，的确让我非常惊讶。除了一些事实外，这些人还表达了参与这些事件的内心感受，以及当时美国的总体氛围。

威廉：这本书的合理结局其实有两个。第一个当然是"海洋饼干"和"海上战将"之间比赛的终结，代表着1938年赛马季和美国体育史上一次最伟大事件的高潮；第二个是1940年圣阿尼塔负重赛，也就是"海洋饼干"职业生涯的最后一战。你面临的问题是如何在动人心弦的比赛中建立戏剧性的冲突，再将其放大一百倍。这当然不是件容易的事，但是你做到了。你是如何看待这一问题的？解决过程困不困难？

劳拉：我担心过这两场比赛之间的节奏，以及比赛过程的节奏。两场竞赛之间相差1年零4个月，在这段时间里，"海洋饼干"从赛场巅峰跌到谷底，并在身受重伤的情况下跟随着它的跛腿骑师从谷底一步一步又登上了巅峰。这段旅程之所以让读者觉得精彩，是因为主人公为达到最后的目标花费了大量时间。就像波拉德所说的，"一次漫长而艰苦的奋斗"。这段慢慢积累爆发力的痛苦，为他最后的出场提供了情感养料。

但是，相较之前发生的大量事情，这段经历鲜有记载。我曾经担心很难处理好这本书的节奏，不能使读者对这匹马无与伦比的告别演出感同身受，不能让他们也体会到那种癫狂的、几乎是歇斯底里的心情。

为了重新捕捉到这段故事的节奏，我尽可能深入地挖掘这匹马的受伤情况和首次治疗的过程，尽可能地找到这匹马受伤当天发生的任何细节，幸运的是，最后我找到了不少资料。我也想找到同样多的资料来描述它的休养过程，但是因为这匹马和照料它的人都处于隐居状态，我能找到的资料非常少。好在我还是找到了一些曾经在那里工作过的人，霍华德和波拉德也曾对媒体和家人说起过那段经历。我只是希望，我找的资料不算太少。

威廉：关于那场让你多年来备受折磨的疾病，人们谈论得已不少。你还记不记得自己第一次发病是什么时候？是什么引起的？这种病有哪些症状？

劳拉：1987年春天，我还是一名大二学生，学的是英语和历史专业。我当时19岁，健康苗条，每周会打几次网球，还会骑自行车锻炼。3月20号的那个晚上，我刚过完寒假返回学校，突然出现了严重的食物中毒迹象。接下来的3周，我的胃一直不舒服。之后的一天早上，我突然发现自己变得特别虚弱，花了两个小时才攒足力量从床上坐起来。

我本以为这种疲惫感会很快过去，但它没有。几周过去了，我甚至都没有足够的力气走到食堂，上课或者做其他事情也根本不可能，所以我退学了，之后8个月都在床上度过。我的身体经常会受到各种感染，会无休止地发烧，怕冷，晚上出冷汗，对光线极其敏感，平衡性和认知也出了问题。在约翰·霍普金斯医院的传染病科，我被诊断出患有慢性疲劳综合征（CFS）。

从那以后，我的健康一直不稳定，有时会有一点改善，但一直没有完全恢复过来。1993 年初，我开始出现非常严重的慢性眩晕，很显然是由 CFS 引起的神经异常状况。因为这个病，我有两年都不能阅读和写作。在所有的症状中，我一直努力改善眩晕的状况，但是它仍然对我的阅读和写作造成很大困难。

威廉：这种病在多大程度上影响了你对这本书的创作？是不是有很长时间你既不能搜集资料，也不能写作？你是不是有时会感到沮丧？让你坚持下去的理由是什么？

劳拉：写这本书对我来说意义重大，但这种病让写作变得特别艰难。我必须接受为此付出的健康代价，减少生活中其他体力支出，以便保存体力来做自己想做的事情。在搜集资料和写作这本书的 4 年里，我基本上没做其他事情，把全部精力都放在这本书上。我布置好了自己的办公室，把电冰箱、麦片盒、碗、勺子和一大壶水都放在手边，这样我就可以一直工作，而不用浪费时间去定时吃饭；研究资料也被我放在椅子旁边的地板上，围成半圆形，这样我可以不起身就够到它们。我不能出门去找资源，但我可以最大限度地利用国会图书馆的馆际互借系统、互联网、传真机、邮件和电话。

大部分时候，我的身体还撑得住。我一有力气就工作，不管是什么时候，常常工作到精疲力竭、极度眩晕才罢休。有些日子里，我几乎完全动不了，但还是会找些自己能做的事情。如果我头晕得无法写作，那就去采访；如果我没有力气翻阅资料，就一动不动坐在那里写作。有时我会把阵地转移到床上，闭着眼睛躺在那里往本子上写字。尽管过程很艰难，但我从来没有失去信心。我笔下的这些人物太吸引人了，让我完全无法放弃。

我付出的代价很昂贵，在提交手稿前几个小时，我的健康完全崩溃了。头晕加重，接连好几个月都不能阅读和写作，身体更是虚弱到几乎完全不能出门。差不多一年之后，我仍然没有完全恢复。但是我的付出是值得的。

不过，我还是想感谢我的疾病，它让我有勇气创作这本书。疾病极大地缩短了我的生命，减少了摆在我面前的机会，15 年来，我跟世界的接触很少；

它让我没有太多取得成功的途径，也没有与人沟通的机会。写作是我的救赎，是我生命中宝贵的园地，在那里我仍然可以与世界沟通，创造出一些东西，即使我离去，这些东西还在。它让我把自己定位成一个作家，而不是一个病人。因此，我有强大的动力来写这本书，并且尽我所能把它写好。

威廉：没有一本关于赛马的书，或者说很少有体育方面的书，曾经像《奔腾年代》这样连续数十周名列《纽约时报》畅销书榜榜首。在你开始写这本书时，有没有想到它可能会摘下全国畅销书的桂冠？回望过去，你将如何描述这一经历？

劳拉：最狂野的梦想需要最大的努力。我认为每个作家都梦想着成为《纽约时报》头号畅销书作者，我当然也不例外。但是，只有很少一部分书能够榜上有名，所以你必须面对现实。我认为每一个作家，特别是像我这样毫无名气的作家，都有一些理性的期望，能达到某些目标我们就很满足。我想的就非常现实，不管这个故事的人物和事件多么有趣，故事的核心毕竟是围绕赛马展开的，迄今为止，还没有任何赛马题材的书曾经取得过重大成功。我本人觉得这个故事很精彩，但是很多人会因为这个题材就看都不看。

当我第一次想把这个故事写成书时，我希望能找到一个主攻体育类书籍的出版社，期望他们会感兴趣。我希望能卖个5000本，就算让我自己去卖也行，能做到这样我就很满足了，我只是想讲述这个故事。即使后来兰登书屋买下这本书的版权，环球影业买下电影的版权，我的期望仍然不大。2001年3月，当我的编辑乔恩·卡普打电话过来时，我几乎毫无准备。他告诉我这本书上市5天就已经荣登畅销书榜单第8位，第2周升至第2位，第3周升至第1位。

这个电话完全改变了我之后的生活。这么多年来，我一直生活在默默无闻之中，与世隔绝，突然间我就上了电视、电台、报纸和杂志。有一天，我被采访了17次。走在大街上，读者能够认出我。我收到了成千上万封电子邮件，我的电话总是响个不停；我还收到了很多纸质信件，包括两位布什总统的来信。这一切简直让人一下子接受不过来。考虑到我的身体情况，想要履行伴随这次成功而来的全部义务非常困难，但这些义务本身又让人觉得十分满足。所有的辛苦终于有了回报。

当我回望过去，让我感到最愉快的是，这些人和他们的马又会被人们记起。这是他们应得的。我希望他们能对我的工作感到高兴。

威廉·纳克，曾在《新闻日报》（*Newsday*）做过近30年的赛马记者。跟劳拉·希伦布兰德一样，纳克从小也爱骑马、照顾马、跟标准赛马一起嬉闹，少年时期就开始狂热追捧纯种马，此外，他长期以来也对纯种马竞赛史情有独钟。

他著有畅销书《一代骄马》（*Secretariat*，后被迪士尼公司改编成电影）、《冠军的成长》（*The Making of a Champion*）和关于1973年"三冠王"的一部传记。《一代骄马》的主角"勇敢统治者"也和"海洋饼干"一样，在纯种马竞赛史上有着举足轻重的地位。

《奔腾年代》同名电影介绍

《奔腾年代》英文原版书影

《奔腾年代》电影海报

荣获包括最佳影片奖在内的七项奥斯卡金像奖提名

小说的延伸　经典的重现

导演：加里·罗斯

编剧：加里·罗斯 / 劳拉·希伦布兰德

主演：托比·马奎尔 / 杰夫·布里吉斯 / 克里斯·库珀

类型：剧情 / 历史 / 体育

制片国家 / 地区：美国

语言：英语

上映日期：2003-07-25(美国)

片长：140 分钟

源自畅销书冠军《奔腾年代》

1996年，女作家劳拉·希伦布兰德在着手一篇文章时发现了赛马"海洋饼干"的主人及驯马师的一些故事。从1988年开始，希伦布兰德一直热衷于历史和赛马文章的创作。早在5岁时，希伦布兰德就得到了属于自己的第一匹马，童年时的她就知道"海洋饼干"，在日后研究赛马历史的过程中，又无数次与其邂逅。尽管希伦布兰德了解"海洋饼干"，但对它的主人、骑手和驯马师却知之甚少。她根本不知道，她的意外发现会酝酿出出版业的奇迹。

4年后，希伦布兰德的非虚构小说《奔腾年代》（又名《海洋饼干》）终于出版，不过她从一开始就没期望过高，她回忆说："我在想，如果能卖出5000册我就满足了，我只是想讲述这个故事。"所以，她对上市5天后编辑打来的电话完全没有心理准备，她的小说竟然入围畅销书排行榜，而且名列第八；一周之后，名次上升到第二位；第三周，小说成为畅销书冠军。

出版界和评论界对小说的好评势不可当，20多种出版物将其评选为年度最佳小说，其中包括《纽约时报》《华盛顿邮报》《人物》《今日美国》《经济学人》等，威廉·希尔年度体育图书奖等其他殊荣也纷至沓来……作为好莱坞最具天赋的电影人之一，导演兼编剧加里·罗斯从童年便开始迷恋赛马运动，他甚至曾要求父母在赛马场的赛道上为自己举行成人礼。他和身为执行制片人的妻子艾莉森·托马斯（Allison Thomas）是赛马场的常客。小说面世之后，一场激烈的拍摄权争夺战也随之爆发，罗斯决定同希伦布兰德取得联系。罗斯与希伦布兰德在电话中畅谈了两个小时，赛马是两人共同的兴趣，罗斯特别提及了他眼中的传奇、1973 年"三冠王"赛马"Secretariat"。希伦布兰德当然感知到了罗斯对赛马的热情，更重要的是，她认为他们钟爱这个故事的原因是相同的。她解释说："我的很多读者都说，他们从未看过赛马，也不喜欢马，但却被我的故事深深打动。我想那是因为故事中的人物，这正是我的焦点所在，也是我在小说封面用人物的面孔取代赛马马头的原因。"

希伦布兰德深知，作为一名作家，自己只能讲述故事，却不能将故事呈现在世人眼前。通过与加里·罗斯的交谈，希伦布兰德认为他是能为影片掌舵的唯一人选。改编希伦布兰德的小说这一挑战是艰巨的，这意味着加里·罗斯必须对长达 400 页的小说进行浓缩，艰难地选择取舍。在他看来，故事中三个男主人公战胜困苦鼓足勇气共同奋斗的部分是最值得关注的。"波拉德失去了家庭，霍华德失去了儿子，史密斯失去了生活方式，"罗斯说，"他们都已经支离破碎，本可以放弃，但他们却互相扶助，组建了一个独特的家庭。"

"任何一个优秀的改编剧本都必须忠于原著的精神，"罗斯说，"我虽然改变了一些细节，增加了一些虚构成分，但我抓住了故事的精髓和小说的意图。劳拉是个伟大的合作者，她很开放，我的每个改动都会征得她的同意。"

明星团队

为了将小说中的骏马活灵活现地展现在大银幕上，制片方聘请了曾参与拍摄《与狼共舞》和《爱国者》的著名驯马师拉斯蒂·亨德里克森（Rusty Hendrickson）负责马匹的保障和训练。在此之前，亨德里克森与本片的三位主演都曾合作过，包括托比·马奎尔的《与魔鬼共骑》、克里斯·库珀的《马语者》和杰夫·布里吉斯的《天堂之门》。与以往不同的是，亨德里克森在本片中必须与赛马合作。制作人凯瑟琳·肯尼迪说："我们知道，这些赛马需要真正的骑手，我们必须保证马匹的健康可靠，为了讲述故事，我们要拍摄很多赛马场景，所以从筹备阶段开始，我们就做出决定，不但要买下这些赛马，还要创建我们自己的赛马饲养训练场。"在亨德里克森的指导下，制片方共买下了50多匹马，出于安全考虑，每场比赛中的赛马只能拍摄有限次数，而且隔日才能继续拍摄。为了保证剧组的日程安排，制片方需要各种颜色的宝马良驹，而且每匹马只有通过兽医的精心体检之后才能被正式录用。

当然，扮演"海洋饼干"的马值得特别关注，导演罗斯曾说："一个世纪只有一匹'海洋饼干'，它具有惊人的品质、智慧和特质。它习惯成天埋头大睡，但同时又精力旺盛而好斗，它时而顽皮，时而懒惰。"

主创人员认为不可能找到第二个"海洋饼干"，所以运用多匹马来表现它的不同特点，然后通过电影魔术将其合而为一。亨德里克森亲自物色与"海洋饼干"相似的枣红马，他说："它的外形很普通，不会引人注意，它是一匹小体型马，高度不足1.55米，体重只有1150磅，身上只有黑色斑点没有白色斑纹。我们很幸运，因为它并不出众。"不过，普通的外表不能掩盖奇特的个性，它必须能安静地站立，又可以暴跳起来；它愿意撕咬，也可以惬意地躺下；它将被各种各样的摄影机包围，而初级骑手骑上去又不会有丝毫危险。最终，总共有10匹马在片中扮演了"海洋饼干"。

两位当今体坛最伟大的骑手也参与了影片拍摄，他们分别是加里·史蒂文斯（Gary Stevens）和克里斯·麦克卡龙（Chris McCarren），其中后者随同导演设计赛马场景，并在片中扮演了赛马"海上战将"的骑手查理·可辛格。执行制片人艾莉森·托马斯说："我们从一开始就想邀请克里斯，我们很幸运，因为在2002年6月，克里斯刚刚决定告别赛场，顺利加盟本片的他也非常适应新的工作环境。"在麦克卡龙的帮助下，剧组招募了来自全国的12名专业骑手。

毫不夸张地讲，影片中比赛的危险程度是让人难以置信的，用女作家劳拉·希伦布兰德的话来说，就是伤害程度相当于高速车祸。据统计，美国平均每年会有2500份来自赛马场的伤情通告，其中会有两例死亡通告和2.5例瘫痪通告。据芝加哥康复中心研究，每年平均每个骑手都会受伤3次，总共需要将近 8 周时间才能恢复。为此，剧组想方设法降低拍摄赛马场景时的风险，并且成效显著。

在片中扮演波拉德的托比·马奎尔童年时就曾到过赛马场，而且在李安的《与魔鬼共骑》中也拍过骑马场景，但要成为训练有素的骑手，却需要一系列紧张的准备。马奎尔身高 5.8 英尺，波拉德也有 5.7 英尺，这种身高的骑手必须尽量减轻体重，经过努力，马奎尔在开拍前减掉了 25 磅体重。与此同时，马奎尔还在接受力量、拳击和骑术训练。在本片之前，他刚刚扮演了身材苗条的蜘蛛侠，而波拉德的角色却需要大块肌肉的线条，于是教练采用了一些奥运会举重运动员的训练方法，并且每天摄入热量保持在 1650 卡路里。

为了更好地塑造角色，杰夫·布里吉斯在筹备阶段特地请教了小说作者劳拉·希伦布兰德，他回忆说："她是如此亲切和坦率，她的帮助远远超出我的预期。她送给我很多照片，还借给我一些霍华德的私人物品。我将它们放在我的口袋里，感觉霍华德的灵魂与我同在。"在正式开拍前，驯马师亨德里克森花费数周时间调教赛马，以让它们顺从地协助影片拍摄。在习惯摄影机的存在之后，亨德里克森还要让马儿们适应周围的摄影车和一同行进的骑手。马一向非常害怕头部上方的东西，所以摄制人员必须小心翼翼地使用摄影机吊臂，确保缓慢地移动，以避免惊吓马儿。

调教过赛马之后，亨德里克森同麦克卡龙组织了为期一周的训练班，帮助骑手们适应各自的坐骑。在此期间，骑手们熟悉了赛马并了解了它们的喜好，为日后默契的合作奠定了良好基础。

关于拍摄

因为要捕捉赛马场上的精彩时刻，所以导演加里·罗斯从很早就意识到，摄影机必须同赛马一起移动，必须尽可能地缩小摄影机与赛马之间的距离。为本片掌镜的摄影师不仅要甘于冒险，还要敢于创新。当时罗斯的儿子杰克只有

6岁，一天他对罗斯说："爸爸，你必须看看这部电影，应该由这个人来拍摄你的电影。"那部电影是《心灵投手》(*The Rookie*)，摄影师是约翰·施瓦兹曼(John Schwartzman)。罗斯非常欣赏施瓦兹曼的摄影风格，杰克曾问他影片中最美的镜头，罗斯本以为儿子会说出本垒打的镜头，而小家伙却眼光独到，说出了吉米·莫里斯朝栅栏投球的镜头，画面聚焦于栅栏，而后面的吉米·莫里斯被完全虚化。罗斯很赞同儿子的看法，认为这个镜头很了不起。

施瓦兹曼曾拍摄《珍珠港》《绝世天劫》《勇闯夺命岛》等热门动作片，颇具讽刺意味的是，让罗斯看中他的电影并非是那些成本高昂的大片，而是投资只有2400万美元的小成本电影《心灵投手》。赛马场景的拍摄可想而知，重拍是不可避免的。摄制组不仅要让赛马围绕赛道奔跑，还要保持一定顺序。因为影片中的每场比赛都有记载，所以每场比赛的细节都很重要，场景的设计必须尽量接近史实。执行制片人艾莉森·托马斯说："赛马是一种很特别的动物，它们以高度紧张和难以预料闻名，除了价值数百万美元的设备之外，我们必须保证骑手和演职人员的安全。"

在影片开拍前的两个月中，罗斯每天上午11点都会主持商讨每场比赛的会议，与会人员包括施瓦兹曼、麦克卡龙、亨德里克森、负责赛马部门的朱莉·林恩、特技协调人丹·布拉德利、剧本总监朱莉·皮特卡南和第一助理导演亚当·索姆纳。其中的麦克卡龙将每匹马的细节特点都在电子表格中列出，根据力量和弱点分出等级，他说："有些马的速度表现在初段，有些马更有耐力，有些马不喜欢在里侧，有些马则不喜欢跟在后面。"麦克卡龙由此提出建议，合理完善赛马场景的布局。

经过专业训练的赛马都是好胜的，它们只想跑得更快，所以在比赛场景中让赛马保持一定速度处于落后状态是很难的。虽然制片方买下的赛马都没有希望成为"三冠王"，但它们的速度仍是惊人的，即使速度最慢的马也只不过会与头马相差三个马身的距离。

在拍摄前，每名骑手都要清楚自己和赛马的位置，在拍摄中，他们通过无线接收器来听取麦克卡龙的指示。除了拍摄比赛场面的全景之外，导演罗斯还要选取骑手的视角,捕捉比赛中的每一个微妙细节,于是需要运用大量特写和中景镜头,而当时重达 1200 磅的赛马正以 40 英里的时速飞奔,取景难度不可小觑。经过主创人员的精心策划,一部由电脑绘制的二维拍摄手册应运而生,手册中详细标注出每场比赛的每个镜头中摄影机、赛马和骑手的具体位置,包括摄影师、特技人、骑手和助理导演在内的每一名剧组成员都得到了各自分工。

在选取拍摄地点方面,制片方决定物色现存的合适场所,以避免在建筑工程上耗费大量资金和时间。第一助理导演亚当·索姆纳说:"我们坚持三个原则,即尽可能使用故事中的真实地点,寻找非现代化赛道,以及能够有权使用赛道。"剧组先是在加州的一座具有百年历史的畜牧场取景,随后赴波莫纳(Pomona)拍摄了赛马场的赛道、正面看台和后院。另外,剧组还在距洛杉矶 14 英里的圣阿尼塔赛马场完成了一些重要的比赛场景的拍摄。

片中"海洋饼干"同"海上战将"的巅峰对决在肯塔基州的赛马之乡列克星敦的科尼赛马场拍摄,这段场景的拍摄共耗时 14 天,看台上的临时演员超过 3500 人。

中 资 海 派 图 书

[美] 劳拉·希伦布兰德 著　　王祖宁 译

定价：55.00 元

奥运名将二战漂流纪实

《纽约时报》青少年读物 No.1
2015 年度引进版优秀图书奖
亚马逊 2018 年度最值得阅读的图书前 50 名

　　1943 年 5 月的一个下午，一架美军轰炸机坠入太平洋，从此失去踪迹，海面上只留下一堆飞机残骸、油料和血迹。不久，一名中尉浮出海面，他拼命游向一只救生筏，爬了上去，从此展开了第二次世界大战中非凡的一段旅程。

　　这名中尉便是路易·赞贝里尼。少年时期，他曾是不可救药的小魔头；青年时期，他将不服输的精神融入赛跑项目中，展现出惊人的天赋，并参加了 1936 年的柏林奥运会。二战爆发后，路易·赞贝里尼愤而从军，但一次寻常的飞行任务却将他引向了未知的深渊。

　　等待路易·赞贝里尼的，是万里无垠的汪洋大海和不时跃出水面的鲨鱼，饥饿、干渴、敌机不断威胁着他的生命；更为可怕的，是在日军战俘营中度过的 700 多个日日夜夜。他的命运，都悬在那根已渐渐磨损的意志之弦上……

中资海派图书

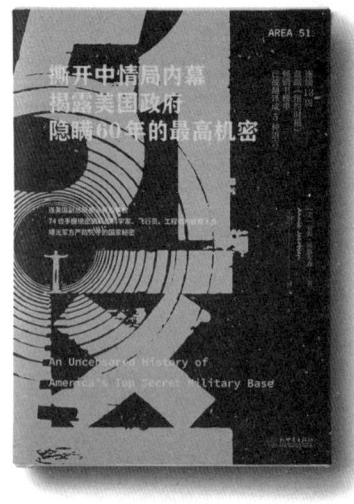

[美] 安妮·雅各布森 著　王祖宁 译

定价：69.80 元

撕开中情局内幕
揭露美国政府隐瞒 60 年的最高机密

- 为什么飞碟和"地外生命"会在 51 区附近被频繁目击？
- 无人机和隐形轰炸机竟然由美国的间谍战催生？中情局和美国空军还研发过哪些逆天武器？
- 即使"嫦娥四号"已经登陆月球背面，50 年前的"阿波罗登月"依旧饱受质疑。人类的首次登月果真在内华达州的沙漠拍摄？
- 51 区的真相现在只露出了冰山一角，而更加神秘的 52 区早已在秘密开拓之中？

　　本书首次网罗了 51 区见证者的口述内容，以扣人心弦的叙述曝光了这片禁区的神秘活动，以及此前从未被正确破解并对外公布的大量机密。军方引爆美国本土最大核弹、秘密启动逆向分解工程、研制直达太空的火箭动力飞机……他们究竟还实施过哪些美国政府的绝密项目？一切答案都在这里。

GRAND CHINA PUBLISHING HOUSE

[美]奥利弗·斯通　彼得·库茨尼克　著

[美]苏珊·坎贝尔·巴尔托莱利　改编

谭怡琦　译

定价：59.80 元

不为人知的美国历史
第十届文津图书奖推荐

洞悉未来国际大势，必须读懂世界霸主的战争发家史

- 战争与地区动荡如何成就美国在美洲的霸主地位？
- 美国如何抓住两次世界大战的机遇期，重塑全球秩序？
- 谁在真正左右总统的参战决策？

　　热战、冷战、核战，间谍战、科技战、贸易战……短短 200 多年的美国历史，尽是好战本性的烙印。深度追踪超级帝国的扩张血路：靠海外侵略大发战争财，借搞乱地区为自己输血！

中 资 海 派 图 书

[美]劳伦斯·贝尔格林 著 李文远 译

定价：59.80元

转动人类历史的麦哲伦航海史

叛乱、酒精和暴力，海难、饥饿和坏血病……
全景描述麦哲伦船队的惊险航程与欧洲人眼中的"化外之邦"

　　1519年，麦哲伦率领5艘帆船和200多人从西班牙起航，寻找一条通往香料群岛的海上航线。一路上，他们饱受饥饿、疾病、精神和肉体的折磨，甚至面临死亡的威胁。最后，他们终于发现了一条海上通道，这条通道如今被称为"麦哲伦海峡"。这是一场历时3年的艰苦旅程，获奖无数的畅销书作家（传记作家兼记者）劳伦斯·贝尔格林借助第一手资料客观还原了这项人类壮举，栩栩如生地讲述了一个宏大的探险故事。

　　在《黄金、香料与殖民地》中，贝尔格林以第一人称讲述故事，带领读者踏上一段引人入胜的旅程，其中有些资料属首度公开。这次探险不但改变了后世探险家的航海方式，也改变了历史本身。

[美] 本杰明·拉克林 著　李文远 译

定价：69.80 元

一桩持续 24 年又 208 天的冤案
一场改变美国司法进程的援助行动

美国国家公共电台年度最佳图书

戴顿文学和平奖入围作品

《时代周刊》曾刊载本书精选内容

　　书中包含大量令人屏息且引人共鸣的细节，从导致格莱姆斯蒙冤入狱的荒唐证词，到推动案件真相大白的关键证据。作者本杰明·拉克林对笔下的人物和事件做过全面的研究，对美国刑事司法系统的缺陷进行了深刻的分析，为读者呈现了一个无辜者的人生悲剧，以及他最终迎来的艰难胜利。对于每一位关心正义的读者来说，本书都不容错过。

 ✕ **READING YOUR LIFE**

人与知识的美好链接

20年来，中资海派陪伴数百万读者在阅读中收获更好的事业、更多的财富、更美满的生活和更和谐的人际关系，拓展他们的视界，见证他们的成长和进步。

现在，我们可以通过电子书、有声书、视频解读和线上线下读书会等更多方式，给你提供更周到的阅读服务。

微信搜一搜：海派阅读

关注**海派阅读**，随时了解更多更全的图书及活动资讯，获取更多优惠惊喜。还可以把你的阅读需求和建议告诉我们，认识更多志同道合的书友。让海派君陪你，在阅读中一起成长。

也可以通过以下方式与我们取得联系：

📞 采购热线：18926056206 / 18926056062　　📞 服务热线：0755-25970306

✉ 投稿请至：szmiss@126.com　　🔍 新浪微博：中资海派图书

更多精彩请访问中资海派官网　　www.hpbook.com.cn